海天译丛

Patrick Deville
著——帕特里克·德维尔 [法]
译——肖 林

走读亚马孙
Amazonia

深圳出版社

图书在版编目（CIP）数据

走读亚马孙 /(法)帕特里克·德维尔著；肖林译. — 深圳：深圳出版社，2023.1
（海天译丛）
ISBN 978-7-5507-3612-2

Ⅰ.①走… Ⅱ.①帕… ②肖… Ⅲ.①长篇小说—法国—现代 Ⅳ.①I565.45

中国版本图书馆CIP数据核字(2022)第222424号

审图号：GS粤（2022）344号

版权登记号　图字：19-2019-148号
Originally published in France as:
Amazonia by Patrick Deville
© Éditions du Seuil, 2019
Cet ouvrage a bénéficié du soutien des Programmes d'aide à la publication de l'Institut français.
本书获得法国对外文教局版税资助计划的支持

走读亚马孙
ZOUDU YAMASUN

出 品 人	聂雄前
责任编辑	沈逸舟　邱秋卡
责任校对	叶　果
责任技编	梁立新
封面设计	麦克茜

出版发行	深圳出版社
地　　址	深圳市彩田南路海天综合大厦（518033）
网　　址	www.htph.com.cn
订购电话	0755-83460239（邮购、团购）
设计制作	深圳市龙瀚文化传播有限公司 0755-33133493
印　　刷	深圳市希望印务有限公司
开　　本	889mm×1194mm　1/32
印　　张	10.75
字　　数	220千
版　　次	2023年1月第1版
印　　次	2023年1月第1次
定　　价	48.00元

版权所有，侵权必究。凡有印装质量问题，我社负责调换。
法律顾问：苑景会律师 502039234@qq.com

我讨厌旅行和探险家。

——克洛德·列维-斯特劳斯[①],

《忧郁的热带》

---

① 克洛德·列维-斯特劳斯(Claude Lévi-Strauss, 1908—2009),法国人类学家,结构主义人类学创始人。

目 录

父与子 001

蓝皮肤的印第安人 005

在船上 008

"论孩子与父辈的相似性" 014

在瓜纳巴拉湾 020

父与女 025

在船上 028

与安东尼奥在一起 033

在世界的中心 037

在森林里 042

在伯南布哥州 045

父与子 051

将橡胶进行到底 060

在圣塔伦 068

一个玻利维亚孤儿……072

父与子……075

论乐观主义……085

在船上……091

夜宿隆志家……094

蒙田远征队……103

滑稽的鸟儿……106

龙敦与帕维……109

父与子……117

父亲之死……122

在船上……125

与领事在一起……127

在马瑙斯……132

前往印加帝国……138

大漂流……143

流自废墟的水……151

在伊基托斯……160

父与女……164

反　叛……167

在船上……180

冲　突	182
与阿尔韦托在一起	185
皮埃尔与凡尔纳	193
父与子（后来变成了父与女）	196
莫扎特与肖邦	201
父与子	205
在船上	211
菲茨卡拉尔德与巴卡·迭斯	216
与赫尔佐格在一起	223
美人鱼与亚马孙人	231
布拉柴与凯斯门特	236
在普图马约地区	241
在船上	248
在赤道之国	252
可怕的牙签鱼	256
在基多	259
洪堡与邦普朗	263
在瓜亚基尔	269
洪堡与玻利瓦尔	272
父与子	280

在拉米罗家 285

致情人们 291

在干船坞 295

在圣克鲁斯岛 299

在船上 303

让娜与乔治 309

达尔文与洪堡 315

父与子 324

在托尔图加湾 328

父与子

一阵狂风吹得小船左右摇晃,水透过舷窗的缝隙渗进来。我们点亮了一盏小灯。闷热的船舱里,灯光昏暗,皮埃尔背着光在写日记。我等到上了船才问他,是否还记得十来年前读到布莱兹·桑德拉尔①"铜锣当当桑给巴尔丛林兽X光快车手术刀交响乐"这句诗时的情形。皮埃尔曾用这一诗句来配他的一幅画。他回答我说,当时可能是我把它放在了他的眼皮底下。

桑德拉尔的父亲,一个失败的或者是被掠夺的发明家,一个事业不顺的人,一个在那不勒斯引进掺假啤酒的人,埃及一座废弃豪华酒店的破产促销商,拥有弹簧锁的

---

① 布莱兹·桑德拉尔(Blaise Cendrars, 1887—1961),现代主义诗人、作家,出生于瑞士,1912年定居巴黎,第一次世界大战时加入法国外籍军团,被击中右臂,之后练习用左手写作。他喜欢旅行,到过俄国、美国、中国和印度等国家,1924年接受圣保罗一位商人和艺术赞助人的邀请,终于前往他在作品中多次提到的南美,回来后开始小说创作,出版了《金子》。之后他创作了一系列冒险小说,包括1926年的《莫拉瓦金》。

发明专利。他最后回到了拉绍德封①，给了儿子一本奈瓦尔②的书，这本书后来影响了他儿子的一生。桑德拉尔还在父亲的书架上找到了埃里塞·雷克吕斯③的《俄罗斯的亚洲》，后来据此写出了一首关于西伯利亚大铁路的诗。到巴西很久之后，桑德拉尔把拉马丁④的《天使谪凡记》送给了儿子雷米。他儿子是飞行员。当时正值战争时期。飞行训练时，天使丧生了。

给儿子推荐书必须当心。我就是在父亲的强烈推荐下——那可以说是一道命令——小小年纪就读了《莫拉瓦金》。尽管我觉得这本书很怪异，但长期以来，我还是觉得它就是为我而写，因为父亲强迫我读它。我产生了周游世界的愿望，觉得疯子莫拉瓦金和疯子塔巴-塔巴⑤很像，后者曾是我住在精神病院⑥时的伙伴。我当时

---

① 拉绍德封（La Chaux-de-Fonds），瑞士西部城市，靠近法国边界。
② 热拉尔·德·奈瓦尔（Gérard de Nerval, 1808—1855），法国浪漫主义诗人、作家，主要作品有《幻象集》《西尔薇娅》《奥蕾莉娅》等。
③ 埃里塞·雷克吕斯（Élisée Reclus, 1830—1905），法国地理学家、作家、无政府主义思想家和活动家。
④ 阿尔封斯·德·拉马丁（Alphonse Marie Louis de Lamartine, 1790—1869），法国诗人、作家、政治家，浪漫主义文学的先驱，主要作品有《沉思集》《诗与宗教的和谐》等。
⑤ 塔巴-塔巴（Taba-Taba），作者2017年出版的同名小说中的人物，是一个精神病人，不断地重复"塔巴-塔巴"这个神秘的词。
⑥ 此处的精神病院指曼但精神病院（hôpital psychiatrique de Mindin），由曼但检疫站（lazaret de Mindin）改建而来，作者的父亲在此工作，其童年在此度过。

也许没有注意到书中那些色情和淫秽的场景。

但我却从未忘记书中那些蓝皮肤的印第安人。

1924年,桑德拉尔从"美地"号下船,梦想在巴西淘金。在这方面,他跟父亲一样,都没有什么天赋。龙生龙,凤生凤。他走下舷门软梯,回顾着过去的十年:1914年,他还住在巴黎近郊巴比松旁的福尔热。这个可以不服兵役、不参加战争的瑞士人发表了一个声明,以团结"在法国的外国朋友,他们在法国居留期间学会了爱这个国家,把它当作自己的第二个故乡,迫切地想要帮助它"。一年后,一颗炮弹夺去了他的右臂和他用来书写这则声明的那只手。

那只写过《复活节在纽约》和《西伯利亚大铁路的散文》的手被扔进了战地医院的垃圾桶里。这些现代主义风格的老旧作品已被达达主义和超现实主义超越,过时了,如同法国邮轮公司海报上的火车和邮轮,或是象征着安的列斯群岛的菠萝和鹦鹉。他打算开始写小说,《金子》和《莫拉瓦金》的提纲已经在他的箱子里放了好多年。在"美地"号上,他很少听到他的"雷鸣顿"便携式打字机打到行尾时发出的丁零声。

保罗·普拉多和那一小帮现代主义者穿着白色的衣服在码头上接他。桑德拉尔后来写道,他的这位名叫保罗·普拉多的资助者是"A.O.巴纳布斯家族中的一员,几乎跟瓦勒里·拉尔博①小说中的主人公一样富有，但更加高贵、细腻、博学、有文化"，而且是"咖啡大王"，是个百万富翁，其父是皇帝佩德罗二世的近臣。巴西加入协约国②作战时，保罗·普拉多跟法国驻里约的大使保尔·克洛代尔③谈判过。签署停战协议之后，那一小帮现代主义者常常住在法国，在比利牛斯山滑雪。在巴黎，桑德拉尔把拉尔博、苏佩维埃尔④、萨蒂⑤和德彪西介绍给了他们。十六世纪的诺曼底航海家曾从巴西带来一些印第安人，把他们介绍给法国国王，保罗·普拉多则把一个法国的现代主义诗人带到了巴西，像极了一个带来战利品的人种学家。

---

① 瓦勒里·拉尔博（Valery Larbaud, 1881—1957），法国诗人、小说家、评论家。他杜撰了一个名叫A.O.巴纳布斯的诗人，还用假名写了一本《巴纳布斯先生的书》，书中的这个人物在当时的法国文坛影响很大。
② 协约国，第一次世界大战时两个对抗的帝国主义战争集团之一，最初由英、法、俄三国组成，战争期间共有美、日、意等25国加入，与由德、奥、土、保等国组成的同盟国对抗。
③ 保尔·克洛代尔（Paul Claudel, 1868—1955），法国诗人、剧作家、外交官，曾任法国驻中国领事和驻日本、美国、比利时等国大使，作品有诗集《五大颂歌》《战争诗集》以及剧本《城市》等。
④ 儒勒·苏佩维埃尔（Jules Supervielle, 1884—1960），法国诗人，出生于乌拉圭。
⑤ 埃里克·萨蒂（Erik Satie, 1866—1925），法国作曲家，代表作有钢琴曲《少年裸舞》等。

蓝皮肤的印第安人

几天前,被我们称作"帆木筏"①的那艘狭窄的亚马孙轮船就滑进了迷宫,高高地矗立在水面上。它的船身是用亚马孙热美樟木制造的,船员们的衣背上印着"MARINHA MERCANTE"②二词。在船坞里修理了几个月后,他们正设法让船从船坞里出来。我和皮埃尔是仅有的两个乘客,我们在隆隆的机器声中享受着单调的航行时间。

我们坐在甲板室里,看着两侧的绿墙催眠似的慢慢后退,这道绿墙曾令首批航海家们惊愕不已,把他们带向疯狂与诗情画意。天气好的时候,我们轮流在船舱的洗涤槽里洗衣服,把衣服晾在船舷墙上,用衣夹夹住。我好久没有见过衣夹了。把衣夹或开罐器这类有用而又合理的东西带给人类,这是多好的事啊!我们又重新静

---

① 帆木筏(jangada),巴西北部地区的一种传统木制渔船,船上装有三角帆,依靠风力航行。
② 葡萄牙语,意为"商船队"。

静地阅读和记笔记,互不打扰,尊重彼此的个人空间,很少说话。

"帆木筏"远离挤满了集装箱货船、定期班轮和依靠顶推船行驶的驳船的主河道,灵巧地行驶在河汊(当地人称之为paranas)中。此处的河汊在涨水季节完全具备通航条件。天黑了抛锚。黎明时分,可以听见淡水豚的呼吸声和叫声。盖在吊脚楼上的农场里传来阵阵鸡鸣。

在马伊卡河汊,我们非常渴望能看到野生动物,因为几乎所有野兽都开始消失,甚至消失得很快。这种渴望把我们引向一片黄色和蓝色的破屋,一座浮桥,几只狗,一个汽油泵。这个村里原先住着皮肤呈棕色的混血族群。他们以前曾被归入黑人族群,但自从废除黑奴制以后,他们便拥有了属于自己的族群身份。我们跟着村长去森林里寻找吼猴和泣猴,那些猴子很难被发现,它们一动不动地躲在树丛中,然后突然用尾巴悬挂在树上,炫耀自己。我们还看到了一些树懒,一些蓝色的巨型蝴蝶,一些闪蝶,但没有见到同样颜色的印第安人。

我曾反复阅读《莫拉瓦金》,这抹去了我童年时代对这本书的印象。我已经忘了当初——那时我在卢瓦尔河河口,那里的景色远没有这里葱郁——读到以下几个句子时候的感受:"我们四周都是树蕨、多毛的花朵、灰白色的腐殖土,充溢着肉质植物的香味。流动。变化。互相渗透。肿胀。一个嫩芽鼓起,一片叶子盛开。黏糊糊的树皮,湿哒哒的果实,吮吸养料的树根,分泌汁液的种子。"独木舟顺流而下,靠近一个堤岸准备露营。"我们没有听见他们的来临。他们向我们逼近,悄悄地缩小包围圈。莫拉瓦金想教训他们,但有人一船桨把他打倒在地。那是一些蓝皮肤的印第安人。"

在南边很远的地方,桑德拉尔开着一辆福特敞篷汽车从圣保罗出发,在米纳斯吉拉斯州的道路上驰骋。后来,革命爆发了,他跟随着保罗·普拉多。骚乱发生时,各地的有钱人总是躲到他们位于乡村的房子里,等待风暴过去。

在船上

　　头枕着双手,可以想象这数千条河流从南北两个半球,汇聚在南纬几度处的这一河床上,正如成千上万个故事汇聚一堂。独臂人桑德拉尔缺乏好主题。普列斯特斯纵队①那样的主题。几个月来,桑德拉尔急得团团转,做几场讲座,赚几个零花钱。现代主义者,他现在已不再是了。他也不再是诗人。他所希望的是,靠保罗·普拉多的关系,做点生意,赚大钱,开一家名为"桑德拉尔"的公司。这场革命不适合他。

　　1924年7月初,巴西爆发了一场军事哗变,即圣保罗驻军起义。一些中产阶级的年轻军官呼吁社会正义,要求实行无记名投票和发展公立学校。保罗·普拉多这样

---

① 普列斯特斯纵队(colonne Prestes),1924年至1927年由巴西革命家路易斯·卡洛斯·普列斯特斯(Luís Carlos Prestes, 1898—1990)领导的起义军。路易斯·卡洛斯·普列斯特斯,巴西共产党领袖,在二十世纪二十年代领导了尉官派运动,进行了颇具传奇色彩的普列斯特斯纵队长征,武装反抗巴西独裁者阿图尔·贝尔纳德斯的统治。

的"咖啡大王"们对这样的要求置之不理、嗤之以鼻。运动蔓延开去。在北方,暴动一直波及贝伦、马瑙斯和南里奥格朗德州。叛军占领圣保罗达三周,然后成群结队地离开。起初的一千五百人很快就发展到四千人,开始了长征,比中国的毛泽东和安哥拉的萨文比①还早。他们试图发动农民。他们的首领叫作路易斯·卡洛斯·普列斯特斯,是个二十六岁的上尉。他选择避敌锋芒,显示出杰出的战略才能。严明纪律,开除悲观主义者,其中包括费兰多·缪勒。二十年后,缪勒成了热图利奥·瓦加斯②总统的秘密警察头目,报复路易斯·普列斯特斯,把他的妻子奥尔加·贝纳里奥出卖给了盖世太保。奥尔加是德国革命家,在嫁给路易斯·普列斯特斯之前曾是他的保镖。盖世太保先后把她送进了拉文斯布吕克灭绝营和贝恩堡毒气室。

但在二十年代,这支部队从来没有失败过,两年当中,在寸草不生、陡峭崎岖的"腹地"③转着大圈,不可

---

① 若纳斯·萨文比(Jonas Savimbi, 1934—2002),安哥拉"争取安哥拉彻底独立全国联盟"主席。
② 热图利奥·瓦加斯(Getúlio Vargas, 1883—1954),巴西总统。1930年发动政变夺取政权,1937年起推行"新国家"政策,实行独裁统治,积极发展国家资本主义,为巴西的现代化奠定了基础,1945年被军事政变推翻,1951年复任总统,任内完成了巴西从农业国向工业-农业国的转变,1954年自杀身亡。
③ "腹地"(Sertão),指巴西东北部的半干燥气候区。

思议地走了两万五千公里，等于从巴黎到符拉迪沃斯托克走一个来回，中途还受到被军方收买的武装盗匪的骚扰——军方以大赦换取了坎加索①匪徒们的支持，其中包括伯南布哥州可怕的兰皮昂②。部队被逼到了西南边界，在溃败中发生了分裂，解散之前，一部分成员躲避到玻利维亚，另一部分去了巴拉圭。

出于对父亲的敬重，初到圣保罗，我就去寻找桑德拉尔发烧友的踪迹，我那已于几年前去世的父亲曾是他们当中的一员。我去了卡洛斯·奥古斯托·卡利尔位于市政府的办公室，向他询问一些信息。他送了我一本他刚刚编辑出版的《布莱兹·桑德拉尔巴西历险记》，非常厚，有亚历山大·欧拉利奥画的插图，其中收录有一些从未出版过的巴西人写的文章，与桑德拉尔有关，但丝毫没有与普列斯特斯纵队相关的内容。我是从罗安达去那里的。在领事馆，我找到了塞巴斯蒂安·罗伊，他在安哥拉写过一本书。我跟他曾与巴西作家路易斯·鲁法托和贝尔纳多·卡瓦略交往甚密。临走前，我在他办

---

① 坎加索（cangaço），十九世纪末至二十世纪初盛行于巴西东北部地区的一类匪帮，匪帮中的匪徒们为了反抗地主的压迫而成为流浪匪徒，游走于广阔的"腹地"，劫掠钱财和食物，快意恩仇。
② 兰皮昂（Lampião），意为"油灯"，巴西最著名的坎加索匪帮头目维吉尼奥·费雷拉·达席尔瓦（Virgulino Ferreira da Silva, 1898—1938）的绰号。

公室留下一摞书，他照看了一年。二十年代，桑德拉尔去巴西旅行了三次之后就再也没有踏足这片土地。很久以后，他出版了《巴西，有人来了》。我们真的来了。

在我二十年来所写的不多的书中，皮埃尔杂乱地读过我周游世界的故事。从西到东，从中美洲到墨西哥，我到处游历，还去过非洲和亚洲。最近，我进行了一次环法旅行。这是一次转向，重新向西，从大西洋到太平洋。在出发之前，多亏了莫纳档案馆，我还原了父亲与祖父一道生活时的情形，以及我祖父与曾祖父、曾祖父与高祖父一道生活时的情形。我想，我们可以继续这种体验，重续父子间的这根链条。我们还活着，这是最显著的区别。到时看看这会有什么结果吧。他思考了很久，然后说好吧！我们已经有几年没有一起旅行了。

去年，应文学与摄影出版人塞缪尔·提坦的邀请，我们去了圣保罗，然后走陆路去了翡翠海岸①和帕拉蒂②，在那里遇到了探险家阿米尔·克林克，参观了他的船只"普拉蒂一号"和"普拉蒂二号"。他曾数次独自乘船周游世界，还在极地的冰雪中过冬。他住在陆路不通的一个海湾里，那里有许多海龟。一座房子在林中

---

① 翡翠海岸（Costa Verde），巴西东南部的海岸，从里约热内卢州的伊塔瓜伊一直延伸至圣保罗州的桑托斯，因靠近海岸的悬崖景观而闻名。
② 帕拉蒂（Paraty），巴西里约热内卢州的海滨城市，坐落于翡翠海岸。

俯瞰着这个海湾，房子以前是一座卡沙夏①蒸馏厂，托马斯·曼的母亲曾在这里度过童年时光。在《死于威尼斯》中，我们可以读到关于那位妇人的回忆。她本人也是作家，名叫朱莉娅·达席尔瓦·布鲁恩。她化身为老阿申巴赫②的母亲，也委身于这一景色中："沉重的天空布满雾气，潮湿、厚重、可怕，一片热带沼泽被压在下方，像是创世前的混沌，布满小岛、潟湖、挟带着泥沙的河汊、繁茂丛生的蕨类以及各种植物。那是一个植物的深渊，植物肥大、肿胀，盛开着奇异的花朵。"

古斯塔夫·冯·阿申巴赫仍记得这些让他感到恐惧的场景："看到一些奇形怪状的树木把根伸出地面，然后又扎进泥土里，隐藏在海洋的光影中；蓝色的波浪像是凝住了，鲜花在水面浮动，像牛奶一样白，海碗那么大；颇具热带风情的鸟儿站在浅滩上，喙很奇特，脖子缩在翅膀间，斜着眼睛，目光一动不动。"

在这鸟儿身上，我看到了火红色的长有巨翼的麝雉的身影。我和皮埃尔后来迷上了麝雉，在整个亚马孙地区寻找它。这种史前怪物在那里很常见，它是独特的物种，见证着从恐龙向鸟的转变。它的雏鸟十分难看，白

---

① 卡沙夏（cachaça），巴西国酒，一种以甘蔗汁为原料酿造的蒸馏酒。
② 古斯塔夫·冯·阿申巴赫为托马斯·曼的作品《死于威尼斯》中的主人公，是作者本人以及奥地利作曲家古斯塔夫·马勒的化身。

色，翅膀上各长有两个爪子，以便爬树或在用杂乱的树枝筑成的窝中活动。我们在被水淹的森林里划着短桨靠近，举起望远镜观察它，确定那颗脑袋的位置。鸟头上的羽毛蓬乱，眼圈呈蓝色，红色的大眼圆瞪着，显得十分恼怒，凶狠地盯着我们。我们本能地后退，好像它会一啄啄穿镜头，戳瞎我们的眼睛。麝雉是唯一的反刍飞禽，所以会像牛一样打嗝，味道很臭。包裹着它的这种臭气对它来说是一种保护，像伪装或甲壳一样有效。这也是它的肉不能食用的原因。

"论孩子与父辈的相似性"

在"帆木筏"密闭的空间里,也许双方都害怕吵架。和所有的爱情故事一样,父子间也都会有摔门而去、大喊大叫、深夜突然出走的情况。但在船上,我们都知道选择有限,徒步逃进森林很危险,而游泳逃走,河里的食人鱼和牙签鱼会要你的命。

最近十年,皮埃尔一直在玩摄影和音乐,有时会突然没了兴趣,但大多数时候仍是满怀热忱。他热衷于录制唱片,以及以各种艺名在布鲁塞尔或马赛开演唱会。我只见过一次他在舞台上的演出。"演出"一词用得不恰当。他手里拿着电吉他,在一个陈列室的小厅里,被簇拥在人群中间,为站着的听众演奏。在这种专注演出的状态中,我觉得他变陌生了,歌词忧郁,声音低沉,节奏十分慢,然后突然爆发。长久以来,我一直在思考这种父子之谜,并盘点了好多对名人父子:劳瑞父子

（马尔科姆①和阿瑟）、萨沃尼昂·德·布拉柴父子（皮埃尔②和斯堪尼亚）、兰波父子（阿尔蒂尔和弗雷德里克）、吉卜林父子（鲁德亚德和约翰）、萨文比父子（若纳斯和洛特）、福西特父子（波西③和杰克）、罗斯福父子（西奥多④和克米特）……在船上，我带着蒙田的《随笔集》。

在题为《论孩子与父辈的相似性》的那一个篇章中，蒙田写道："创造了我们的那滴精液，不但遗传着父辈的肉体模样，也遗传着思维方式和思想倾向。"这种奇迹让蒙田十分吃惊。数百年后，人们发现了两个基因密码的结合，但这种秘密并没有得到进一步的揭示。

以前，人们会区分非婚生子女和合法子女，但两者归根结底都是自然的造物。共同生活了十年以后，我和弗洛朗丝决定，我们经常谈论的那个传奇孩子终于可以出生了。皮埃尔是在昂热的一家妇幼保健医院出生的，但是在1988年6月的一个夜晚于海边孕育的，离孕育我的曼但检疫站不是很远。我则是于1957年3月在潘伯夫产院

---

① 马尔科姆·劳瑞（Malcolm Lowry, 1909—1957），英国作家、诗人。
② 皮埃尔·萨沃尼昂·德·布拉柴（Pierre Savorgnan de Brazza, 1852—1905），法籍意大利探险家，刚果共和国首都布拉柴维尔的创建者。
③ 波西·福西特（Percy Fawcett, 1867—约1925），英国军人和探险家，1925年带次子杰克和另一位同伴在巴西马托格罗索地区探险时失踪。
④ 西奥多·罗斯福（Theodore Roosevelt, 1858—1919），美国军事家、政治家、外交家，第26任美国总统。

出生的，那是大陆上离我们的精神病院最近的产院。

后来，新的医疗技术结束了这种偶然性。这种生育技术不叫人工生育，而是叫作基因干预生育。生下来的孩子有时不再来自两个线粒体，而是三个，以避免遗传带来的某些疾病。假如这种探测技术早就存在，人们也许可以劝我父母放弃第一次不幸的尝试，打掉双腿畸形的胎儿，重新快乐地怀孕。

所以，我们同在船上纯属偶然。

儿子在观察父亲时，常常因发现自己遗传了父亲身上令人厌恶的缺点和怪癖而感到恼火。父亲观察自己的儿子时却恰恰相反。他会在某些"思维方式和思想倾向"上认出某些遗传于自己的细节，而另一些细节则是自身所不具备的。观察过程中的这种不平衡，造成了长期以来的误会，因为双方都在变化和修正，但每个人肯定都希望只有自己会发生改变，而对方则保持不变。

三十年来，我大部分时间都在独自旅行。不过，皮埃尔仍是陪伴我在路上行走公里数最多的人。这一纪录不可能被取代了，因为我没那么多时间了。一天晚上，在一家名为"朋友"的餐馆，我们正在为远征做准备。我们找到了一个旧本子，一起读了起来。我们都喜欢列单子，本子上面记满了我们一起去过的地方。本子上的每个字都让我们想起了各自在各年龄段的不同情景，我们好像在顷刻间快速跑完了这三十来年。圣马洛、泽西岛、诺曼底，欧布拉克村和凯尔西村，比利时，敦刻尔克与布鲁日，荷兰，潘波勒、特雷吉耶、布雷阿岛、纳瓦洛港、罗什福尔、圣帕莱、弗尔东河、比亚里茨……这些双人旅行是在一辆白色的旧奔驰车上进行的，W-115，简直就是一辆坦克，垂直的大灯，安装在进气格栅上方的由三个120度角构成的品牌标志远远地矗立在引擎盖的末端。皮埃尔在最开始的时候是坐在后排的儿童座椅上的，随着岁月的流逝，两人都坐在了前排。那时我们还在谈论毕尔巴鄂、阿斯图里亚斯、坎塔布里亚、加利西亚，在巴黎喝夏布利白葡萄酒，跟我们现在喝加利西亚白葡萄酒类似。从帕拉蒂回来后，我们做出决定，今年，也就是2018年，将是我们的白色与绿色之年，阿尔卑斯山和亚马孙森林是我们的目的地。

2月初，我们在夏蒙尼的一个山中木屋度过了几天。早上，我们俩乘坐蒙特韦尔的红色小火车前往冰河冰川。1860年，巴斯德①曾到这里来提取新鲜空气，自那以后，由于气候变暖，冰河冰川融化了几十米。暴风雪中，我们从另一端登上了南部的峰顶。皮埃尔拍了一些

---

① 路易·巴斯德（Louis Pasteur, 1822—1895），法国微生物学家、化学家，近代微生物学的奠基人。

浓雾的照片,有点像贾木许①的电影《天堂陌影》中的镜头。晚上,我们在木屋中与布鲁诺·梅热旺和他儿子马蒂厄共进晚餐。两位父亲,两个儿子,年龄分别相近。我们谈起了我们正在准备的这个计划,他们也高兴地回忆起他们俩结伴而行的旅行。

冒雪回到巴黎之后,为了从头开始我们的故事,我去了摩洛哥。皮埃尔拼车去布列塔尼找他的女朋友了。我远离马拉喀什的格力兹兵营,走在塔加的路上,一直来到我们1990年住过的那座房屋前。门前的死胡同已经变成了一条小街,现在通往一条修建在小山脚下的道路,山上建着城墙。就在那时,我收到了他的一条信息:"尽管下着雪,我已经到了。我在圣纳泽尔②向你问好。"

二十年前,我们俩曾回到这里来看这座据说是"曼金③将军的"摩洛哥府邸。他已经忘了这座房子,这个花园,他曾在那里学会站立,并且迈出了第一步。高大的柠檬树下,一个水龙头在给黄色的旋转洒水喷嘴供水,那喷嘴就像一株转瞬即逝的巨大向日葵,在潮湿的

---

① 吉姆·贾木许(Jim Jarmusch, 1953—),美国导演、编剧、制片人、演员,主要作品有《天堂陌影》《不法之徒》《神秘列车》等。
② 圣纳泽尔(Saint-Nazaire),法国西部海港城市。
③ 夏尔·曼金(Charles Mangin, 1866—1925),法国将军,曾参与法国征服摩洛哥的战争以及第一次世界大战。

草地上闪耀。我仿佛看见他穿过一束束旋转着的金色水柱，脚步蹒跚，跌跌撞撞。我仿佛听到他婴孩时期的笑声。我仿佛仍在1990年，只是眨了一下眼睛，然后重新睁开，时光就飞跃了二十年。他是一个奇迹，如此平凡与普通，对每个做父亲的人而言却又如此独特而不凡。他宛如一场魔术，比徒步从巴黎走到符拉迪沃斯托克或是在月亮上行走还要震撼人心。他是一招不可思议的把戏。我现在还能感觉到怀里抱着他时他那被水淋湿的小小身体所产生的重量。然而，现在的他却成了船上靠在我身旁的一个神秘男人。

在瓜纳巴拉湾

我曾在塞巴斯蒂安·罗伊位于圣保罗领事馆的办公室里留了一堆书（其中有一本是马克·费雷兹[①]的摄影集）。一年后，也就是2006年，我准时去那里把书都取了回来。与此同时，我还向他提了一个建议——在巴西组织一场文学奖评选。那个文学奖[②]创立于多年以前，由世界上最杰出的打火机生产商资助——他们也希望能成为世界上最杰出的笔杆生产商。该奖主要帮助青年作家出书，颁给他们一笔奖金。我在乌拉圭、哥斯达黎加、委内瑞拉、古巴和墨西哥都颁发过这个奖。塞巴斯蒂安·罗伊同意了我的建议，召集了一个由巴西作家组成的评委会。他自己负责后勤和招呼媒体，并在领事馆接收匿名书稿。

[①] 马克·费雷兹（Marc Ferrez, 1843—1923），巴西摄影师，父亲是移居里约热内卢的法国雕塑家和雕刻家。
[②] 指拉丁美洲青年文学奖（Prix à la Jeune Littérature Latino-américaine），由作者创立于1998年，每一届都会指定一个拉丁美洲国家为评选区域，接收该国青年作家的投稿，最后在投稿中选出获奖作品并资助其出版。

从那时起，我可以说是勉强地过上巴西的生活了，虽然我同时也在非洲继续寻找萨沃尼昂·德·布拉柴的足迹。在这之后的两年里，我在里约，住在格莱里亚酒店，打算将来有一天，在佩德罗·卡布拉尔①征服巴西五百多年之后，写一本自己的巴西征服记。格莱里亚酒店的长廊里挂着著名客人的黑白照片：金·诺瓦克②、伊莎多拉·邓肯、吉娜·劳洛勃丽吉达③和玛丽莲·梦露。我知道罗歇·凯卢瓦④和乔治·贝尔纳诺斯⑤也在这家酒店的酒吧里谈过话，但人们觉得他们与女演员们相比太丑，也不太出名，难以吸引这类场所的客人，没有把他们俩的照片挂出来。

　　白天，我坐在海湾边的露天座上，捧读历史书籍，

---

① 佩德罗·阿尔瓦雷斯·卡布拉尔（Pedro Álvares Cabral，约1467—约1520），葡萄牙航海家、探险家，被普遍认为是最早到达巴西的欧洲人。
② 金·诺瓦克（Kim Novak, 1933—　　），本名玛丽莲·波琳·诺瓦克（Marilyn Pauline Novak），美国电影女演员，出演过希区柯克所执导的《迷魂记》。
③ 吉娜·劳洛勃丽吉达（Gina Lollobrigida, 1927—　　），意大利女演员、摄影记者、雕塑家，欧洲最知名的女演员之一。二十世纪五六十年代性感女郎的象征。
④ 罗歇·凯卢瓦（Roger Caillois, 1913—1978），法国文学批评家，年轻时曾与乔治·巴塔耶等人一道影响了超现实主义先锋派，后向法国引了博尔赫斯等南美作家，一生著有大量文论作品集，获选法兰西学院院士。
⑤ 乔治·贝尔纳诺斯（Georges Bernanos, 1888—1948），法国作家，因《在撒旦的阳光下》成名，作品《一位乡村教士的日记》获法兰西学院小说大奖。1934年移居西班牙，曾支持佛朗哥政权，但不久与右派势力决裂，回国后发表《月光下的大坟场》，揭露佛朗哥分子的罪行。1938年移居巴西。二战期间声援戴高乐领导的抵抗运动，战后应戴高乐邀请回国。

尤其是编年史，例如让·德莱里的《在巴西大地旅行的故事》。晚上，我凝视着那艘准时出现的红色小船，它的白色舷梯位于船头。它来去很有规律，每天太阳下山之前回来。我从书中了解曾发生于此的冲突以及随之而来的战争，这些冲突与战争最终决定了一月之河①属于法国人还是葡萄牙人。来自布列塔尼地区的法国海军少将维尔盖尼翁②是名战士，也是文艺复兴时期的学者，被派到瓜纳巴拉湾中间的一个岛上来建立殖民地（也许是建立一个王国），即科利尼堡。少将身后有日内瓦新教徒的支持，这一事件成了宗教战争的前奏。后来，殖民地内部发生了宗教论争，冲突双方都屠杀了几个信仰对方教派的印第安人。殖民地就这样走向了自我毁灭。

不过，有些诺曼底商人把其中的三个印第安人用船运到了法国。1562年，蒙田与查理九世国王在鲁昂接见过他们。当时，鲁昂刚刚被吉斯公爵③从新教徒手中夺回。"国王跟他们谈了很久；人们给他们展示了我们的生活方式、我们的盛宴以及一座美丽的城市。"然后，

---

① 一月之河即里约热内卢，是其城市名的意译。
② 尼古拉·迪朗·德·维尔盖尼翁（Nicolas Durand de Villegaignon, 1510—1571），法国探险家，曾为法国在巴西建立起一个新教徒殖民地，后被葡萄牙攻占。
③ 吉斯公爵（duc de Guise），指弗朗索瓦·德·洛林（François de Lorraine, 1519—1563），第二代吉斯公爵。

人们问这些印第安人对什么感到最惊讶,他们回答说,不明白为什么那么多高大强壮、长着大胡子、全副武装的人都要听一个孩子的命令,因为查理九世当时只有十二岁。他们对城门口饿得皮包骨头的乞丐也很吃惊,那些乞丐"竟然能忍受这样不公正的对待,却没有掐住富人的脖子,烧掉他们的房子"。

后来,蒙田身边长期收留了"一个男人,他在我们这个世纪所发现的另一个世界里待了十来年,就在维尔盖尼翁登陆的地方。他把那个地方叫作'南半球的法国'"。那个人跟他讲述的这个关于尚不存在的巴西的故事,奠定了蒙田人道主义思想的基础,加上他阅读了弗朗西斯科·洛佩兹·哥马拉的《西印度全史》,收集了更加丰富多样、更让那个年代的人吃惊的习俗。他这样描述那些地方:"在那里,人们不仅把戒指戴在鼻子上、嘴唇上、脸颊上和脚踝上,还把很重的金棒穿在乳头和屁股上;在那里,人们一边吃东西,一边在大腿、私处和脚掌上擦手指。"

他喜欢冒犯自己的读者,赞扬那些国家:"在那里,人们打招呼时,把手指放在地上,然后指着天空;男人用头扛东西,而女人用肩;女人站着小便,而男人蹲着。"他混合了从希罗多德①的书中读到的各种例子，描写了那个绝对的他乡，提出了文化相对论和人性的普遍："也是在那里，妇女们一起生活并不构成犯罪；在那里的某些国家，作为荣誉的象征，她们裙边佩戴无数美丽的流苏装饰，去接近男性。"他还听说，那里提倡宽容，尊敬他人，认为每个人除了其民族特性之外都是独一无二、值得赞赏的；这里觉得理所当然的事情在那里让人好奇；那些与我们如此不同的印第安人，"在思想智慧本性和判断力方面一点都不亚于我们"。

他在《随笔集》里所列举的许多奇特的习俗中，有一种，人们觉得法国善良的儿子们不会认同："到了一定的年龄，杀父是在尽孝道。"

---

① 希罗多德（Hérodote，约前484—前425），古希腊作家、历史学家，他的《历史》是西方文学史上第一部完整流传下来的散文作品，他也因此被尊称为"历史之父"。

父与女

离格莱里亚酒店不远,伊莎贝尔公主大道与沿着科帕卡巴纳海滩的大西洋大道垂直相交。十字路口竖立着一个手里拿着羽毛笔的公主雕像。她用羽毛笔签署的,就是废除奴隶制的法令。这一法令来得太晚。时间已经到了1888年5月。这是一位摄政公主。她父亲佩德罗二世虽然以放弃帝位相威胁,却仍未能让政府接受废奴令。他人在欧洲,重病在身。这位老人对诸多领域抱有强烈的兴趣,终生与一些艺术家和学者保持通信,如路易·巴斯德、查尔斯·达尔文、弗里德里希·尼采、理查德·瓦格纳等,研读或聆听他们的作品,彼时却在米兰奄奄一息。听到女儿成功的消息,他振作了起来,回到了巴西,但只在那里待了很短的时间。

儒勒·凡尔纳[①]在他关于亚马孙的小说《亚马孙漂流

---

① 儒勒·凡尔纳(Jules Verne, 1828—1905),法国小说家,现代科幻小说的重要开创者之一,被誉为"科幻小说之父"。

记》①中如此赞扬巴西和那个"勇敢的小民族":"它现在已是南美最大的国家之一,由智慧而充满艺术细胞的佩德罗皇帝领导。"毫无疑问,和巴西所有的文人一样,那位《奇异旅行》②的读者喜欢别人的恭维。不过,他敬仰的却是维克多·雨果。1872年初,巴黎公社起义之后,前些年因遭法兰西皇帝迫害而流亡的雨果正热心于政治活动。他们却没能在那时见面,尽管佩德罗二世曾告诉泰奥菲尔·戈蒂耶:"如果见不到维克多·雨果,我觉得我的欧洲之行将遗憾万年。"五年后,雨果在日记中写道:

上午9点。巴西皇帝来访。谈了很久。非常高贵的灵魂。他在一张桌子上看到了我的诗集《做祖父的艺术》。我把书送给了他,并拿起笔。他问我:"您将写些什么?"我回答说:"两个名字,您的名字和我的名字。"他说:"不要多写,我请求您。"于是我写道:
献给尊敬的佩德罗·德·阿尔坎塔拉
维克多·雨果

---

① 《亚马孙漂流记》(La Jangada),又译《大木筏》,直译为《帆木筏》,凡尔纳创作于1881年的小说,情节主要发生在一艘帆木筏上。作者在前文将他与儿子皮埃尔所乘的亚马孙轮船称为"帆木筏",其中便有致敬凡尔纳的此本小说之意。

② 1863年起,凡尔纳开始发表以科学幻想冒险小说为主的作品,该系列作品的全称为《在已知和未知世界中的奇异旅行》。

他问我:"日期呢?"

我补写道:

1877年5月22日

同一天,他写下了以下这几行字:"下午2点,我去参议院跟极左派开会。"一个星期后,5月29日,他又跟极左派的议员们度过了一个白天。"回到家里,我见到了来跟我共进晚餐的巴西皇帝。"

奴隶制被他女儿废除之后,这位皇帝被大财主和"咖啡大王"们推翻了,这些人早就在酝酿政变。佩德罗二世被废黜了,在郁郁寡欢中流浪欧洲,最后客死巴黎。继维克多·雨果的葬礼之后,法兰西共和国总统萨迪·卡诺也给他操办了一场国葬,那是在雨果葬礼的六年之后。面对这位老皇帝和那位支持极左派的诗人、加里波第①的朋友,我想起了贝尔纳诺斯的那句话——十多年后,他到了巴西,说自己是"被君主制吸引的蒲鲁东社会主义者"。

---

① 朱塞佩·加里波第(Giuseppe Garibaldi, 1807—1882),意大利国家独立和统一运动的杰出领袖,军事家,意大利建国三杰之一。由于在南美洲及欧洲的军事贡献,他赢得了"两个世界的英雄"的美称,备受维克多·雨果等法国文化界人士的景仰,曾以意大利人的身份当选法国国民议会议员。

在船上

不管是什么船,大轮船还是独木舟,抑或是小舢板,我觉得生活在漂浮着的东西上总是更舒服。躺在船舱里,所有这些故事都像是沿着悬崖的记忆之沟,是汇聚到大河床的一条条小溪。文学奖把全巴西的作家都集中了起来。当塞巴斯蒂安·罗伊在领事馆办公室打开获奖者的第二个信封①,准备联络对方时,发现这是一个里约热内卢人,住在格莱里亚酒店后面。

安东尼奥·杜特拉②的书稿《福克纳的时日》,写的是那个小说家1954年在圣保罗小住的事。在布莱兹·桑德拉尔到来的三十年之后,福克纳也来到了此处。人们让威廉·福克纳住在最好的酒店里——滨海酒店。他生了病,常常喝得醉醺醺的,拒绝跟所有人见面。他对美国的外交官深感失望,后者想利用他来重整旗鼓。几个

---

① 匿名评选常采用双信封制,稿件置于第一个信封中,投稿者的个人信息置于第二个信封中,只有在稿件获奖的情况下,第二个信封才会被打开。
② 安东尼奥·杜特拉(Antônio Dutra, 1974—),巴西作家,代表作《福克纳的时日》获2008年拉丁美洲青年文学奖。

星期前的6月底，应联合果品公司和一些大资本家的请求，美国中央情报局操纵其傀儡卡洛斯·阿马斯，以受到共产主义威胁为借口，推翻了危地马拉总统哈科沃·阿本斯，结束了他的土地改革。

1954年8月8日晚上6点30分，当那个风度翩翩的小矮个男人从布兰尼夫国际航空公司的DC-6四发动机飞机的舷梯上走下来时，美国在整个拉丁美洲的形象正处于谷底。威廉·福克纳从利马来到圣保罗，中间只在里约稍作停留。当时有一张照片，他的右手放在舷梯的栏杆上，左臂搭着一件雨衣，手里拿着一个尺寸有点滑稽的小箱子，有点像带把的鞋盒或是小手提包，里面也许装着一瓶备用的杰克·丹尼威士忌。

福克纳在孔戈尼亚斯小机场的停机坪走了几步，然后钻进一辆凯迪拉克-54，坐在后排领事的旁边。领事递给他一张行程单。他说他将什么都不干，他身体不是太舒服。他获诺贝尔奖已经五年。每天，从早到晚都如此。他厌烦透了，不愿重演越来越拙劣的诺贝尔奖颁奖仪式。几个月后，将轮到海明威获诺贝尔奖。人们放过了他，但外交官们却急得像热锅上的蚂蚁，因为海明威更不平和，更不听话。福克纳在巴西期间，报纸上满是关于一桩丑闻的报道：有人在科帕卡巴纳袭击了记者卡洛斯·拉塞尔达。不久，调查牵涉到总统府，民众要求热图利奥·瓦加斯辞职。

我们和安东尼奥去了圣保罗，准备出版这本书，并想获得当时发表在当地报纸上的那张福克纳照片的版权。我们希望用它来做封面。几天来，我们和安东尼奥之间产生了一种默契，也许已经成了一种友谊。晚上，我们谈起了我们的偶然相识：当时，他正准备去圣纳泽尔参加该书的首发仪式，他告诉我，他对巴西作家哈里·劳斯的作品进行过研究，后者在圣纳泽尔写了《第一颗子弹》。安东尼奥在书中引用了福克纳某一天同意离开房间，在滨海酒店的大厅对青年作家们说的话："艺术家们在时空中像是被一条链子所连接，一代人刚刚开始变老，另一代人已经冒出来继续前人的事业，完成和完善上一代人没有完成或做得不好的事，老艺术家有时也会把事情搞砸……这样的事也是可能发生的。"

1954年8月，福克纳离开几天之后，热图利奥·瓦加斯总统对着自己的胸口开枪自杀了。他被打穿的睡衣现在还陈列在国家博物馆里。我们和安东尼奥后来又回了里约，到法兰西之家出席颁奖仪式。一天下午，我们和安东尼奥去参观了植物园，那里聚集了全巴西所有种类的树木。我们去那里时经过了特纳勒罗路，记者遭袭事件就是在那里发生的。我记得我们接着又去了拉戈阿或是在博塔弗戈的小饭店。我听见雨水打在船舱的板壁上。与那时相比，我已老了十岁，躺在"帆木筏"的卧铺上，伸手拿起了蒙田的著作。

尽管蒙田在老年的时候一直在赞扬他小时候独自看的第一本书——奥维德的《变形记》，他真正喜欢的只有两个作者，一个是塞涅卡，一个是普鲁塔克。他在书中跳来跳去，耐心收集，像蜜蜂采蜜一样，"什么都碰一下，什么都不深入，典型的法式作风"。看到喜欢的句子，他便摘抄下来，"真理与理性是每个人都拥有的，它们并不专属于最先说出它们的人"。他把这些都作为他的战利品，"蜜蜂到处采集花粉，然后酿成蜜，蜜就完全属于它了"。

《随笔集》这本不连贯的伟大著作让人文主义思想在欧洲生根落户。我觉得我们现在正在失去这种思想，人人平等的梦想已经终结。人口爆炸与资源短缺使得千万底层人为了一点食物和饮用水在垃圾堆里互相残杀。与我父亲、祖父、曾祖父不同，我的生活并没有因欧洲的战争而被打乱，我希望皮埃尔同样也能写下这个句子。我的乐观主义基础并不牢靠。

他偶尔会放下书，合上笔记本，拿出橡皮和铅笔，重新画起画来。一天早上，他撇下了我，让我独自一人在飞着苍蝇的荒凉沙滩上阅读蒙田，自己跟一个巴西籍的德国人爬山去了,那人原来是丛林游击队的。皮埃尔走到小船边,又折返回来,给我带来一件雨披。我的阅读受到了影响,因为被如此抛弃,我感到很不安。这座岛孤悬于水中,涨潮期间,很快就被淹没。因为担心遇到电鳗和牙签鱼,我用脚摸索着,希望能找到一片浅滩,想回到陆地。水没到了胸口,我用手把"四开丛书"①版的厚厚的大书举在头顶,就像一件需要保护的武器。天没有下雨。皮埃尔回来了。

---

① "四开丛书"(Quarto),法国伽利玛出版社出版的一套人文经典丛书。

与安东尼奥在一起

去年,我们离开了南方和帕拉蒂,从陆路回到里约。皮埃尔和安东尼奥是六年前在圣纳泽尔认识的,之后便没有再见过面。我们登上圣特蕾莎街区①,沿着有轨电车轨道散步,身边不时有黄色的有轨电车驶过,头顶的电线杆上爬着狨猴。我们一直步行至废墟公园,想象着此处仍是豪宅时的样子。那时什么都有:门窗、钢琴、拉利克玻璃器皿、晚礼服、蝴蝶结、阿纳托利·法朗士、伊莎多拉·邓肯、海托尔·维拉-洛博斯、布莱兹·桑德拉尔。我们在高台上看看下面的里约,格莱里亚酒店永远关门了,它也有可能沦为废墟,或者在等待可能会到来的修缮。

皮埃尔在这里玩起了摄影,他的拿手好戏之一。在塞缪尔·提坦的陪伴下,他背着相机,在街上跑来跑

---

① 圣特蕾莎街区(Santa Teresa),里约热内卢的一个街区,坐落于市中心的一个高地,拥有大量殖民时期遗留下来的建筑以及拉丁美洲最古老的有轨电车线路,是里约热内卢的旅游胜地和艺术中心。

去,参观莫雷拉·萨尔斯摄影史研究所,博物馆,何塞·梅德罗斯、托马兹·法卡斯、汉斯·昆特·弗里格尤其是马塞尔·高特罗特的摄影展。我有时也跟他们一起去。如果说,这种参观对皮埃尔来说是艺术活动,对我来说则是增加知识的机会,我得以一睹那些淘金城——米纳斯吉拉斯、欧鲁普雷图、里约达斯韦拉斯的风采。那些地方遭受了淘金者的大规模掠夺,一帮帮地痞流氓和冒险家在乡村骑着马,抓捕奴隶,挥舞着旗帜。为了得到上帝的祝福,为了乞求耶稣的怜悯,他们建造了许多教堂,希望自己的深重罪孽能得到宽恕。一座座教堂就像燃烧着的精炼厂,流淌着金子和虔诚的心,眼泪和还愿物。他们在孔戈尼亚斯仁慈耶稣圣殿竖起一尊尊块滑石①制成的大雕像。那是"残废者"安东尼奥·弗朗西斯科·利斯博阿②的作品。他是个跛脚,瘸子,残疾人,一个葡萄牙木匠和一个女黑奴所生的畸形儿,雕刻时用皮带将锤子和刻刀连接在残肢上。今天也许出不了"残废者"利斯博阿这样的人了,因为天才不是通过核磁共振发现的。把小怪胎扔进垃圾篓之前,人们都不敢把超声波检查图像给父母看一眼。

---

① 块滑石(stéatite),矿物名,滑石的一种,常用作雕刻材料。
② 安东尼奥·弗朗西斯科·利斯博阿(Antônio Francisco Lisboa, 1738—1814),巴西雕塑家和建筑师,因身体残疾而被称为"残废者"(O Aleijadinho)。

疯狂的淘金热过后是咖啡热。奴隶们从矿上转移到了田间。欧洲引进了新大陆的许多植物，却把咖啡强加给它，在这片土地上造成许多灾难。咖啡从一株小灌木变为一种广受欢迎的饮料，中间还有一段传奇的历史。一切都源自阿比西尼亚①的一个牧羊人，他坐在他的羊群面前，看到它们吃了一种灌木的红色浆果之后欣喜若狂。无聊的牧羊人于是羡慕不已。味道不是太好，主要还是没有刺激效果。刺激成分藏在核中。牧羊人把它吐了出来。为了给生活增加刺激，他很少轻易放弃。他烤了果核里的两粒种子，压碎后放进滚水里。此后，阿拉伯人便在他们的单桅三角帆船里装满了这种有刺激性的"樱桃"。后来开罗和伊斯坦布尔试图禁止喝这种东西，但不管用。相反，人们把它黑色的酱汁与小豆蔻相混，加强了它对精神的刺激。接触了土耳其人之后，维也纳也开了咖啡店。这下，场所和饮料结合了起来。它们将促进人们展开谈话，然后撰写政论小册子和讽刺性文章。人类历史充斥着这类悖论，由奴隶采摘的这种种子促进了欧洲人的思想解放，让他们对言论自由上了瘾。

　　植物的移植和引进，有许多是通过偷盗来完成的。

---

① 阿比西尼亚（Abyssinie），埃塞俄比亚的旧称。

据说，早在马可·波罗旅行之前，中国人就向第一批外国人隐藏了桑蚕养殖技术，但被两个教士偷走了一个蚕茧，藏在挖空的法杖里。至于巴西的咖啡，其来历与卡宴①总督有关，茨威格在《巴西，希望之乡》中引用的就是这一传说：那个被戴绿帽子的总督，其妻子"与葡萄牙军士长弗朗西斯科·德·梅洛·帕列塔幽会了一个小时。就在这幽会期间，抑或在幽会以后，她送给军士长几张咖啡植株的示意图和几颗咖啡种子。这种灌木很快在那里扎根了，就像广大移民一样"。然而，谁也不能每仗必胜或必败。后来，一个年轻的英国人，亨利·魏克汉收获了几颗亚马孙三叶橡胶树的种子，运到亚洲成批种植，从而毁了巴西。

---

① 卡宴（Cayenne），法国在南美洲的海外省法属圭亚那的首府。

在世界的中心

许多美洲的植物幸运地漂洋过海,在欧洲扎根,迅速繁殖,甚至让人以为是当地的特有品种,比如产量如此之高的土豆、西红柿、玉米、辣椒、豆角、烟草。但那些甜点配餐,比如可可、糖、咖啡,却没有那么幸运,只能在热带地区种植。我是由于香蕉才知道巴西的。我读了佩罗·德·马加朗埃斯·德·贡达沃的《圣克鲁斯省(俗称巴西)的历史》。1576年,蒙田与印第安人相遇14年后,此书在里斯本出版。在离奇的海怪故事当中,作者描述了那种水果无与伦比的味道,强烈建议他的同时代人尝一尝。他们将被率领前往大洋彼岸。

1997年2月21日,我在尼加拉瓜首都马那瓜的莫尔古特酒店的房间里开始阅读这本书,并在我当时经常居住的蒙得维的亚①读完了它。我在那里调查由于1933年政变而开枪自杀的巴尔塔萨尔·布鲁姆。我从首都穿过乌拉圭的领土,一直来到丘伊。我初次踏上巴西的土地,却

---

① 蒙得维的亚(Montevideo),乌拉圭首都。

没有离开这个边界村庄，我当时与坐落在亚马孙河口的贝伦①相隔四千公里。我现在仿佛还能看见二十年来经圣保罗、里约、巴西利亚、累西腓②穿越的这条长长的南北向路线，而现在摆在我眼前的已是我和皮埃尔行走的东西向的漫长路线，从大西洋边的贝伦到太平洋海岸上的圣埃伦娜，沿途经过圣塔伦、马瑙斯、伊基托斯和瓜亚基尔，一路上设想着创作一个关于拉丁美洲的故事。我下定决心让它成为我最后一个故事，然而是关于南美洲的第一个故事，因为我1997年2月21日在马那瓜所写的是中美洲的故事，2014年2月21日在墨西哥的坦皮科所写的则是北美洲的故事。

十年前，我与安东尼奥暂别，去了联邦首都。如果说，威尼斯的形状像是从空中看下去的一条鱼，那么透过飞机降落前的舷窗看到的巴西利亚则像一架飞机。在那架航班上，有德国电影导演维姆·文德斯③，他刚刚在《圣保罗日报》上宣布，他想改编阿尔瓦罗·穆蒂斯④写

---

① 贝伦（Belém），巴西北部最大的城市，帕拉州首府。
② 累西腓（Recife），巴西第五大城市，位于大西洋沿岸，是伯南布哥州的首府，也是巴西东北部最大的城市。
③ 维姆·文德斯（Wim Wenders, 1945—   ），德国电影导演，主要作品有《天使之城》《得州巴黎》《柏林苍穹下》等。
④ 阿尔瓦罗·穆蒂斯（Álvaro Mutis, 1923—2013），哥伦比亚作家，代表作为《"瞭望员"马科洛尔的历险与烦恼》。

的那部关于"瞭望员"马科洛尔的亚马孙历险的小说①。读了他的电影作品目录,我发现这个计划似乎未能实现,跟桑德拉尔的计划一样。他的计划像汽油进口和咖啡种植园杀虫那么多变,这只是他众多失败的计划中的一个。他想在这里拍一部关于巴西建成新首都以前的历史的电影。

舍弃里约的决定,早在佩德罗二世下台之后的第一届政府的执政时期就已经被提出来了,但直到五十年代才由贝尔纳诺斯的朋友儒塞利诺·库比契克实现。他在贝洛奥里藏特当市长时与贝尔纳诺斯交往甚密。热图利奥·瓦加斯自杀后,他当了总统。如果你是坐火车或骑马来的,那么你绝对猜不到这座城市的轮廓就像一架飞机。出了机场,就看到城市的马路非常宽阔,山脚下的水很蓝,纯净的天空上飞着猛禽。等红灯时,会有人上来出售报纸、牙膏和一盒盒的草莓。奥斯卡·尼迈耶②设计的大楼上插着绿、黄、蓝的国旗,写着奥古斯特·孔德③的名言:"秩序与进步"。首都一直在建设之中,国家图书馆刚刚开张。

---

① 即《"瞭望员"马科洛尔的历险与烦恼》。
② 奥斯卡·尼迈耶(Oscar Niemeyer, 1907—2012),巴西建筑师,被誉为"建筑界的毕加索",曾参与设计纽约联合国总部大楼。
③ 奥古斯特·孔德(Auguste Comte, 1798—1857),法国哲学家,最早提出实证主义学说,对现代巴西有很大的影响。

这座城市似乎很平静，但并非完全如此。一天晚上，我们和国家图书馆的馆长安东尼奥·米兰达离开了机身右翼，前往机舱中心的乔罗俱乐部。他走错了路，把越野车停在了一块草地旁。他有点生气，决定把车扔在那里。我们刚转身走了几步，一对衣着得体的男女就引起了他的警觉，他怕自己的车辆被偷。他曾在加拉加斯从事戏剧工作。我从他那里得知，今年刚好是巴萨诺瓦①诞生五十周年。他还向我解释了它与桑巴舞曲的区别，并告诉我，音乐家们正在重新排演《来自伊帕内玛的姑娘》。

我住在巴西21商务中心Tryp酒店。那天晚上回来以后，我去了19楼的露天平台，突然看见半圆形的月亮在天空中升起，宛如一个金色的洗脸盆。在广阔、幽深、漆黑的天上，它黄澄澄的，格外美丽，显得极大，倒映在游泳池里，随着起伏的水波荡漾，化作柔软的斑纹，金光闪闪。游泳池像是盛满了水银，悬在下方的圣马可酒店之上。整个建筑像是塔蒂②的未来主义电影的背景，文德斯透明的天使默默地栖息在玻璃塔顶，满怀同情地守护着我们这些可怜的人类。

---

① 巴萨诺瓦（bossa nova），融合了巴西桑巴舞曲和美国酷派爵士的一种新型爵士乐。
② 雅克·塔蒂（Jacques Tati, 1907—1982），法国电影导演、演员，代表作有自导自演的喜剧电影《于洛先生的假期》《我的舅舅》《玩乐时间》等。

如果世界上真有魔鬼，他可能也会在这座呈飞机形状的世界之都的驾驶舱内，在其中的一幢塔楼中拥有一间办公室，看着屏幕上图形曲线的波动，死亡与出生人口的实时变动。这个暴君决定火车是否出轨，火山和海啸何时爆发，确定股市价格，引起传染病，冷笑着破坏美好的爱情。他同时要做那么多事情。他看着手表，忙得不可开交，还得决定布伦特原油期货的价格、跑马场和足球比赛的结果，以及彩票的抽奖。他看见一切。做决定的总是他。他迅速签署支票，盖章，打最后一个电话，预订餐桌，在当天的总账本上画押。他每天都要在地球上做两天的事。他后悔把事情弄得这么复杂。午睡，推开椅子，穿衣服，摸口袋。Where is my gun?[①]

[①] 英语，"我的枪放哪儿了？"

在森林里

马达停了下来,我们听着淙淙的流水声,听着动物此起彼伏的叫声,听着雨水滴落在一片片树叶上。鸟类学家每遇见一只鸟就会在笔记本上打一个钩。我们也依样学样,学着辨认各类青蛙、棕榈树、蟒蛇、鹦鹉、刺豚鼠、猴子、凯门鳄、树懒、美洲狮、大戟,就像是在看一本童书,用线条把一个个名词与一幅幅经简化的图像连起来。所有这些生物,我们也许再也见不到了,只能在海关关员卢梭①的画作中一览它们的风采,而他自己也从来没有亲眼见过那些东西。

皮埃尔攀登了塔帕若斯河上方的那座山丘。许多天之后,我陪他在森林里走了走。我们从河边走进多沙的丛林,走了几公里,便到了河流的上游,河流常常突然出现在山口。两三个小时之后,我们就来到了原始森林

---

① 海关关员卢梭,即亨利·卢梭(Henri Rousseau, 1844—1910),法国后印象主义原始画派画家,同时也是海关关员,向沿塞纳河而上的商船征收通行费。他画有大量以拉美丛林为主题的画作,却从来没有去过拉美。

的黑土地上，有的树木早在葡萄牙人到来之前就在那里了。大片的藤本植物和附生植物生长于此，一道道光芒垂直射进巴西油桃木和美洲木棉粗大的树干间。它们有的手挽着手，围成一个圈，如同一个正在举办泛灵仪式的部落。此外，还有能绞死人的无花果树，能把人吞掉的棕榈树，以及其他各类参天大树。

一个是六十多岁的老男人，另一个不到三十岁，正当年富力强，我们时刻注意，不要把这场累人的散步变成一场大型哺乳动物中普遍存在的肉体争斗，不要像自命不凡的公鹿一样好斗，弄乱所处的森林。我们默默地前行，浑身是汗，在这个正在死亡的星球上，肩并肩或排着队，做艰苦的努力。我们也屏住呼吸，甚至咬紧牙关，湿热中肌肉变得无力。我们回到船上睡觉，被小虫子咬得满腿伤痕，心想，忍受蜂蜇和蚊虫以及其他可恶的东西的叮咬是值得的，我们最后都喜欢上了它们，因为知道它们濒临灭绝。我们拿出了备好的酒，背诵着贝克特的名言："'我们旅行并不是为了已知的乐趣。'卡米耶说，'我们很蠢，但没有蠢到这种地步。'"

我们抽着烟，缓过气来，一口喝光瓶子里的烈酒，尽量准确无误地说出这句巴西格言："Cemitério, cadeia,

cachaça não é feito para uma só pessoa."①意思是说：饮用卡沙夏是让自己远离死亡与监狱这两个威胁的可靠方法。我们累了，加上喝了酒，慢慢地，我们相互之间不再那么腼腆。我们大笑起来。后来，皮埃尔又默默地记起笔记来。

---

① 葡萄牙语，直译为："坟墓与监狱，卡沙夏并不是为那里的人而酿。"

在伯南布哥州

2017年8月1日星期二，我和皮埃尔及安东尼奥去了里约甜面包山脚下——它是由片麻岩（变质花岗岩）构成的，正如我们将会在下文发现的那样——的红海滩。正当我们在那儿搭了一辆出租车回伊帕内玛时，我的手机收到一条信息。信息是一位我不认识的叫雅克·科恩普罗斯特的先生发来的："烦请转交瑟伊出版社。"他写道，他刚刚读完《如此般逝去》①，说自己很喜欢非虚构作品，然后开始进行尖锐的批评："但我发这条信息是为了捍卫受到不公正责难的板块构造理论（见《赤道地带》②中的章节《轻度温和》，第335页）。"

他提到的这几句话，我必须抄录在这里——尽管这种做法不符合惯例——以便人们能弄清事情的来龙

---

① 《如此般逝去》（Sic transit），本书作者创作于2014年的非虚构作品，原书名Sic transit源自拉丁语名言"Sic transit gloria mundi"（尘世荣耀如此般逝去）。

② 《赤道地带》（Équatoria），本书作者创作于2013年的非虚构作品，是作者沿赤道线进行跨非洲大陆旅行（从非洲西端大西洋上的圣多美和普林西比至非洲东端印度洋上的桑给巴尔群岛）时所写的日记。

去脉，明白2006年我在圣多美和普林西比所写的那一章节。当时，我轮番去大西洋两岸，抱怨不能同时处于两岸："远处，大西洋的海水已经黑得像沥青，毫无障碍地一直涌向对岸的巴西。人们在这里可以清楚地看到，这个岛的经度并不准确。所以，板块构造理论并非完全正确。美洲板块从非洲板块中脱离出来时，本应把这两个岛屿也拉到它旁边。我们每天晚上在里约热内卢豪华的格莱里亚酒店露台上喝酒时，本应能看到它们，它们本应就在甜面包山后面。"

"写这一段的时候，"雅克·科恩普罗斯特补充说，"您受到了两个幻象的欺骗。"接着是具体的说明，让人不得不接受，因为写得像兰波式的实用诗歌："非洲和南美的分离开始于约1.4亿年前（早白垩纪）。那个时期，圣多美岛和普林西比岛都还不存在，所以不可能与美洲板块连接。那两个岛其实是'喀麦隆火山线'（也包括喀麦隆峰和尼奥斯湖）的一部分，它在渐新世开始出现，也就是三千万年前左右。圣多美岛的起源最早可追溯到一千八百万年前，但海底部分的年头也许更久一点。不管怎么说，这两个岛屿属于非洲板块，产生于大陆被撕裂之后，完全在准确的经线上。

"像甜面包一样凸起的地形是里约的特征，但圣多美的黑峰，其形状与它完全无关：这只是形状的趋同。

里约的地形与热带蚀变作用影响古时地层（约五亿多年前，通常为片麻岩，即变质花岗岩）有关；黑峰的形状是由响岩（往往更年轻）侵入造成的，比如在阿塔科尔、戈梅拉岛（加那利群岛）以及法国（伊里埃、萨纳迪瓦尔、格比尔-德琼克）。多姆山（已有一万年历史）的形状也相似，它由粗面岩组成，其二氧化硅含量比响岩丰富。里约和圣多美真正的共同点是热带植被（但这是海拔高度问题，而不是纬度问题）和近代的葡萄牙殖民者。"

一年多以后，我才知道这个如此吹毛求疵的读者是谁。他是一个火山学家，克莱蒙费朗地球物理学天文研究所所长。我告诉他我希望引用他的这封邮件，并说太巧了，我刚好在离格莱里亚酒店不远的里约收到了这封邮件。我曾傻傻地断言，称自己写的并不是虚构作品，结果在他面前露了馅，于是我只好向他解释说，我觉得我书中异想天开的观点更多是历史性的而不是地理性的，更多是给文艺爱好者而不是地质学爱好者看的，是写给葡萄牙语、科德尔文学①和茨罗里②爱好者的。茨罗

---

① 科德尔文学（littérature de cordel），巴西一种以廉价小册子的形式出版的民间文学，内容包含小说、诗歌和歌曲，在街头市场或由街边摊位销售。因为它们被挂在绳子上展示给读者看，而葡萄牙语中的"绳索"一词为corda，所以叫科德尔（cordel）文学。
② 茨罗里（Tchiloli），十六世纪诞生于葡萄牙的一种综合了音乐和舞蹈的戏剧形式。

里是一种独一无二的戏剧,自蒙田所在的十六世纪起每年都在圣多美演出,角色也是父子相传。

我也许被我读过的一篇文章误导了。那篇研究三叶虫化石的文章指出,古欧洲大陆的部分碎片仍紧挨着美洲东部,而古美洲大陆的部分碎片也紧挨着欧洲西部;大陆在漂移的过程中似乎会发生重叠,我们在这些木筏上不断漂移,就像猴子和蜥蜴在被流水冲走的水葫芦上惊慌失措。但最误导我的是文化大陆漂移说,我是从有的作家那儿得知的,比如若泽·爱德华多·阿瓜卢萨①,他经常在安哥拉的罗安达和巴西伯南布哥州的奥林达之间来往。

我继续向北,向累西腓推进,中途住在奥林达郊区索尔路的圣方济各旅馆。那是一家青年旅舍,有个小游泳池,在暖暖的雨中和黄色的木芙蓉下戏水甚是开心,落花在水面漂荡。在殖民漂移时期,这座城市曾经被荷兰人占领,被命名为毛里斯施塔特,出口巴西木,供人们制作优质的琴弓。我来此与女诗人卢西拉·诺奎拉重逢,那时候她还在世。对我来说,她的名字与这座城市是联系在一起的。每天两三阵骤雨,虽然短促,但很猛烈,给盘绕在树

---

① 若泽·爱德华多·阿瓜卢萨(José Eduardo Agualusa, 1960—),安哥拉作家、记者,代表作有《遗忘通论》等。

干上的喜林芋洗去尘土。我们坐着小船溯流而上，河道弯弯曲曲，每次潮汐，大海都会洗去腐烂的污泥与堆积在红树林和潟湖中的垃圾。捕蟹渔民住的海边古屋前，大白鹭和白鹭在被丢弃的塑料杯当中像老学究一样走来走去。

一天晚上，我们在博阿维亚任①海滨大街边的一栋大楼楼顶用餐。透过玻璃窗，我们欣赏着海水涨潮越过礁石，粼光闪闪，内部似乎被一道蓝光照亮。苦艾酒的海洋。我们还提到了这个城市名字的阿拉伯词源。卢西拉说，这个又黑又蓝的城市，晚上有波德莱尔诗中的那种美。她还信誓旦旦地说，人们在累西腓所抽的烟草是世界上最好的，这里的龙虾是人们所能捕到的最好的龙虾。她拉着我到葡萄牙旧城堡去参加伯南布哥州作家协会的五十周年庆典，那里大多是诗人，数量很多，像是自然发生②的一样。稍远处，旧日里是仓库和卖航海用品的小店，绳索、螺杆、渔网、马达、螺旋桨都在这里出售，现在成了豪华商店，甚至还有一家书店。我们偶然遇到一位我们共同的朋友——米尔顿·哈通③。我希望今

---

① 博阿维亚任（Boa Viagem），巴西伯南布哥州累西腓的一个社区，位于该市的南部。博阿维亚任海滩是巴西东北部游客最多的海滩之一。
② 自然发生（génération spontanée），一种关于物种起源的理论，认为生命物质是从非生命物质自然而然产生的，例如中国古代的"腐肉生蛆""枯草化萤"。
③ 米尔顿·哈通（Milton Hatoum, 1952—   ），巴西作家，代表作有《两兄弟》《某个东方人的故事》等。

天和皮埃尔能在马瑙斯再次见到他。

当这些建筑仍是累西腓港口建筑的时候,桑德拉尔曾在这个码头上船。他走了。梦结束了,他原先还想送儿子一些巴西的土地,圣湖镇、西波山、湖泊、森林。他曾打算去荒原中开垦、种植,然后把它圈起来,像约翰·奥古斯特·苏特尔①在加利福尼亚疯狂拓荒那样。他把这些梦都装进了《金子》里。蓝皮肤的印第安人也一样,他把他们装进了《莫拉瓦金》。他永远不会再写他的《兰皮昂》。他坐在港口的小酒吧里,喝最后一杯酒,听着船抛锚时拴着锚的铁链哗啦啦的响声,听着船靠岸后船员们喊叫系缆的声音。他登上荷兰客轮"吉里亚"号,经加那利群岛前往瑟堡。桑德拉尔回来时,带着猴子(大多是狨猴)和满笼的鸟。猴子在海上航行时或冬天到达巴黎时死了。那时,人们还以为猴子、鸟和各种动物都不会灭绝。

---

① 约翰·奥古斯特·苏特尔(Johann August Suter, 1803—1880),瑞士裔美国人,加利福尼亚拓荒者,萨克拉门托的建城者,1848年在萨克拉门托发现金矿,桑德拉尔的小说《金子》以他为主人公。

父与子

> 由于我对公共司法机关没有丝毫的信任,我决定自己来执法,也就是说,为我父亲的死复仇。
>
> ——兰皮昂《与记者奥拉希里奥·马塞多的谈话》(1926年)

卢西拉曾陪着我逛小市场,在她的建议下,我买了一些科德尔文学图书,一些只有寥寥几页的竖幅小册子,书中有弗朗西斯科·泽尼奥的一篇文章——《兰皮昂死亡五十年》,配有一幅木刻版画插图,主人公们的头千篇一律,但可以互相区分。还有一幅油画,画上是那对传奇的强盗夫妇——兰皮昂和玛丽亚·博尼塔①,两人手里都拿着步枪。

桑德拉尔从巴西回来时依然一贫如洗,甚至都无法去拜访一下捕鸟人。为了拿到定金,他到处签合同,包括《赤道地带》和《兰皮昂》的出版合同。他放弃

---

① 玛丽亚·博尼塔(Maria Bonita),玛丽亚·代亚(Maria Déia,?—1938)的绰号,意为"美人玛丽亚"。她是兰皮昂的妻子,巴西历史上最著名的女坎加索匪徒。

了第一本书（我后来借用那个书名写了一本关于非洲的书），但花了很长时间来创作第二本书。1938年8月27日，他写信给他的出版人说："今天上午，我重新开始写《兰皮昂》了，因为这个很急。"其实没那么急。1953年，他又宣布即将出版《坎加索兰皮昂》，副书名是"魔鬼历险记"。

这本书是一本历险记，以巴西东北部的"腹地"为背景。那是一片荒凉的区域，有干燥的平原、瘦瘦的奶牛、温温的河水。如果说马托格罗索州意为"大荆棘地"的州名更具景观层面的意义，容易让人想起遍布锋利而高大的草本植物的热带稀树草原，那么"腹地"这块区域的称谓则更具心理学层面的意义，揭示了它的荒凉和偏远①。这片可咒之地属于半沙漠地带，在欧克利德斯·达·库尼亚②的《腹地》和若昂·吉马朗埃斯·罗萨③的《广阔的腹地：条条小径》中都可以读到：石堆、低矮的树木、篱笆上晒着的牛皮。几百年来，流浪汉和饿鬼纷纷来到这片荒凉之地，与黑人和印第安人混居，

---

① 葡萄牙语中的"腹地"（Sertão）一词源自desertão一词，后者意为"荒凉和偏远的地区"。
② 欧克利德斯·达·库尼亚（Euclides da Cunha, 1866—1909），巴西作家、记者、社会学家、工程师，代表作为《腹地》。
③ 若昂·吉马朗埃斯·罗萨（João Guimarães Rosa, 1908—1967），巴西作家、医生、外交官，巴西文学院院士，代表作有《广阔的腹地：条条小径》《河的第三条岸》等。

生下了许多混血儿。

远离海边,远离神的怜悯或所有的行政机关,这些被遗忘的人重新创造了一个奉行大男子主义的残酷的氏族社会。畜牧业的头儿叫fazendeiro,即庄园牧场主。他的助手叫vaqueiro,即牲畜牧民,负责代养牲畜。牲畜牧民富有阳刚之气,威望很高,是所有小伙子都想成为的那种阉割公牛的人,与地位更低的morador不同。Morador是畜牧业工人,类似于佃农,既没有土地也没有人身权利,是剥削者的动产。家族之间是敌对的,为了争权夺利而互相搏斗,其中的一个家长靠卡宾枪被指定或自我指定为coronel,即上校,也就是地头蛇。他负责主持正义,解决奶牛纠纷、偷女人、不还债等问题。但兰皮昂对此提出异议。他是一名坎加索匪徒,一位民间英雄,一个纠错者,一个执着于复仇的铁腕人物。他声称,他的杀父仇人们在跟上校共进晚餐。

维吉尼奥·费雷拉·达席尔瓦是个英俊的小伙子,瘦瘦的,肩膀很宽。他是印第安人混血,肤色较深,根据当时严格区别种族的复杂词汇,他属于cabo-verde①或者caboclo moreno②。他身材高大,一米八〇,风度翩翩,长相精致,一头黑色的披肩长发。他被细花含羞草刺瞎

---

① 葡萄牙语词汇,指代"直发且肤色黝黑的巴西混血人种"。
② 葡萄牙语词汇,指代"鬈发且肤色呈棕色的巴西混血人种"。

了一只眼睛,所以戴着一副知识分子风格的圆眼镜,这更强化了关于他的传说。据说,1920年7月5日,他在父亲的坟前为自己取了兰皮昂这个名字,意思是"微光"或是"油灯",而他将照亮位于"腹地"中的整个伯南布哥州。

他曾和许多兄弟加入了坎加索匪徒们的强盗帮,向杀父仇人复了仇,几年后就已经在当地有了名气。当时,联邦政府军正与普列斯特斯纵队作战,招募强盗帮组成所谓的"爱国营",并武装了这些民兵,把他们破旧的蹩脚步枪换成现代步枪,装备弹药,还为这些雇佣军平反和大赦。兰皮昂被允诺授予上尉军衔,他带着他的人马在克鲁赛罗城里炫耀,受到民众的欢呼拥戴,市政官员也纷纷接见他。普列斯特斯纵队被赶到米纳斯吉拉斯州一带后,这些补充部队的士兵却成了政府军的累赘。他们被骗了,升官晋级的事也被人忘了,他们又像过去一样转入了地下。

但兰皮昂已经喜欢上了灯光、城市,尽管那都是一些小城镇;他还喜欢上了电影。他在自己短暂的公家人生涯中,看过《酋长的儿子》,鲁道夫·瓦伦蒂诺①的服

---

① 鲁道夫·瓦伦蒂诺(Rudolph Valentino, 1895—1926),美国意裔演员,因俊美的外形成为那个时代女影迷心中的"大众情人",主演过《酋长》《酋长的儿子》《茶花女》《碧血黄沙》等影片。

装之华丽把他惊呆了，从此成了他崇拜的英雄。他想成为一个明星，于是塑造了自己的形象，设计了自己怪异的装束。他的队伍很快就有了一百来号人。这些人不断地得到新生——为了保持战无不胜的名声，队伍总会将战死者的尸体找回，并把他们的名字赋予新兵。兰皮昂设置了军需处、盗马处、后勤处和战略处。第一次有坎加索匪帮允许女人参加。男女结合，孩子就诞生了。兰皮昂在部队里制定了规范和礼仪：男女平等。他们全都是游牧者出身，男人习惯长时间在草地上跟着畜群，懂得取水、生火、烹调、制衣、鞣革。在林中空地，在秘密洞穴里，他高高地坐在他的那帮人马中间，一头光滑的长发，戴着玳瑁金丝眼镜，阔边帽上装饰着勋章、金币，手上戴着戒指，围巾上别着钻石，绣花背心上镶着宝石，脖子上挂着装满祈祷语（葡萄牙语将这些祈祷语称为"orações fortes"[①]）的小口袋。他把自己当作神甫和国王，行使这两种权力，直至永远。除了抢劫之外，他还实施绑架，索取赎金。

科德尔文学的小册子把巴西最著名的强盗写成了一个可以说是传奇式的人物。他既是天使，也是魔鬼，既

[①] 葡萄牙语，意为"强力祈祷语"。

善良，又残忍，既不道德，又富有英雄气概，是个既荣誉满身又恶毒可怕的人。战败者将被阉割，他虽然不是这个传统的创造者，却让它深深烙印在这个游牧社会的习俗中。这种惩罚采用的是游牧民对付家畜的办法，阉割后用木灰、盐和胡椒对伤口进行消毒。人们赞扬他在战斗中的勇敢和激情，并畏惧让他身中七弹也不会死的巫术。据说，在被他洗劫的村庄里，他会下马去教堂祈祷，死者的人数用金丝镶嵌在他的刀把或枪托上，他的武器是用巴黎香水洗过的。1930年，他遇到了"美人玛丽亚"——玛丽亚·博尼塔。

她笑容可掬，枪法一流，和中尉们都属于骨干。中尉们也都是成双成对，日子过得像暴发户那样奢华。他们拥戴那个戴着阔边帽的男人为首领。他们和首领一样，都戴着阔边帽，帽檐卷成两角，这让他们看起来像是拿破仑的将军。对兰皮昂来说，藏在洞穴里的几公斤黄金和珠宝在荣誉耀眼的光芒面前一钱不值。他在自己的巢穴中接受了记者和摄影师的采访。后来，在1936年，还拍了一部纪录片。资助拍摄的德国蔡司公司还送给他一副更适合他视力的眼镜。他是第一个签署广告合同的强盗。抖动的画面里，他手下的男男女女模仿着攻击架势，以此作乐，还有一些女骑士，背景是干旱的大地，遍地的仙人掌、刺丛和荆棘丛。当兰皮昂坐在胜家牌缝纫机前时，玛丽亚笑着在摆弄手枪。这部电影让他在全巴西都出了名。人们传说他死了，他却在影院的银幕上到处出现。他成了鲁道夫·瓦伦蒂诺，让女主演迷上了他。

两人生了一个女儿，至死相爱如初。

电影拍摄一年之后的1937年也许是他们的失败之年。那一年，热图利奥·瓦加斯开始推行"新国家"政策，打算把联邦权力强行推广到巴西全国。他不再宽容坎加索匪帮，决定与嘲笑他的那对非凡男女彻底决裂。强盗团伙遭到了追捕，他们的脑袋早就被悬赏。五千万雷亚尔，这应该不是一笔小数目，但更能激起人们想象、引发人们背叛的是兰皮昂的财富。1938年7月28日，一个洞穴被包围，里面男男女女总共11人。这是核心人物的巢穴。人们对着里面一阵扫射。坎加索匪徒们被士兵们砍去脑袋。但那些不是真正的士兵，而是强行从"腹地"招募来的粗鲁的地痞流氓，其中一人回忆起他的同伙："桑托砍下了兰皮昂的脑袋，接着把大刀递给我，让我去砍玛丽亚·博尼塔、马塞拉和阿勒克里姆的脑袋。然后，我们用枪管挑起她的裙子，想看看她的内裤，她的内裤是红色的。"他们偷了那几公斤黄金和首饰后跑掉了，留给联邦部队的只有被砍掉的脑袋。

这些战利品先后被运到了皮拉尼亚斯和圣安娜杜伊

帕内玛，摆在台阶上，展示给媒体和公众看，然后浸泡在福尔马林里。这样死去也许是他们的骄傲，兰皮昂成了国际知名人士。三天后，也就是7月31日，由希特勒负责的位于柏林的威廉二世罪犯颅相研究所，以巴西和纳粹德国科学合作的名义，要求热图利奥·瓦加斯把兰皮昂的头颅交给他们。两年前，瓦加斯曾将路易斯·普列斯特斯的妻子奥尔加·贝纳里奥引渡至德国，贝纳里奥于1942年被毒气毒死。这次他打算把坎加索匪徒们被砍下的头颅作为国家遗产保存下来。位于巴西巴伊亚州萨尔瓦多市的尼纳·罗德里格斯研究所把它们制成木乃伊，供好奇的观众参观，直到1969年。

尽管这种展览非常可怖——因为那些头颅在接受处理之前在太阳底下晒了很长时间，和真人已经不太像了——人们还是怀着恐惧或希望，等待着兰皮昂回来。许多科德尔诗歌和歌曲被印在服饰、餐具或念珠上，通过流动商贩在乡间传播，给民间传说提供养分。在很长一段时间里，这位英雄仍将存活在文学中。也许是因为无法改编为一部冒险类电影（单从技术的角度来看就很难做到），若昂·乌巴尔多[①]1971年出版的小说《热图利

[①] 若昂·乌巴尔多·里贝罗（João Ubaldo Ribeiro，1941—2014），巴西作家、记者，巴西文学院院士，代表作有《热图利奥士官》《蜥蜴的微笑》等。

奥士官》中的一个场景成了展现其极端野蛮之行径和难以做出之抉择的巅峰。如果可能，人们会希望永远也不要碰到那种事情：坎加索匪徒们在一个庄园牧场主的家里抢劫之后，放火烧了房子，逃跑之前，还让这个庄园牧场主站在桌前，挖出他的睾丸，放在抽屉里，锁上抽屉，扔掉钥匙，然后在他面前放一把刀，让受劫者选择自己完成阉割的全套流程还是被烧死。

人们在贫困中面临着可怕的选择，要么死在这里，要么去别的地方——那也是死，但死得晚一点。十多年的时间里，在兰皮昂的壮举前后，许多人逃离了这块贫瘠、荒蛮的"腹地"，朝着大河的方向，想去更北的地方试试运气。我没有去过现在正坐船前往的地方，但我早就在脑中想象过可咒的亚马孙橡胶林，林中到处都是割胶工人，他们生存的希望十分渺茫，许多人死于途中，不少人死于劳动现场。在大部分时间里，他们都像所有的移民一样，在孤独中怀揣着梦想，希望能赚到钱返回故乡，尽管那是不可能的。继疯狂的淘金热和咖啡热之后，我们将去探寻橡胶热。

将橡胶进行到底

在墨西哥，与埃尔南·科尔特斯①关系密切的第一批西班牙移民很喜欢玩阿兹特克人②的那种弹性足、不会变形的球。他们的行李袋装满了球，他们撰写的编年史里也填满了对这种球的描述。但直到启蒙主义者的到来，我们才能对它有更多的了解。拉孔达明③的考察队离开拉罗谢尔，前往基多，去测量赤道地区子午线的弧度。很久之后，那个地方所在的国家将被命名为"赤道之国"④。除了他的大地测量学笔记之外，人们还在他1736年的报告中读到："在埃斯梅拉达斯省，生长着一种当地人叫作'三叶'的树。把它一割开，它自己就会流出一种像奶一样的白色液体。这种液体会变硬，碰到空气后慢慢

---

① 埃尔南·科尔特斯（Hernán Cortés, 1485—1547），西班牙贵族，大航海时代西班牙航海家、军事家、探险家，阿兹特克帝国的征服者。
② 阿兹特克人（Aztèque），墨西哥的印第安人，因建立阿兹特克帝国而得名，十六世纪初被西班牙殖民者征服。
③ 夏尔·马里·德·拉孔达明（Charles Marie de La Condamine, 1701—1774），法国启蒙运动时期的百科全书派地理学家。
④ 赤道之国，即厄瓜多尔。厄瓜多尔的西班牙语名Ecuador意为"赤道"。

变黑……据说，亚马孙河沿岸也生长着同样的树。玛伊巴斯族的印第安人把他们抽出来的树脂叫作'卡乌楚'（cahuchu）。"法语中的"橡胶"（caoutchouc）一词便来源于此，意思是"树木的眼泪"。

人们开始用这种眼泪一样的新物质制造医用注射球、雨靴和雨衣。来自贝伦的第一批巴西橡胶采集工沿河向前推进，希望能有所收获。但橡胶在当时仍属于新兴工业产品，产品质量不可靠，常常会变质发臭。1839年，查尔斯·固特异发明了硫化法，这将颠覆整个亚马孙盆地的三叶橡胶树生态，印第安人的生活也受到了影响。他对此一无所知。早在1860年，他就在困窘中死去。同一年，艾蒂安·勒努瓦①在巴黎注册了第一台活塞发动机的专利证书。但从活塞到轮胎，距离还远得很。

固特异一家都很有聪明才智。查尔斯的弟弟纳尔逊几年前在用熔化的硫磺加热橡胶时获得了一种像乌木一样又黑又硬的物质。刘易斯·埃德森·威迪文用它把第一款硬胶墨水钢笔推向了市场，改变了诗人们的生活。那种神奇树脂的使用越来越普遍。这是第二次工业革命。欧洲各国都往森林里派遣了勘察者，使生产（尤其是在进出口层面）合理化。这些欧洲国家在亚马孙河流

---

① 艾蒂安·勒努瓦（Étienne Lenoir, 1822—1900），比利时工程师，定居于巴黎，他改良了电报，最大的贡献是发明了以瓦斯作燃料的内燃机。

域修建河港，规划铁路线，从自己的造船厂开出了蒸汽机船，结果引起了当地政府的妒忌，它们要求分得属于自己的那一杯羹。

1867年，《阿亚库乔条约》被认为划定了巴西、玻利维亚、秘鲁和哥伦比亚在亚马孙地区的边界，但没能阻止橡胶战争在十九世纪末爆发，因为橡胶的需求量太大了，在股市上，相关股票获利巨大。1891年，爱德华·米其林发明了自行车轮胎，那一年，沙勒维尔的那个诗人①去世了，我们永远也不会看到兰波骑自行车的照片。三年以后，1894年，米其林把他的发明应用于汽车。那一年，首先把汽车（一辆塞波莱）引进亚洲的亚历山大·耶尔森②在香港分离出了鼠疫杆菌，但他很快就改变研究方向，转而在中南半岛研究如何对橡胶树进行植物风土驯化了。

当时，橡胶巨头卡洛斯·菲茨卡拉尔德、安东尼奥·巴卡·迭斯、胡里奥·塞萨尔·阿拉纳正处于荣誉的高峰，他们互相比拼奢华和排场。马瑙斯这个位于大陆中央的偏僻村庄成了世界上最富有的城市。1896年，

---

① 指法国诗人兰波。
② 亚历山大·耶尔森（Alexandre Yersin, 1863—1943），法国医生、细菌学家、探险家，在人类历史上第一次发现并分离鼠疫杆菌，曾在中南半岛进行一系列探险活动。

亚马孙大剧院①开幕,广场的地面铺设了橡胶,以减轻演出时马车经过发出的噪声。然而,收益仍然不稳定,数千人血流成河才能随意进入森林掠夺橡胶,割橡胶树,挂上接胶桶。随着橡胶树越来越少,进入丛林也越来越深。他们直捣印第安人的住处,把印第安人抓去做奴隶。但印第安人有时也会在各大小支流流域对他们进行报复。人们在简陋的营地里深受恐惧和疟疾的折磨,用烤肉的铁扦翻动被烟熏黑且变硬了的大橡胶球,装上独木舟顺流而下,然后搬上蒸汽机船,运往马瑙斯。在马瑙斯的码头上卸货后,橡胶球的价格将增加百倍。巨头们数着钞票,回到歌剧院。但在亚洲,沉睡着一颗定时炸弹。时间在流逝。但巨头们还不知道。这会让他们倾家荡产。

1860年,在更北的地方,让中美洲陷入火与血之中的探险家威廉·沃克②被处决。六年之后,和平重新回来了。一个二十岁的英国人坐船来到尼加拉瓜,住在莫斯

---

① 亚马孙大剧院(théâtre Amazonas),即马瑙斯歌剧院,马瑙斯的标志性建筑,仿照巴黎歌剧院建造而成,耗资巨大,是橡胶热时代马瑙斯人奢靡生活的象征。
② 威廉·沃克(William Walker, 1824—1860),美国探险家、殖民者。1855年率队入侵中美洲,1856年自立为尼加拉瓜总统,后被中美洲国家联军击败,1860年被洪都拉斯政府处死。

基托斯的印第安人家中,给伦敦的制帽业者收集珍贵的鸟毛。亨利·魏克汉沿奥里诺科河而下,在那里学会了给三叶橡胶树割槽,并写了一些游记。他梦想成为探险家,发现新的河流,但已经没有任何东西可供发现了。他先后来到贝伦和圣塔伦,后者是亚马孙河与塔帕若斯河交汇之地。

他没有从事橡胶出口,因为大家都在做这事儿,况且他没有用来做生意的资金。他想出一个主意,派一些印第安人去森林里捡三叶橡胶树的种子,然后悄悄地把一吨左右的种子装到"亚马孙"号货船的底舱里,运往利物浦。他先让种子在英国的暖房里发芽,然后把植株运到锡兰①、马来西亚、新加坡,那里的农田已经准备好,在成排地迎接它们。1876年,当亚洲的橡胶树种植面积不断扩张时,魏克汉北上去了现在的伯利兹,当时叫英属洪都拉斯,投身于香蕉种植,后来又买了新几内亚的一个荒岛,种植椰子树。在亚洲,橡胶树成熟了,开始生产橡胶。英国人和荷兰人的种植园里出产的橡胶突然遍布市场。巴斯德研究所的工作人员耶尔森从中南半岛给米其林供货。在巴西,橡胶的价格大跌,行业彻底破产了。被抛弃的村庄变回了森林,蒸汽机船在港口

---

① 锡兰(Ceylan),斯里兰卡的旧称。

生锈，黑色的火车头被翠绿的丛林吞没。魏克汉的事迹最初不为人所知，直到他在那属于他的遥远小岛上对外界宣称，自己是"世纪大盗"。

第一次世界大战以后，随着汽车与航空工业的飞速发展，美帝国主义和欧洲殖民主义展开了竞争。在祖国的土地上尝试无果之后，1927年，亨利·福特在离圣塔伦不远的塔帕若斯河边的伊塔图巴购买了一百多万公顷土地，成立了巴西福特工业公司，建立了"福特之城"——一个"国中国"，享有独立的行政和司法权。但这里的橡胶树拒绝被种得整整齐齐，种植园里的几百万棵橡胶树被寄生虫啃噬。在魏克汉偷运行动的五十年后，旅行路线反了过来：从固特异公司的苏门答腊岛种植园买来的抗虫性强的嫁接橡胶苗被装上船，穿过印度洋，经苏伊士运河，穿过地中海及大西洋，在亚马孙河溯流而上，先后到达圣塔伦和塔帕若斯河。也有一部分沿着商业航线穿过太平洋，然后借道巴拿马运河。第二次世界大战期间，这些橡胶树成了香饽饽，因为日本人占领了欧洲人在亚洲的种植园，反法西斯盟国的橡胶供给被切断。珍珠港事件之后，美国加入战争，建立了橡胶开发公司，转向了巴西。热图利奥·瓦加斯见天赐的良机已经到来，与轴心国断绝了外交关系。在这之前,他还曾拒绝把兰皮昂的头颅交给德国人。

他建立了亚马孙地区工人动员特别服务处,负责提供劳动力。全国各地都设立了招工办公室。五万名爱国橡胶工人晋升为橡胶战士。橡胶开发公司给每个人发放100美元,负责用船把他们运到亚马孙地区的边缘。无能为力的印第安人被迫卷入了这场浪潮中。军事服务为期两年,但许多人活不了那么久,生活条件跟集中营差不多,在炎热的丛林中被迫冒雨干活,食物不新鲜,疟疾盛行,缺乏医疗服务,没有足够的奎宁[①]。巴西在这支橡胶应征兵中失去的士兵比1944年在意大利战场协同盟军作战时牺牲的远征军还要多。

俄国在革命后遭到了封锁,德国则在一战后被剥夺了非洲殖民地,它们是第一批生产弗里茨·霍夫曼发明的人工橡胶的国家。二战后的法国遭遇第一波反殖民主义浪潮,于是在1950年决定成立酒精合成橡胶研究所,以应对挑战。那一年,法国与中南半岛的种植者发生冲突。但最严峻的挑战来自四年后,它在奠边府战败。米其林现于法国和印度尼西亚布局有合成橡胶产能,但在亚马孙地区仍拥有数千公顷橡胶林。

[①] 奎宁(quinine),一种抗疟药物。

后来，像在所有的领域一样，中国成了收购原材料的强国。2010年，为了写奥古斯特·帕维（他是十九世纪末的一个探险家，曾在这一地区参与法国、英国、中国之间的陆地边界谈判）的传记，我曾去老挝旅行，在芒新附近遇到了老挝的橡胶种植者。他们如今向中国公司购买橡胶树，然后根据定好的价格把收获的橡胶卖给同一家公司。

出于联想，我觉得将来有一天，应该把布列塔尼探险家奥古斯特·帕维的生平和巴西探险家坎迪杜·龙敦的生平放在一起讲述。

在圣塔伦

在离贝伦和大西洋一千多公里处,坐落着一家名为"伦敦"的酒店,酒店前有个凸出的小广场,栏杆前放着一些长凳,在那里可以欣赏塔帕若斯河和亚马孙河的边界,欣赏河水截然不同的两种颜色。那里是塔帕若斯河与亚马孙河的交汇处,前者是灰蓝色的,后者夹带着淤泥,是灰黄色和浅栗色的。河流交汇处这般泾渭分明,在喀土穆①也可见到——两条尼罗河在那里相汇,一条是青的,一条是白的,它们也永远不会相混。我在书中读到过此种现象,对它略知一二,但去现场看看,核实书中的知识,永远都是那么激动人心。

这种相遇唤起了人们对边界的痴迷和兴趣,迷上了虚幻的赤道线,想在两个半球的分界线踏上一脚,在两种水的分界处游泳,想象着水底下各种东西的冲突。塔帕若斯河本身也收纳了从南部,从数百公里远的地方窜出的数十条小河,河里的鱼、软体动物、水草、淡水豚

---

① 喀土穆(Khartoum),苏丹首都。

在此与发源于安第斯山脉的亚马孙河的各种动物混杂在一起。岸边的居民发现了新的食物，也许会展开搏斗，捕食者成了别人的猎物。慢慢地，一切都汇入下游，开始感受到潮水涨落带来的海水的盐度。有时，迷路的鲸鱼会死在这里。2007年11月14日，塔帕若斯河里发现了一条5吨重的雄性小鲸鱼。人们伤心地得知，20日，它累死在离海洋及其浮游生物一千多公里的地方。去圣塔伦市属小博物馆，在它的骸骨前默哀吧！

在这之前，我们之间一直保持着平衡和稳定。一上岸，皮埃尔便挎着相机到处闲逛，买香料和烟草，寻找文具店和邮局，给女朋友寄一封信。我们一起往有喊叫声的地方走，孩子们把鱼挂在绳子上，在嘴鼻长长的粉红淡水豚面前摇晃，让它们跳出水面。可以看见稍远处的终点站港口，嘉吉公司的货轮和筒仓装满了玉米和大豆，跟圣纳泽尔海港里一样。皮埃尔开始画画，我回到广场边的长凳上，广场名为"塔帕若斯河瞭望台"，十分贴切。

出于习惯，我在笔记本上记录着所见之景。在我的鞋子之间，爬着一队骄傲的蚂蚁，驮着沉甸甸的树叶和种子。几只柠檬黄的小鸟耐心地站在栏杆上，麻雀那么大，头的最顶端是橙色的。它们是橙额黄雀鹀。远处，几只黑色的秃鹫好像在屋顶睡着了，蜥蜴则像太阳底下的猫，在墙壁高处打盹儿。圣塔伦是一座沉睡的城市，一切都慢慢吞吞的，又湿又热的天气让一切都无精打采。5月初，仍然是涨水季节，是雨季，天上乌云变幻，形状万千，灰、蓝、白的大片云絮层层叠叠，然后突然变黑。雨下得很大，马路都被淹了。

吃晚饭的时候，我们有时会继续谈论那些父子故事。我已经开始整理他们的故事，不过，如果不去他们生活过的地方亲眼看看，我是写不出来的：福西特家的波西和杰克父子、莫弗雷家的埃德加和雷蒙父子、罗斯福家的西奥多和克米特父子的故事。我们对神奇的父子关系中最好和最糟的方面进行了一番评估。最糟的方面是遗传，那是不公正的来源。我和皮埃尔说定了，万一什么时候我们掌权了，就把遗产继承权取消。最好的方面是两人的相似点与不同处，那是一场迷人的游戏，铺展于脸部表情和声音上，因为猫毕竟不能生狗，这是明摆着的。

由于我见过父亲衰老，我对儿子目睹父亲逐渐老去、慢慢地走向衰落并不感到那么吃惊。仿佛某种东西通过一条管道，从一头传到了另一头。我想，某些从来没有见过这种可悲场景的人，例如亨利·莫顿·斯坦利①和亚历山大·耶尔森，他们会把某位无法超越的前人当作自己的名誉父亲：对斯坦利来说，名誉父亲是利文斯通②；对耶尔森来说，名誉父亲是巴斯德。他们将其父尊奉到常人所难以企及的高度，最后自己却没能成为后人的父亲。

---

① 亨利·莫顿·斯坦利（Henry Morton Stanley, 1841—1904），美国探险家，曾多次深入非洲大陆，是刚果河的发现者。
② 戴维·利文斯通（David Livingstone, 1813—1873），英国探险家，曾多次深入非洲大陆，是马拉维湖和维多利亚瀑布的发现者。

一个玻利维亚孤儿

据说,从来没有见过父亲、出生时很丑的儿子,长大后往往会有强健的肌肉,在肉体搏斗中表现得非常勇敢,在军队里也晋升得非常快,能从普通士卒当到将军。

马里亚诺·梅尔加雷霍①是腐败的叛国者,但魅力十足。那种奇特的长处,只有女性才能明白。这个魔鬼就通过这种长处取悦妇女,妇女则救了他的命。他发动了针对曼努埃尔·伊西多罗·贝尔苏的政变,失败后,在科恰班巴的监狱里等待被枪毙。上流社会的几个妇女为他向总统求情,说他酒后糊涂,但为人不错,也许还是个不错的情人。总统答应赦免,但警告她们说,将来有一天她们也许会后悔的。总统把那位将军贬到偏远的边疆去守卫国土,结果是白费劲,而后悔的将是他自己。回到拉巴斯②之后,梅尔加雷霍借口和谈,约见贝尔苏,

---

① 马里亚诺·梅尔加雷霍(Mariano Melgarejo, 1820—1871),玻利维亚的第18任总统,独裁者,在任期间对内镇压人民,对外割让领土。
② 拉巴斯(La Paz),玻利维亚首都。

用手枪打死了总统,然后把他的尸体拖到官邸的阳台上示众,自己则坐在总统的扶手椅上。

大家都知道他反复无常、为人残酷,但喝醉酒的时候他也会同情流泪。他接待了一个叫胡安娜·桑切斯的年轻女人,她来请求他饶恕她被判死刑的哥哥奥雷利奥。他觉得胡安娜·桑切斯合他的胃口,把她扣押在官邸里三天,将她变成自己的情妇,然后饶恕了她哥哥,让她哥哥给他当顾问。不知道胡安娜是怎么想的,反正她也很快就陷入了温柔乡。这对魔鬼男女组织狂欢舞会,他强迫她当着他的参谋们的面脱光衣服跳舞,让那些年轻军官争风吃醋。这个独裁者是个文盲也就罢了,可他还是个酒鬼,且嗜血成性,却偏偏酷爱法国:1870年7月普鲁士人进犯法国,他想拯救巴黎,那可是一个美丽而高雅的城市,但他在地图上找不到。他的参谋们提醒他:巴黎远得很呢!他回答说:"Tomaremos un atajo!"①三千士兵在巴西的亚马孙丛林里行军,向大西洋方向赶去。他不相信法军已在色当投降——这不光彩——直到11月,当他发现觊觎橡胶的英国人在他背后策划阴谋,搞暴动,甚至都不再承认玻利维亚的存在时,他才命令部队掉头。

这位将军总统想自卫,甚至打了几仗。1871年1月,

---

① 葡萄牙语,意为"我们抄近道"。

他的政权被推翻了。他孤身一人,身无分文,逃到智利。流亡了几个月之后,他得知胡安娜·桑切斯住在利马,在那里挥霍玻利维亚人民的财富,也就是他的财富。于是他来到她窗前大叫。可她拒绝见他。她哥哥奥雷利奥在人行道上慢慢靠近他,用手枪打死了他。梅尔加雷霍曾谋杀了饶恕过他的贝尔苏,现在被他曾饶恕的胡安娜的哥哥杀死了。

这些人不听帕斯卡的建议,不愿安静地待在房间里。①他们这样死去,是为了让我们有素材写故事。这些首领和追逐荣誉的将军所遭到的意外,我们在哥伦比亚作家阿尔弗雷多·伊里亚特的书中都能读到。他使用马塞尔·施沃布②和普鲁塔克那样的写作模式,把这些怪异暴君的生平故事都收集在一起,以供消遣。然而,那段时间,亚马孙地区到处都在不断发生小型武装冲突,没有人再遵守边界协定《阿亚库乔条约》。秩序一片混乱,战争很快就爆发了。这对做生意来说太不友好了。

---

① 法国哲学家布莱兹·帕斯卡(Blaise Pascal, 1623—1662)认为,人的不幸皆源自其不知如何安静地待在房间里。
② 马塞尔·施沃布(Marcel Schwob, 1867—1905),法国象征主义作家,擅长短篇小说,其代表作《虚构人物》对博尔赫斯等后世作家有较大影响。

父与子

火上浇油之后,精明的英国人提出,由他们来管事。在英军中并不缺懂地理的军官。波西·福西特是驻扎在锡兰的年轻军官。1901年,他在马耳他学习地图与间谍知识。此后,和劳伦斯①类似,他在近东地区执行收集情报的任务。英国已经在准备分割奥斯曼帝国了,跟法国人一起瓜分。1906年,他被派到玻利维亚,打着英国皇家地理协会的和平幌子。梅尔加雷霍死后,那里的情况并没有得到改善。

巴西这边,坎迪杜·龙敦已经动手,开始规划他的电报线工程。在八年当中,福西特带着小分队在地面上跑,睡在帐篷里的测量仪器当中。他们考察当地的山岳形态,对其进行测绘,依据河流和山岭来划分巴西和秘鲁在阿克里地区的自然分界。在这之前,阿克里已从玻

---

① 劳伦斯,即托马斯·爱德华·劳伦斯(Thomas Edward Lawrence, 1888—1935),英国军官,1916年至1918年的阿拉伯起义期间负责英军与阿拉伯起义军之间的联络工作,被称为"阿拉伯的劳伦斯"。

利维亚分离出去,先宣布自己为独立国家,然后很快就并入了巴西。1911年,海勒姆·宾厄姆①发现(或重新发现②)乌鲁班巴河流域的马丘比丘废墟时,福西特就在附近。发现马丘比丘废墟的消息可比发现市价已经崩盘的橡胶、黄金或被遗忘的城市激动人心多了。福西特相信,那些河流的尽头还沉睡着别的秘密。于是他坐独木舟顺流而下,询问印第安人。他们往往举起手臂,指着前面,作为回答,以摆脱这些纠缠不休的讨厌鬼。福西特一直没有任何发现,直到1914年被部队召回。

当劳伦斯在阿拉伯半岛鼓动阿拉伯人起义时,福西特正在索姆河当上校,面对着雨一般落下来的炮弹,继续梦想那些隐秘的世界在丛林深处等待着他。

1920年,他复员后以个人的名义来到里约,重新拿起地图,研究别人的成果,阅读第一批探险者撰写的编年史,分析他们留下的档案,收集资料。这种探寻失落文明的方式在当时很时髦:1900年,人们依靠此种方式在克里特岛发现了克诺索斯王宫;1922年,在埃及发现了图坦卡蒙墓。福西特极为雄辩,说服英国皇家地理协会支持他的

---

① 海勒姆·宾厄姆(Hiram Bingham, 1875—1956),美国探险家、政客,因于1911年发现马丘比丘遗址而闻名于世,1924年当选康涅狄格州州长。
② 虽然海勒姆·宾厄姆发现马丘比丘遗址后该遗址才为世人所熟知,但他并非发现马丘比丘遗址的第一个西方人,曾有一名德国人早在1860年就发现了该遗址,但未掀起较大波澜。

研究，并把自己即将写作的故事的版权卖给了一个新闻集团，即北美报业联盟，还招募向导，购买马、步枪和伐木刀，并说服儿子杰克，让他陪伴自己。

杰克有个同龄的朋友也加入了他们的行列。晚上露营时，他们谈起了马丘比丘的印加人有多么了不起，亨利·穆奥发现的吴哥窟有多么辉煌，他们还说起了阿兹特克人和玛雅人长期以来不为人所知的金字塔。杰克当时二十二岁，谁也不知道他对父亲的疯狂之举是怎么想的。将来也没人能读到他写的文字实录，最后的文字是他父亲写的。两句话，简短得足以给人以丰富的想象。1925年5月30日，消息传给了北美报业联盟："我们的两个向导不愿再带着我们前行了。我们越深入印第安人的领地，他们就越是紧张。"

两个胆小鬼带回了一截小纸条，上面的字他们并不认识。他们至少救了自己的命。消息公布后，连续几个星期，各家报社都在争相报道，想要弄清真相。福西特和他的儿子被野蛮人捕获了？他们被吃掉了？他们发现了黄金国，不愿意离开了？必须弄个水落石出。对英国人来说，这简直是亨利·斯坦利的传奇故事的再版。年轻记者斯坦利受《纽约先驱报》派遣，前往中非寻找失踪三年的利文斯通，最后在坦噶尼喀湖边上的乌吉吉村找到了他。

1928年,一支远征队到达巴西。"伏尔泰远征队",名字取自送他们去那里的轮船。乔治·迪奥特进入马托格罗索州,遇到了相对比较合作的卡拉帕洛部落的印第安人,并在他们的村庄里找到了福西特的几件私人物品,已经被打造成当地的手工艺品。那些印第安人回忆起一个执拗、顽固的男人,在这里卸下一些物资后继续前进,尽管两个人极端虚弱,腿部都受了伤。他们当时应该能看见那两人扎营的炊烟慢慢远去。到了第七天,炊烟不见了。一个星期之后那两个人可能就死了。但基督徒们希望见到他们的坟墓、十字架和尸骨。印第安人指指远方,送探险队远去。人可能是被丛林更深处的部落居民所杀。

事情本应到此为止,但自从疯狂年代①的末期和1929年经济危机以来,现实很灰暗,报纸上读到的都是储户自杀、法西斯在意大利的强制措施越来越严厉、乌克兰大饥荒、法国和德国极右势力眼看就要掌权之类的消息。偶尔有篇关于福西特之谜的文章出现在报端,作为带着些异国情调的花边新闻。那对父子是否一直在某个富有田园风光的理想国过着富足的生活?伏尔泰远征

---

① 疯狂年代(Années folles),指1920年至1929年,这一时期,西方社会文化与艺术活动疯狂而激烈。这一繁荣时期终结于1929年经济危机和大萧条。

队出发四年之后，伦敦的《泰晤士报》发表了一则小消息：一群绅士呼吁别的绅士加入他们的行列，去寻找福西特父子。

这次远征与当年为了拯救消失在赤道省的阿明帕夏①而发起的第二次斯坦利远征更为相似——陪同《我是如何找到利文斯通的》的作者，这种荣誉可是要竞争的。在当年的远征中，有的人，比如詹姆斯·詹姆森，詹姆森威士忌的遗产继承人，花巨资来让自己死在刚果的丛林中。这次，一个年轻记者看到了海报。他当时在业界已小有名气。可他尽管出身豪门，却依然无法承担费用，最后跟《泰晤士报》编辑部签了一份合同，后者给了他一个密码——"奥赛罗"，这样他就能给报社发加密电报了。天知道！他将是本次探险中的斯坦利。

与前面几个探险家有很大的不同，彼得·弗莱明毫无这类历险经验，对远征队也没有任何权力。他推荐他的朋友罗杰当他的助手。罗杰跟他一样都毕业于伊顿公学。但他们出师不利。那群绅士猎人简直像是带了一个

---

① 阿明帕夏（Emin Pacha，1840—1892），原名爱德华·施尼策尔（Eduard Schnitzer），奥斯曼帝国的德国裔犹太博物学家、探险家，奥斯曼帝国赤道省（今南苏丹共和国南部地区）省长，因奥斯曼帝国授予其"帕夏"的称号而被称为"阿明帕夏"。1883年，赤道省与外界的联系因马赫迪起义而中断，阿明帕夏于两年后率军向南撤退，音信全无。1886年，斯坦利从刚果发起远征，于1889年救回阿明帕夏。

弹药库，肯定会引起疑心。果然，在巴西海关，看到各种口径的武器，卡宾枪、手枪、步枪，成箱的手榴弹，甚至还有迫击炮，一件件卸在码头上，俨然基钦纳勋爵带到恩图曼镇压马赫迪①的军队，关员们犯起了嘀咕。

全国印第安人保护委员会的负责人坎迪杜·龙敦反对这一行动。寻找七年前在森林里失踪的人，这简直是疯了。他怀疑这是帝国主义的阴谋，目的是想勘探矿藏。大家都知道英国人欺诈成性。但这帮英国人成功地利用了里约以及整个国家的混乱局面——先是圣保罗革命，然后是宪政革命。贿赂了某些当权者之后，他们成功地组织了一支车队，向北，向米纳斯吉拉斯州挺进，最后来到了戈亚斯州。在那里，他们与该州的"干预者"②会面，那是相当于州长的官员，有权允许他们继续向前挺进。"我们把钉鞋藏在椅子底下。大家都祈祷老天，但愿这个'干预者'能认出伊顿公学的领带。"他们继续上路，前往马托格罗索州。"傍晚时分，我们下了山，来到一个草木繁茂的野外。我们快到河边了！"

---

① 穆罕默德·艾哈迈德·马赫迪（Muhammad Ahmad Mahdi, 1848—1885），苏丹马赫迪起义领袖，原名穆罕默德·艾哈迈德，1881年称"马赫迪"（伊斯兰教的救世主），号召均贫富，反压迫，反对英国和埃及的统治，领导人民起义，为马赫迪国家的建立奠定了基础。
② 干预者（Interventor），热图利奥·瓦加斯执政时期巴西联邦政府为加强联邦权力而向各州委派的官员。

大家起初都是满腔热血。他们踌躇满志。但小群体内部很快就发生了争吵和分歧。猎手们也许以为到了河边就能享福了,就能像在英属印度的殖民军那样安营扎寨,摆上柚木家具和摆满茶具的茶桌,请福西特和他的儿子喝一小杯白兰地,父子俩在插满羽毛的仆人的簇拥下走出丛林。但这些绅士对自己的远征失望了。虽然说他们早就知道看不见狮子和大象,但他们毕竟还是期望能在森林里看到更多种类的动物的。可他们白白地在野外宿营了,什么战利品都没有,既没有刺豚鼠,也没有美洲野猪。野性没那么足的麝雉倒是容易看到,但不管是死的还是活的,都太臭了。

彼得和罗杰离开了待在营地的猎手们,猎手们答应等他们回来。他们坐着一条小船,沿阿拉瓜亚河而上,前往卡拉贾的印第安人居住处。他们所带的大米、黑豆、木薯粉和格格牌麦片很快就要吃完了,他们打算抓一些猎物或鱼,但这没那么容易。彼得翻开笔记本。要发密码电报,首先必须把它写出来。"短吻鳄、蛇、食人鱼、嗜血野兽、毒昆虫……我本有一整套的手段来把我的旅途见闻写得天花乱坠。可一拿起笔,我就发现,我根本就不敢写。如果我关于马托格罗索州的描写不像传说的那么可怕,请读者原谅我。"

彼得不允许虚构，这与他的弟弟伊恩·弗莱明相反，后者创造了詹姆斯·邦德这个人物。既然如此，彼得只能写很难引起《泰晤士报》读者兴趣的流水账，不过他还是保留了一点悬念，用历险故事的题材迎合了读者的口味。"8月的第三个星期，我们不在塔皮拉佩河口。"他们溯流而上。"我们的地图（当时在伦敦所能找到的最好的地图）上画着塔皮拉佩河的流向，那条河太神奇了。"他们打算穿过森林，走坚实的土路前往库鲁埃尼河。现在应该动起来了。"我们离福西特死的地方有两百公里左右，在我们随身携带的给养完全断绝之前，世界上没有任何东西能让我们回头。我甚至在最乐观的时候都没奢望过成功，但我们至少进入了一个至今白人从来没有探索过的地区，挽回了面子。我并非无足轻重。我们决定，明天早晨，天一亮就出发。"

收录于《巴西历险记》中的这些笔记渐渐反映出他超脱的心态。他仿佛置身事外，以嘲笑的眼光远远地观察自己。在恐怖的第一次世界大战的洗礼中成长的他仿佛再也不可能以严肃的态度对待这样的鲁莽行动。数百万人死去，数千人失踪，没有留下任何痕迹。他十岁的时候得知父亲在1917年阵亡。他父亲和波西·福西特一样，是英国军官，两人都在索姆河打过仗。在枪林弹雨中，福西特侥幸捡回一条命，上帝让他多活了几年。

"我们去寻找三个被认为七年前就已经消失的人,他们很可能什么都没留下。现在,必须认真对待这件事了。可我觉得这样做很困难。"

走得精疲力竭,离河流和鱼还远得很,找不到猎物,饿得眼冒金星,这也许就是彼得和罗杰最终所追求的历险,可能也是波西和杰克所追求的,比被吞没的小城、真正的生活和要拥抱的粗粝现实更吸引他们。"说到底,肚子老是空空的,如此度日未必就那么糟糕。不是因为饥饿是幸福的关键,相反,它会助长人生焦虑中对人伤害最大的部分。饥饿并不会让你变得自信,相反,它会消磨你的批判意识,让你不懂得自省。当你一味回忆你的最近一次进餐,并为下一顿在哪凑合而焦虑时,你就不会对公众生活尤其是自身生活中的悲剧进行哲理性思考。"除了这些与上世纪的探险家斯坦利或布拉柴的风格大不相同的内心独白,他还补充了一些关于鳞翅目昆虫的记录,想让他的故事更加丰富多彩:"成片的小蝴蝶,白色的,淡黄色的,浅绿色的,点缀着河岸边的泥水洼,好像世界上没有比这里更好的地方了。"

这两个年轻的英国人回头向阿拉瓜亚河前进。他们预料到自己会遭人嘲笑,果然如此。他们一无所获,比那些绅士猎人还失败。有天晚上,他们从小船上看到河口旁边有亮光:

我们大喊。

"我猜是利文斯通博士回来啦！"一个有气无力的挖苦般的声音回应了我们。

远征队重逢了。

他们上了一艘前来装载巴西核桃的蒸汽机船，向北，向亚马孙河而去，那里离圣塔伦和塔帕若斯河边的"福特之城"不远。他们知道，跟福西特父子不同，他们将坐着从贝伦起航的一艘邮轮，完好无损地回到英国，任船只在迷宫般的河汊中穿行，在机器安慰人的声音中，躺在一袋袋核桃上。"我们永远也找不到此刻这种完全放松的感觉。我们在一种奇特的欣悦中吃着香蕉。"

我和皮埃尔都认为，在那对父子失踪九十三年后，没有必要再坚持寻找，故事应该到此结束。我们也附带着问自己，如果我们也失踪了，七年后，也就是2025年，谁会来寻找我们。

论乐观主义

弗莱明的故事都让给了地理，没给历史留下多少空间，尽管他提到了远征队1932年7月到达里约后引起的混乱。这些英国人尽管不太关心，却目睹了巴西历史上的一个重要时刻——旧共和国的结束。1889年佩德罗二世皇帝下台后，旧共和国成立。无论是圣保罗革命还是普列斯特斯纵队都没能推翻它。可1929年的危机毁灭了经济，冻结了出口。人们把成吨卖不掉的咖啡塞到火车头的锅炉里。刚刚向瑞士建筑师勒·柯布西耶①订购豪华建筑图纸的保罗·普拉多放弃了开工建造。1930年10月，热图利奥·瓦加斯通过政变夺取了政权。他在1954年自杀前，对整个国家生活的方方面面都有重要的影响。

在圣保罗，人们要求立宪和选举。1932年7月，起义爆发。立宪派革命。全国陷入混乱，情况越来越严重。瓦加斯求助于军队。7月22日，"飞行之父"阿尔

---

① 勒·柯布西耶（Le Corbusier, 1887—1965），法国瑞士裔建筑师、室内设计师、雕塑家、画家，是二十世纪最重要的建筑师之一。

贝托·桑托斯-杜蒙①得知发生空袭之后,在瓜鲁雅市海滨大酒店的一个客房里自杀了。巴西内战爆发了,直到10月才结束。民主的多米诺骨牌在世界各地纷纷倒塌。三个月后,希特勒在德国被任命为总理。1934年,斯蒂芬·茨威格从奥地利逃到伦敦。两年后,西班牙内战爆发。茨威格第一次来到里约。1937年,乔治·贝尔纳诺斯受到弗朗哥分子的威胁,不得不逃离西班牙。首次在巴拉圭尝试依照中世纪骑士的模式建立集体农庄之后,这位瘸腿的神秘大公牛,挂着两根拐杖的战争受伤人员,"被君主制吸引的蒲鲁东社会主义者",在巴西定居了。

他想靠土地生活,获得"农民"这个伟大的称号,开垦米纳斯吉拉斯州贫瘠的荆棘地。"荒地处处,杂草锋利,布满枯藤和矮树,河水又热又臭。"他购买了几千公顷土地、两百头奶牛和公牛、八匹马,结果破产了,失去了雄心壮志,在巴巴塞纳市的克鲁斯达斯阿尔马斯小丘另外找了一个地方。

那时是1939年,"奇怪的战争"②很快就要在法国

---

① 阿尔贝托·桑托斯-杜蒙(Alberto Santos-Dumont, 1873—1932),巴西航空业发展的先驱。
② "奇怪的战争"(drôle de guerre),指二战初期英法联军对德国宣而不战,坐视波兰被纳粹德国吞并。

开始。他经常回里约去打听消息，在那里遇到了一些短暂停留的作家，其中包括亨利·米肖[①]。这又是一些爱情故事。陪伴亨利·米肖的是玛丽-路易丝·费尔迪埃，她刚刚为了他跟费尔迪埃医生离婚。费尔迪埃是诗人安托南·阿尔托的心理医生。阿尔托曾这样写道，贝尔纳诺斯是他的"难兄难弟"。贝尔纳诺斯和米肖尽管在政治和文学上都相距甚远，但世界即将崩溃，这让他们都心慌意乱。

1940年1月，米肖坐船来到波尔多，怀里揣着贝尔纳诺斯的手稿。该手稿中的作品于5月在《新法兰西评论》上发表，正值德国入侵法国。罗歇·凯卢瓦为了爱人维多利亚·奥康波来到了布宜诺斯艾利斯，战争期间就在那里逗留。有时，他会在里约遇到贝尔纳诺斯："他住在格莱里亚酒店，我们在酒店的酒吧里聊天。"回到克鲁瓦德萨姆之后，他继续拼命写作，他的所有作品都是他在跟小时候的自己对话。他在里约出版作品，支持自由法国运动。

1940年，斯蒂芬·茨威格重新来到巴西。在他最后的爱人夏洛蒂·阿尔特曼的陪伴下，住在彼得罗波利斯。前几个月，他在当地到处走，写了《巴西，希望之

[①] 亨利·米肖（Henri Michaux, 1899—1984），出生于比利时的诗人、画家，后加入法国籍。

乡》，该书1941年在里约出版。但他的热情并没有受到欢迎。这是一个误会。人们指责他支持和美化1937年由热图利奥·瓦加斯建立的独裁的"新国家"。人们确实能读到，他很天真地赞扬某种沉闷的生活。当他处于欧洲疯狂的精神生活中心时，他可能带着优越感来评判。他赞赏道："这里的人们没有太多的欲望，很有耐心。大部分人都满足于工作期间或之后能够聊聊天，然后逛一逛，喝着咖啡，新刮了胡子，皮鞋擦得光亮光亮的，有自己的房子、孩子和好友。"

斯蒂芬·茨威格继续写他的《蒙田》，但书直到他死后才出版。他反复阅读《随笔集》中的这个句子："好像大部分哲学家都故意加速或配合自己的死亡。"蒙田有此智慧，三十八岁就远离尘世。茨威格累了，在贝尔纳诺斯家里几乎不说话。1942年2月，贝尔纳诺斯邀请他和洛蒂①去克鲁斯达斯阿尔马斯小丘，然后一直把他们送到火车站。斯蒂芬·茨威格刚刚把自传《昨日的世界：一个欧洲人的回忆》寄给出版商。2月22日是个星期天，他们穿着热带地区的轻便服装。他，一件短袖衬衣，系着漂亮的领带；她，一条绣花长裙。两人吞了毒药，躺在床上。他六十岁，她三十四岁。我们都熟悉那张照片，

---

① 洛蒂（Lotte），夏洛蒂（Charlotte）的昵称。

这对情侣手拉着手，平静地死去。贝尔纳诺斯在报刊上悼念他，但不赞成像他这样谢幕，向敌人如此投降。托马斯·曼的话则说得更重："难道他没有意识到，面对全世界的不幸同伴，他还有义务要履行吗？同伴们的流亡生活难道不比受人拥戴、衣食无忧的他要艰难得多？"

至于他们为什么要做出自我了断这种极端的决定，人们从来都没有定论，有时甚至找不到任何缘由。对他来说，是受流亡之累，活了六十来年已疲惫至极，写了本书想送给巴西读者当礼物，却遭到了拒绝；而对她来说，只有盲目的爱情。

有人说，上一个星期天，即15日，新加坡被日本人占领，是他下定这个决心的导火索。当然，对我们这些了解战争后续情况的人来说，这一理由好像不够充分。

在皮埃尔刚刚给我读的一篇文章中——此文是他一个名为"大象与运货车"的摄影展的配文——让·罗兰回忆起他的童年和圣纳泽尔港，回忆起"法兰西"号邮轮的建造，赞扬英国和加拿大突击队的勇敢。1942年3月，在茨威格自杀之后不久，他们不惜代价，牺牲了许多人的生命，以超人的勇气炸毁了儒贝尔船坞，让德国

"提尔皮茨"号战列舰①无法进港。虽然，这一场胜利不能说是逆转了世界大战的局势，但它毕竟向世人表明："任何希望都是可能的，行动不会是徒劳的，最终总会获得胜利。"

乐观主义是一道绝对命令，哪怕要付出代价。

---

① "提尔皮茨"号战列舰（cuirassé Tirpitz），二战前德国建造的"俾斯麦"级战列舰，舰名出自德意志第二帝国海军将领阿尔弗雷德·冯·提尔皮茨。这是一艘性能先进的大型战舰，为了阻止它进入大西洋，1942年，丘吉尔派人不惜一切代价将法国圣纳泽尔的儒贝尔船坞——法国大西洋沿岸唯一能修理"提尔皮茨"号的船坞炸毁。

在船上

亚马孙之夜，很少能看见布满星星的天空。有的印第安人认为星星是天上的囚徒点的灯，而地上的他们则有帕查玛玛（即大地母亲）的庇护。黎明时分，森林中有时会豁然开朗，出现一片与世隔绝的房子，建于加高的草地中央，屋顶盖着瓦片，畜养着白色的奶牛、黑色的水牛、马匹，种植着成片的阿萨伊果树，以获取其果实和白色的树芯。鹦鹉在疯狂地大叫，好像一直在比赛和吵架。一小群家禽和猪被圈在铺着木板的平台上。远处，水牛聚集在木筏上，等待落潮。这些水牛每天早上都漂浮在水上叫唤，独木舟会运来一大包绿草，这是它们的饲料。那种独木舟，我们在乘小艇闲逛时遇到过。我们作渔猎游，在布满睡莲、浮萍和水葫芦的水面上航行，用鱼竿钓鱼，用挠钩击打水面，惊动贪吃凶狠的恶鱼，用肉作诱饵。

我们继续在河上航行，无数支流像是水怪的触手。我们还在阿尔特杜尚游泳，这座村庄也许正成为背包客的聚集地,但似乎已受到大坝的威胁。当局计划在塔帕若斯河建一个水坝,离此处很远,在比"福特之城"更上游处。那个大坝将限制清水的流量,把亚马孙河的泥水带到这里。以后别想再在这里游泳了。

小镇北面的"绿湖"将变成"黑湖",现在还在这里欢快地戏水的淡水豚也许很快就要消失。三十年前,这里发现了一个小小的金矿,人们一拥而上,矿藏很快枯竭。发了财的人,在翠绿的河边,在山头的高处,砍树平地,建起豪华别墅,结果酿成洪灾。红土悬崖整面整面地倒在水中,别墅也快了。

我们凝视着群岛与蜿蜒流淌的河流之间的山顶,上面斑斑点点,有柠檬黄,有朱红,天空像是白色或紫色的破絮,挂在山巅。这正是我们来此寻找的美,景色之美和动物之美。我们的遗觉记忆激动起来,画画往往会刺激这种记忆,教我们如何欣赏。看着手里拿着铅笔作画的皮埃尔,我想起了普鲁斯特和拉斯金[①]的那场对话,他们把美变成了一个不信上帝的人的存在意义。我还隐约想起拉斯金关于通过画画学会观察美的一句话,但记得不是很清楚了,回去后我会去找找原文:"两个人穿

[①] 约翰·拉斯金(John Ruskin, 1819—1900),英国作家、艺术家、艺术评论家,其艺术思想备受普鲁斯特推崇。

过一个市场,其中一人出来的时候并没有比进去的时候多学到什么,另一人则注意到一个卖黄油的商人的篮子边上露出几条香芹,获得了一些美的画面,用于之后许多天的日常创作当中。"

重读这个句子,我发现文中并没有提及色彩,然而,也许正是黄油的黄和香芹的绿同眼前水的蓝色一道(换句话说就是身边以及船上无处不在的巴西国旗的那三种颜色)将思想和画面融为了一体:那天,我与普鲁斯特和拉斯金两人在威尼斯的回忆重逢,徜徉在其思想中;继而经由联想,我又与一些画面重逢。奇怪的是,那是一些黑白画面:十年前,皮埃尔在威尼斯,手里拿着铅笔,冒着雪在画画。

我们准备向西进发,去马瑙斯。我们将离开"帆木筏"上岸,收起橡皮和铅笔,离开帕拉州,前往亚马孙州,去索利蒙伊斯河和内格罗河,观察燕鸥冒着倾盆大雨俯冲入清澈透明的水中,与淡水豚争夺河鱼。我们心想,万一堤坝建成,这些燕鸥将首先在变黑的河水中落败,而鱼儿将因此暂时受益。

夜宿隆志家

白天的天空往往不比晚上的天空更敞亮。偶然比晚上明亮的时候，我们可以在亚马孙地区的航拍照片上分辨出所谓的鱼骨形路线。褐色的田垄呈直角离开黑色的道路，接着是更小的田垄，仍呈直角消失和终止在丛林中，并不十分整齐，往往是不规则的。出了马瑙斯往北走的时候，我们看到一块路牌，上面写着"距加拉加斯2250公里"。这段距离跑了一百来公里之后，174国道通到了菲格雷多总统镇。再走两百公里左右，就将到达印第安人保留地。隆志就住在二者之间的某个地方。

在这几十公顷的森林中，默默地流淌着一条河，九曲十八弯之后，到了山脚已有三米宽。隆志像是瓦尔登湖边的那个梭罗，穿着红色的短裤，光着上身，在他的隐居地迎接我们。他较为消瘦，并不太高大，皮肤被晒成古铜色，黑色的长发扎成马尾，腰里插着大砍刀。在他的要求下，我们从马瑙斯带去了两条当天上午在港口买的新鲜大鱼——石脂鲤。过河的第一段路走得很舒服,我们踩着木板,前往唯一的建筑,那房子在他来这里之前就已经有了。他准备了木柴,点火,把鱼剖开,放在了一个架子上烤。一下午我们都在挑刺,然后把肉沾上木薯粉,吃剩的便扔给三条狗和一只猫。

几年来,隆志开垦出几公顷山地,用来种粮食。他还砍了几棵树,另外盖了两座房子,一座用来工作,一座用来睡觉。这三座房子,每座相隔一百来米,依山而建,有小路相连,蜿蜒的小溪上架着树干。三条狗紧紧地跟着我们。他指给我们看他种的水果与蔬菜,那是用来满足自己的生活需要的;他还种了一点可从中提取奎宁的植物,用来保持健康平衡;还有另一种植物,叶和藤巧妙地混合在一起,加工成汤水,用来保持思想平衡。

那几只狗对我们一直不那么友好,我们的到来似乎让它们不那么高兴。在半山坡第一次休息时,隆志告诉我们,这些狗受到过多次伤害,其中有一只眼睁睁看着自己的胞兄被美洲狮叼走。到这里之后不久,他在他带来的两只小狗的陪伴下,坐在河边,听从别人的建议,宁可大喊大叫也不开枪。从此,那只美洲狮便尊重他的地盘,也许会趁他不在的时候来溜达溜达。有条小路经过他用来办公的吊脚楼下面,他让我们沿着小路往上攀爬。

那地方既是林中小屋,也是船舱,里面有一张小床、一张桌子、一把椅子、一把吉他和几支笛子。木架上收藏着一些动物的头骨，很难分清是什么动物，有的头骨上还有角。一个被昆虫蛀蚀的书架，上面放满了书籍，书上布满了灰尘，被各种粪便弄脏了，他在递给我们之前用袖子擦了擦。他是诗人、翻译家，喜欢像他自己那样的文学痴——除了当隐士以外，他偶尔也会做点别的事，正因为这样我们才认识的。当时他正尝试用巴西葡萄牙语整理超现实主义先驱让-皮埃尔·布里塞的作品，他向我介绍了那个作家。在军中建立了卓越功勋后，布里塞被儒勒·罗曼及其朋友们选为"思想之王"，打算借无法辩驳的语言学论据来证明人是直接从青蛙演变过来的。

　　隆志现在致力于翻译《诅咒诗画集》中收录的兰波的诗，以及刚果作家索尼·拉布·坦西的作品，并给我们看了他用钢笔写在一个本子上的东西。我们的谈话始于瑞士的冬天，现在却在他位于赤道附近热得让人喘不过气的隐居地继续。谈话过程中，除了我们俩一致赞扬的吉马朗埃斯·罗萨，其他人都受到了他的严厉斥责。他批评塞利纳关于非洲的论述、布维埃关于日本的论述。他还批评列维-斯特劳斯关于巴西的论述，说列维-斯特劳斯既没有提到奥斯瓦尔德·德·安德拉德，也没有提到奥斯瓦尔德的太太——画家塔西娜·亚玛瑞，而他们夫妇曾给他打开了这个国家的大门。他也批评桑德拉尔,说桑德拉尔夸大了亚马孙森林的寂静,其实这里的吵闹声不绝于耳,鸟叫虫鸣,让人听了心烦,吼猴不时会吼叫着来偷果实。他的狗会回应它们,这些狗也吃椰子。他用大砍刀为它们把椰子劈开,以此提醒它们,他对它们是必不可少的。

重新踩着木桩,穿过蜿蜒的小河,爬上一个很滑的斜坡。到了上面,我们把背包放在一块大桌板上,这里四面通风,没那么热。屋子是新盖的,有屋顶,这是人类最大限度的胜利。对于一望无际的原始森林,人是无法征服的,尽管他时常去历险。我们拉起吊床,挂起蚊帐,铺了席子,以防夜间来自地面的湿气。皮埃尔累坏了,已经睡着。这么久没有和人说话,隆志是不会放过任何说话的机会的。他谈论的好像是印第安人的仪式。但我也累了,听得心不在焉,不怎么回答。我看见他在黑暗中盘腿坐在他的狗之间,紧挨着桌板,腿悬在湿透了的植物上面。他用刀子割了一团烟叶,塞进一根烟管很长的烟斗里。烟味夹杂着他的汗味。后来,我们的鼾声也许让他想起了猴子,也可能是可怕的美洲狮。睡梦中,一只狗不时地低吠。

我们有时会在一大早问自己:这是什么地方?然

后才意识到今日是何年何日,睡意蒙眬地去找咖啡壶或收音机。在这里,步骤要长得多:离开睡觉的床板之后,还得走下泥泞的陡坡,踏着树干,稳步穿过河流,通过一条小路,前往书房。如果夜晚没有给你带来任何灵感,那就过书房而不停,继续沿着山坡往下走,常常冒着热雨。到了下面的厨房,人已像淋过浴一般。我们在那里喝马黛茶,用长柄平底锅煎鸡蛋。隆志对皮埃尔——也对我,不过我有时并不理睬他——讲述了自己如何经过曲折的道路来到此地。他出生于圣保罗附近一个早就定居在巴西的日本人家庭,十八岁就离开了家,到处旅行,骑自行车周游法国,还在日本的一家工厂里工作了一年半。因为不管在外漂泊了多少代,他还是摆脱不了自己是日本人这一个事实。隐居在孤独的森林里,完全是他童年的梦想。他是在库斯托①的电影中发现了亚马孙,尤其是发现了粉红淡水豚。他大笑着提醒我们,节日之夜,当地人叫作"博托"的这种动物,会变成一个英俊小伙子来引诱女孩。私生子在当地被叫作"博托之子"。他早已成了一个日裔印第安人。

离开隆志家时,我们想象不到这地方和这一短暂的

---

① 雅克-伊夫·库斯托(Jacques-Yves Cousteau, 1910—1997),法国海军军官、探险家、海洋学家。1956年,他与路易·马勒一道拍摄的纪录片《沉默的世界》获戛纳电影节金棕榈奖。

停留会让我们如此疲乏,对我们的冲击有那么大,而且这种疲乏与冲击首先是精神上的。因为我们谈话时常常提到它,在夜晚也常常想到它。我们常常唤起一些永远也难以用语言来表达的梦境和噩梦。离开森林时,这些梦境和噩梦不断地萦绕在我的脑海,我不得不带着它们走。在其中的一个噩梦中,我们走在一个遍布绿草的沼泽中,也许我们穿越的是一条河。我们一共三人,我、皮埃尔和我多年未见的一个战地摄影记者朋友。又绿又蓝的长蛇从草丛中竖起头来,我们想躲却躲不开,结果被咬伤了脚踝。我们就这样在泥沼中死去。

在另一个噩梦中,我们在一艘船上,可能是"帆木筏",也可能是沃纳·赫尔佐格的电影《陆上行舟》①中的那艘船。梦中的这艘船在地面与林冠之间的大树中航行,船身被树枝撕裂了,皮埃尔的大腿受了伤。现实中的皮埃尔在隆志家里时确实耳朵被感染,吃了抗生素,我则在一天晚上喝了酒,酒精和其他化学分子一道引起了海马体兴奋,身体失去平衡,被一根很滑的圆木弄伤了脚踝。我的鞋过大,不合脚,走路时呱嗒呱嗒响,踩在湿滑的树皮上滑了一下,掉到了也许布满了蛇、蟾

---

① 《陆上行舟》(*Fitzcarraldo*),由德国导演沃纳·赫尔佐格(Werner Herzog, 1942—)执导的电影,讲述空想家菲茨卡拉尔多为了在自己所住的秘鲁小镇上修建一座宏大的歌剧院而展开一段惊险刺激之旅的故事。

蝾、青蛙的河里。根据布里塞不怎么符合达尔文主义的理论，我的鞋回到了初始状态，因为布里塞曾说："人出生于水中，其祖先是青蛙，对人类语言的分析证明了这种理论。"这种无法辩驳的证明，我们将留给读者去发现。或者，读者也可以选择隆志的理论，他的理论与布里塞完全不同。隆志认为，人更可能是从粉红淡水豚演变而来的。

我至少从水里救起了坎迪杜·龙敦的传记，那是我刚刚从马瑙斯的一家旧书店里买来的。他在二十世纪初创办的全国印第安人保护委员会一直在运作，工作方式也现代化了。他们在森林里安放了一台照相机，照片上显示，有个失踪二十年的人最近出现了。大家都不知道他还活着，那是一群被屠杀的印第安人中唯一的幸存者。二十年来，这个今年已经五十来岁的人没有加入其他部落，而是独自生活在林中。人们看到他用斧头砍倒了一棵树。当然，他比隆志孤独得多。隆志有书为伴，有火柴取火，在他的领地下方，甚至有一个库房，用来当厨房，沿路都有电线。他可以不时地到城市居住，甚至可以坐飞机去欧洲。不过，我和皮埃尔都在自问，我们像他这样能生活多久。

这个孤独的印第安人在丛林中偶然被摄像机拍到。

他的生活已经到了让人无法想象的地步，因为如果我们处于他那样的境地，迷失在森林中，我们会像福西特父子一样，毫无幸存的可能。虽然如此，隆志毕竟是主动拥抱自给自足的孤独生活，与他完全不同。隆志的境地处于我们与那个孤独的印第安人之间。不过，我们也会种菜、种水果，养鸡钓鱼。所有这些，我们在皮埃尔小时候从摩洛哥回来后都一起做过，我们当时住在布列塔尼的奥塞昂露营村。他继续孤独地长大，成了小伙子。流逝的时光，萌芽之缓慢，耕地与除草之艰难，乡村之美，绿色的生菜和红色的番茄，四方的农田上笔直地撒满了种子。花园旁的水塘边，树木上长满了各种蘑菇。这一切，我们都如此熟悉。我们的蘑菇做得跟蔬菜一样拿手。隆志所种的东西就像这些几乎找不到的蘑菇，非行家分辨不出，隐藏在草木当中。他向我们展示一小堆椰子，它们被用来保护一株木薯的嫩根。草地上散乱着一些菠萝树，旁边长着一些番木瓜树，可想而知是野生的。

毫无疑问，所有这些，我们会学会的，我们可以付出几个星期或几个月的努力，让自己适应这种生活，但孤独仍将是比这更大的问题。在这方面，我和皮埃尔也了如指掌。我们各自体验过，一个在巴黎，另一个在伊夫里。但那是另一回事。独自生活的我们依然能在几小时或几天后上街，能够坐在露天座上，喝着新上市的白葡萄酒，而不是天天晚上独自沿着小路爬上用来睡觉的屋子所在的平台，然后进屋睡觉，尽管有几条狗欢快地陪伴着，还有许多因喝了死藤水而被召唤出来的吵闹鬼。

皮埃尔随身带了一本《静观集》。我们轮流读，好像那是一小杯美酒。隆志就是雨果开始写那首题为《不幸者》的长诗时在他的陋室里遇到的那个贫穷而幸福的可敬之人。这种去增长理论号召人们回到更简朴的生活中去，是亨利·戴维·梭罗以及埃里塞·雷克吕斯的主张，也是我们的主张。如果将来有一天，人们开始拥抱更加美丽、更加道德的慢节奏生活，求助于森林，也许隆志式的生活方式也会被广为接受，人们也会逐渐掌握那些他们曾经忽视的生存技能。

小时候，也许是在我读到蓝皮肤印第安人的时候，我常寻思，如果我生活在一个不知道骨移植手术为何物的部落，那会怎样？猎人或采集者会断然拒绝我成为他们的一员，他们是不愿被落后者拖累的，除非他们决定要把我扔到丛林中去喂蚂蚁。他们会让我做的，也许是像萨满祭司学徒或是助理巫师那样的工作，每天晚上背诵宇宙起源和祖先的故事。这毕竟也是我在如今的现实生活中所从事的微不足道的工作。

蒙田远征队

在隆志家住过以后，人们就可以理解，为什么有的印第安人希望离开森林。安东尼奥·卡拉多①1982年在巴西出版了一本文体多变、充满反叛精神的小说《蒙田远征队》，创造了伊帕弗这个人物。他远离自己的部落，来到白人的城市，发现"印第安人住在森林里，用葫芦喝自制的酸啤酒，这太蠢了，因为他本可以在城里大喝特喝啤酒，然后在付账时偷偷溜走"。

这种习惯，这种无知，抑或是故意无视白人花钱消费的奇特习俗，这些缘由把他带到了一个类似惩教所之类的地方，在那里有吃有住，他很高兴离开自己的村庄。不过，有一个名叫维森蒂诺·贝朗的里约热内卢人，一个为土著人事业而奋斗的战士，主张解放印第安人，为伊帕弗争取到了释放，并想让伊帕弗做他远征的向导和翻译。伊帕弗同意了，其主要目的是想重新见到

---

① 安东尼奥·卡拉多（Antônio Callado, 1917—1997），巴西剧作家和小说家，曾在伦敦担任记者。

他的鹰。那只哈比鹰关在他村中心的笼子里，成了羽毛自动分发机，给羽箭提供材料。他们上路了。关于丛林，贝朗一辈子只见过里约的蒂茹卡森林和奥古斯特-弗朗索瓦·格拉齐乌所画的公园，格拉齐乌是佩德罗二世的宫廷风景画家。关于印第安人的习俗，他只知道让-巴蒂斯特·德布雷的油画中所画的东西。

贝朗比龙敦要激进得多，他发起了一场土著主义的远征，声称"在他漫长的旅途中，'蒙田远征队'将招募印第安人，并武装他们"。他们走进森林，穿过布满牙签鱼和食人鱼的河流，首领头顶着蒙田雕像，以防雕像被洪水冲走，晚上便在露营地重读《随笔集》，"撮着嘴，像鸡屁股那样，不停地念着法语"。

伊帕弗如此喜欢的那只鹰，列维-斯特劳斯曾在书中描写过它的同类。列维-斯特劳斯在长途旅行中，偶然遇到了一个人，"除了用一小团稻草遮住私处，他浑身赤裸，肩上背着一个绿色的棕榈筐，筐被严严实实地捆在他身上，里面有只巨大的哈比鹰，就像只捆扎待烤的母鸡，看起来一副悲惨的样子"。由于准备边走边制作新箭，所以像背箭筒一样背着一只灰白色羽毛、黄色的鸟喙像修整树枝的大剪刀一般锋利的大猛禽。有时的确会用到制作的新箭。"古代的许多作者讲述过，图皮人养鹰，用猴子喂它们，以便能经常拔它们的羽毛。龙敦就提到过，图皮人中的卡瓦希布部族有这种习俗。其他观察者也在欣古河和阿拉瓜亚河流域的某些部落身上发现了这一点。"

伊帕弗希望能找到他的吉祥鸟，所以忍受着痛苦，诅咒露天生活，蔑视首领，因为他弄不清首领的意图："一个白人，似乎完全可以住在一栋公寓里，却喜欢睡吊床，还用手吃东西，在森林里大便。"贝朗并不是他所见过的第一个神秘的白人。他回想起小时候，在村里见过游击队战士泽卡·希比奥阿。那个主张平等的革命者曾说："如果印第安人成了巴西的主人，一切都将像以前那样，大家都会很幸福。"对此，伊帕弗评论道："由此可见泽卡·希比奥阿之愚蠢。一个白人，看到弓与箭都属于大家，木薯粉也同样，你觉得他会很高兴吗？谁会听这种废话呢？在以前，一切都是大家的，因为那时的印第安人没有啤酒，没有餐前小点心，没有小馅饼，也没有金钱、警察、梅毒，因为那时候谁都不想要印第安人拥有的东西，因为在那时的海边或河边，印第安人什么都不用干，就在那里守候轮船，等待载着白人的船只的到来。"

在这本书里，作者用"加勒比人"来指代白人。我们也从书中得知，"伊拉希玛"这个漂亮的女性名字，在图皮人的语言中是"蜜唇"的意思。伊帕弗这辈子只怀念他的哈比鹰，我们也希望能遇到一只。

滑稽的鸟儿

我们用肉眼观察它们,有时也用望远镜,不过,皮埃尔才有那个宝贝,那是让·罗兰送给他的双筒精密望远镜。在朗德圣母村用树木围隔的田野上,他们陪伴着一群"战斗的博物学家",来往于草地和沼泽。他们一道偶遇过柳莺、捷蛙和大冠蝾螈,证明了该地生物多样性之丰富,由此让兴建机场的计划取消。

远征途中的每天夜晚,我们都会把自己的收获列成表,因为我们喜欢它们的名字,喜欢它们美丽的羽毛:美洲蛇鹈、巨嘴鸟、苍鹭、翠鸟、白鹭、小蓝鹭、秧鹤、凤头距翅麦鸡、角叫鸭、红嘴树鸭、卡拉卡拉鹰、布谷鸟、鹦鹉、黄头拟鹂;还有叉尾王霸鹟和热带王霸鹟,我们看着它们在空中袭击猛禽,用喙啄那些比它们大十多倍的飞禽的脑袋,吓得它们拍翅逃走;尤其是还有麝雉,我们到处寻找这种神秘的雉,在被水淹了的森林中,乘坐独木舟悄悄地接近它,船桨举在手里,一动不动。

我们当时觉得已经实现了亚马孙之梦。这个梦是在奥塞昂露营村诞生的，当时皮埃尔还小，我们划着桨在屋子旁边的森林里的黑色水塘中前行，寻找白鹭和黑水鸡，它们的雏鸟会在睡莲和浮萍上四散奔逃。有时，在夏天，月明之夜，我们会慢慢地下船，悄悄地在黑魆魆的大树（橡树、棕榈树、竹子）下游泳，在海狸鼠、鲤鱼、梭鱼当中，在布列塔尼的这个缩小版的丛林中。树枝间就缺那体态威严的麝雉和哈比鹰了。我们在巴西的一条河边真的撞见过一只鱼鹰用它的爪子把一条鱼抓出水面，淋下来一连串水滴，在阳光的照耀下银光闪闪。至于哈比鹰，我们当然没有见过，许多富有经验的鸟类学家都只见过它们的羽毛。

为此我们得等上几个星期。我们得知瓜亚基尔的公园酒店的动物中心有一对，但它们没有像伊帕弗的那只那样被关在狭窄的笼子里。因为白人更加关心被囚者的舒适，而且他们的箭也并不需要那么多羽毛。和伊帕弗的那只相反，那两只鹰享有一个宽大的鸟笼，里面还有一棵枝繁叶茂的大树，如果它们愿意，它们可以整天都不让来访者看见自己。我们失望了，去酒店的酒吧喝一杯。在皮埃尔的建议下，我准备违反规定，在动物中心关门后再进去。黄昏时分，我们看见其中的一只大鸟扑向地面，抓住了一个褐色的球状物，把它叼走了。那可能是只被吓坏的小猴子，也可能是只啮齿动物，被扔在里面供它们消遣。

皮埃尔能很快辨认出是什么鸟雀，记住它们各自的特征。他的大脑热情而活跃，而我却不得不承认自己的大脑也许已经装了太多的地名和昆虫名，在这个领域已经智力衰退了。在他面前，我对自然造物的赞叹很快就变成了对他的赞叹。我在遇见做事单纯、善良的人时也会如此。那些不曾被现代经济残酷折磨的人，他们富有人情味儿，通过一两件小事就能让人备感温暖：当我们离开森林，坐小船沿航道溯流而行时，一位妇女带着一个十来岁的儿子站在栈桥上呼喊我们。他们也许在那里等船等了好几个小时。那个母亲挥着双臂，好像在求救。她赤着脚，儿子穿着橡胶靴子。他们送了我们满满的一篮番石榴，还不肯收钱。他们的番石榴太多了，会被马蜂搞坏的。

龙敦与帕维

在我的记忆中,在通信技术史中,这两个人物与电报线紧密相连。他们有一个共同点——都出身贫寒,所以想通过参军来获得自由。奥古斯特·帕维比萨沃尼昂·德·布拉柴和皮埃尔·洛蒂早四年在布雷斯特海军学校上学,然后被派往西贡当中士,很快就复员了。他在贡布跟和尚们学会了柬埔寨语。

我曾从柬埔寨最南边的那个港口,沿着他曾走过的路线,自南向北走了很长时间,一直来到老挝最北边中老边界的芒新,但他的首要功劳是一条东西向的线:他在金边和曼谷之间拉了一条电报线。多年时间里,六十多个工人穿过森林,挖出一条长长的土沟,竖起电线杆,架起黑色的电报线。他们随身带着米和盐。其中一部分工人白天狩猎,给大家提供食物。当帕维最后从丛林中胜利地走出来时,他被冠以了外交家和地理学家的称号。他绘制了老挝和东京[①]的地图,把别的探险家(比

[①] 东京(Tonkin),以河内为中心的越南北部地区的旧称。

如亚历山大·耶尔森)的测绘成果也纳入其中。耶尔森已经开辟了一条穿过安南山脉、从现越南的海岸到金边的道路。

奥古斯特·帕维和坎迪杜没有在历险、冲突和瘟疫中丧生,而是寿终正寝。帕维死在他离泰耶①不远的伊勒-维莱讷的图里的林中木屋中,差不多活了八十岁。他晚年一直在撰写配有插图的多卷本作品《帕维探险队》,在布列塔尼接待了老朋友、刚果的发现者布拉柴,前往中国西藏地区冒险的探险家邦瓦洛和测量极地大浮冰的让-巴蒂斯特·沙尔科。

坎迪杜·马里亚诺·达·席尔瓦·龙敦,一个满面胡子的老元帅,像波罗洛族的印第安人那么矮小。冷战时期,他尽管已经九十多岁了,仍在面向科帕卡巴纳沙滩的公寓里与世界各国的领袖保持国际通信往来。两个人的不同之处在于,帕维在法国已被人遗忘,在老挝的情况也只是略微好些,尽管他怀有此种希望(这种希望也许还让他得以平静地离世):"当人们发现我的时候——我不知道是何时,也许是二十年后,也可能是五十年后——他们会对我所完成的一切感到惊讶。"而龙敦呢,生前就在巴西大名鼎鼎,很多大街都以他的名

---

① 泰耶(Teillay),法国西北部城镇。

字命名，到处可见他的雕像，就像别处的玻利瓦尔雕像那样，甚至还有以他的名字命名的州——朗多尼亚州①。

这个因探索巴西内陆欠发达地区而闻名的探险家，1865年出生于马托格罗索州，父亲是葡萄牙后裔，母亲是波罗洛族的印第安人。这个混血儿很小的时候就成了孤儿，是部队把他养大的。他学习成绩优异，被送进里约的高等军事学院深造，毕业后成了工程师和上校。他二十四岁那年，咖啡业百万富翁支持的军事政变推翻了佩德罗二世。新成立的共和国派他回丛林中的家乡，任马托格罗索州至亚马孙州战略电报线路委员会主任。这名字有点长，所有人们都叫他龙敦主任。

除了技术层面的工作，他的主要任务是创造一个全新的国度——扩大共和国在一块南北跨度四千多公里、东西跨度也是四千多公里的领土上的权力，依照奥古斯特·孔德的理论建立一个实证主义的国家，清除天主教和保守派的蒙昧主义思想。每个电报站落成时，人们都聚集在一起庆祝，用世俗的赞歌歌颂科学。他们举着国旗，发表爱国演讲。1865年，也就是龙敦出生那年，巴拉圭军队入侵的消息花了六个星期才传到里约。1889年

---

① 朗多尼亚州（Rondônia）的州名取自龙敦（Rondon）。

佩德罗二世下台几个月之后，地方统治者还以为他依然代表帝国。

最初的努力是在南部与东部的疆界，靠近与巴拉圭、玻利维亚有争议的边境。1906年，波西·福西特正好也去了玻利维亚与巴西的边境。就在那年，龙敦完成了这一部分的工程。人们在那些从来没有测绘过的地方来来往往。龙敦的孔德实证主义小组接着出发往北，先前往阿克里州，然后去亚马孙州，规划一条笔直的道路，砍伐森林，开辟出三十米宽的路径，让倒下的树木不会压坏电线杆，弄断杆上黑色的电报线。他们对沿途几千公里的地形进行了测绘。龙敦是印第安人的后代，现在也成了地理学家和人种学家。当他的人马在线路的两头开垦林地，逐渐向前推进时，他多次远征，去了波罗洛族人和南比夸拉族人当中，成立印第安人保护处，并选择了自己的格言："宁死不杀"。

杀人，更多是由疟疾来完成的。在向亚马孙地区，向茹鲁埃纳河和玛代拉河挺进的过程中，小组遇到的抵抗越来越多，招收新人越来越难。众所周知，就连里约的军事监狱里面也有一半割胶工人由于缺少医治而成批倒下。为换取减刑而入伍的士兵，出发的时候就准备要当逃兵。不过，也有许多移民和找机会发财的人跟随这一计划行动。传染病多次造成人员的大量死亡，工作也被迫中断了好几个月。龙敦发现并且命名了一些河流。人们都以为他已经死了。事实上他仍在继续前进。

1913年,在他主持巴朗迪梅尔加苏电报站落成仪式的时候,电报机发出劈啪的声响。这是个好兆头。龙敦笑了,但很快就皱起了眉头:电报是他昔日在劳鲁·米莱军事学院的同窗、时任外交部部长发来的。美国前总统西奥多·罗斯福想以亚马孙之行来结束他的巴西巡回讲座。但现在不是时候。他建议不要来远足,而是跟他一起去杜维达河探险。他想探明杜维达河是不是玛代拉河的支流。罗斯福同意了。于是龙敦南下来到里约。他成了将军。两人一同北上。罗斯福带着儿子。

罗斯福父子早福西特父子十年,于1914年1月开始了他们的远征。当时老罗斯福已经五十五岁,对于丛林探险而言有点老了。他儿子克米特是土木工程师,二十五岁。他们还带了美国自然历史博物馆的两个博物学家,一个是鸟类学家乔治·彻里,另一个是兽类学家莱奥·米勒。他们只能用蹩脚的法语跟龙敦沟通。很快,小罗斯福得了疟疾。医生卡雅泽拉在旅行日记上写道,他高烧四十摄氏度。龙敦给他们安排的活动节奏太快,只有在进行地形测绘时才会偶尔停一会儿,他们常常在烈日下或暴雨中连续走好几个小时。在两个月内,他们走了数百公里，终于在2月底抵达了杜维达河。

罗斯福的儿子病了，给养也开始短缺。队伍中发生了争吵。人们担心被抢劫的部落进行报复，怕发生冲突甚至谋杀。他们和龙敦的关系恶化了。罗斯福要求停止地形测绘，加快进程，尽快走出森林。他们在杜维达河上坐船赶路，那是一艘摇摇晃晃的船。4月初，老罗斯福大腿受伤，第二天，他也得了疟疾。卡雅泽拉医生每六小时给他注射一支奎宁。4月底，他们到了杜维达河和阿里普阿南河的交汇处，老罗斯福瘦了二十公斤。他们在过去的六十天中跑了差不多七百公里的路。幸亏一艘蒸汽机船接到电报通知，在阿里普阿南河接应他们。龙敦耸耸肩，向远去的蒸汽机船挥挥手，回去继续做自己的事。

这四个美国人经由玛代拉河到达了马瑙斯。罗斯福的腿得到了医治。5月9日，他们到达了贝伦，登船前往纽约。罗斯福写了他的绿色地狱历险记。6月，他动身去伦敦举办讲座。这时发生了萨拉热窝事件。我们不谈这个。罗斯福在热带得的高烧一直没有真正痊愈，五年后，也就是1919年1月，他去世了。至于他儿子，两次大战期间参了军，获得了军功章。他酗酒，1943年在阿拉斯加自杀。至于龙敦，经过艰苦的努力，他终于架完了电线杆，拉上了电报线，完成了他一生中壮丽而徒劳的历险。

二十世纪初，电报线架设里程达到了一千五百多公里，这是有线电时代的余晖——龙敦得知世界无线电通信大会即将召开。自伽利尔摩·马可尼①以来，无线电技术不断发展，全世界都接受了无线电通信。正如其名，这种技术不需要架设电报线。帕维至少没有遭到过这种惨败。

龙敦和他的团队所做出的巨大努力白费了，凭他们所花的力气，他们都可以再建一座中国长城了。他们在丛林中扔下了谜一般的遗产，让后世感到不可思议。三十年代，龙敦像帕维在他之前做过的那样，先后带领一支国际团队和印第安人保护处的人，重新标识哥伦比亚和秘鲁的国境线。帕维曾在巴黎开办柬埔寨学校，龙敦也资助了欣古河国家公园计划，后来管理这个公园的是维拉斯-博阿斯兄弟。

今年，2018年，印第安人保护处估计，现在还有八十万土著生活在保留地外的亚马孙地区。他们分属于许多不同的族群，过着狩猎-采集生活，风俗习惯受泛灵信仰影响，散居在水边广袤的森林中，远离龙敦被废弃的电报杆。最近被摄像头发现的那位孤独的幸存者就是其中一员。

三十年代，当龙敦在西部和北部勘测边界时，一个年

---

① 伽利尔摩·马可尼（Guglielmo Marconi, 1874—1937），意大利工程师，专门从事无线电设备的研制和改进，1909年获诺贝尔物理学奖。

轻的哲学教师离开蒙德马桑，来到巴西南部，成了圣保罗大学的社会学教师。克洛德·列维-斯特劳斯希望能深入北部的印第安人村庄进行探险："沿着电报线或者说是尚存的电报线，弄清南比夸拉族究竟是些什么人，这很吸引人；接着继续往北，揭开那些谜一般的人群，龙敦指出过他们的存在，但之后从来没有人见过他们。"

他获得了许可，购买了牛、骡子，带着笨重的行李和彩色玻璃制品，向马托格罗索州进军。彼时，弗莱明远征已经过去了七年之久。龙敦过去就反对英国人寻找福西特的远征，不支持欧洲科学家进犯巴西，大批涌向印第安人。他更希望能让土著们安安静静地生活在那里。人们后来编了一个段子，说现在每支队伍都要配十个猎人、十个采集者和十个人种学家。

列维-斯特劳斯在《忧郁的热带》中描述了他是如何到达那个地方的。被开辟的小路两边都是前所未见的东西，绵延数百公里，电报站的痕迹日渐被荆棘重新吞没："电报线确实有，但一安上就成了废物，松松垮垮地挂在电线杆上，烂了也没有替换，逐渐被白蚁或印第安人破坏。"

父与子

我跟贝尔纳多·卡瓦略在圣保罗初次见面时,他刚刚出版了小说《九夜》。2005年,法文版《九夜》出版时,我建议他来圣纳泽尔。书中的父子俩从圣保罗乘单引擎小飞机北行,一直来到阿拉瓜亚河畔的圣米格尔。飞机由父亲驾驶。儿子回忆起他们在颠簸中穿过冰雹和闪电;回忆起有一天,父亲忘记混合油料了,飞机临时降落在巴拉–杜加萨斯;还回忆起了疟疾的爆发。孩子那时才十多岁:"与父亲旅行让我产生的是一种地狱与异国风情混杂在一起的幻觉和意识。我在马托格罗索州和戈亚斯州得一直陪伴着他,因为法律规定我们要一起度假(我的父母分手了,他们在法庭上就我的看护和养育达成了一个协议),而他必须去巡视他的农场。"

根据维拉斯–博阿斯兄弟的巡游日程安排,父亲有时会得到许可,把飞机停在像比利时那么大的欣古河国家公园的跑道上,拜访管理公园的这一对兄弟。在他们到达之前,"我父亲就帮助我通知大家,说我是龙敦元帅的曾外孙"。当父亲的想把儿子的先祖当作名片。"当我们降落时,我们的单引擎飞机四周围满了印第安人,大部分都是孩子,他们看到一个跟自己年龄相仿的孩子,立即想用手摸我、拉我的衣服。我被吓坏了,他们就更加来劲。"这个曾外孙没有他的先祖那么镇定:"我徒劳地大叫,叫我父亲,但他毫无办法,因为他也被印第安人围住了,动弹不得。"

在《九夜》的巴西版本中,卡瓦略于常规位置放了一张作者的小照片。那是他儿时的照片,照片上的那个儿童目光忧郁,很不高兴地跟一个高大的印第安人握手。那个印第安人几乎浑身赤裸,对这种摆拍显然也不是很高兴,这也许是当父亲的要求的。在法文版中,这张照片被放大至满版,用作书的封面。它对应的是书中所讲那天在欣古河国家公园的情景:"反抗毫无作用。根据我的理解,他们也想让我脱光衣服,像他们一样一丝不挂。"

《九夜》的这个章节让我想起了我独自阅读的第一本书——《飞毯》。书中有一个与我同龄的孩子,小米歇尔,念了一个魔咒——"阿布拉卡达布拉",就来到了"原始森林当中。他坐着印第安人的一艘小木船,顺流而下。绿色的河水里游着一些短吻鳄。河边的树上挂着厚厚的青苔"。这本书,我甚至读得比桑德拉尔的

《莫拉瓦金》还早。后面我还读到,船只遭遇了另外一群印第安人的攻击。这群印第安人吵吵嚷嚷的,纤夫们和《九夜》中刚下飞机的父子俩一样,都被脱光衣服,钉在木板上。但小米歇尔没有被印第安人脱光衣服,否则,我那个脸皮很薄的姑姑莫娜是绝对不会把那本书送给我的。

欣古河的印第安人让卡瓦略感到很害怕。长大成人后,他前往巴西北部克拉奥族印第安人聚居区参与执行一个任务,调查年轻的人种学家比尔·奎因的神秘死亡案。这又是一个父与子的故事。奎因出生于美国中西部,小时候曾陪同父亲去德国、荷兰和斯堪的纳维亚国家出差。后来,当爹的抛弃了妻子和儿子。奎因像马尔科姆·劳瑞那样,出于同样的理由,既是想去远方,也是想抵制父亲的计划。他没有上大学,而是作为水手,登上一艘前往中国的货轮。

后来,他还是上了大学。毕业后,他先是到南太平洋的斐济群岛做研究,接着又选择去研究巴西的印第安人。1938年4月底,自杀前一年,他跟列维-斯特劳斯坐蒸汽机船去北塞拉。两个年轻的人种学家在库亚巴同住在一个名叫"露台"的小酒店,交流阅读了著名先驱卡尔·冯·登·施泰恩的《在巴西中部的原住民中》后的感想。施泰恩在十九世纪末描写过欣古河的印第安人。

他们相遇的那一年,列维-斯特劳斯三十岁,奎因二十六岁,分别前往自己研究的地方。列维-斯特劳斯将在马托格罗索州从6月待到9月。奎因住在库鲁埃尼河边的特鲁玛伊人家中;由于暴雨,从欣古河无法到达那里。这个令人生畏的好战部落里只剩下十八个男人、十六个女人和十个孩子,住在四座茅屋中。他觉得他们"又无聊又肮脏",白天黑夜都在他们当中体验这种无聊,而"这些人虽然无聊,自己却并不知道",因为无聊是西方人发明出来的。这种大写的无聊我们大家都不陌生,它不是把人逼到阿比西尼亚,就是把人赶到马克萨斯群岛,去寻找列维-斯特劳斯提到的"精神香料"——"我们的社会觉得自己陷入了无聊,更需要这种精神香料"。这种事往往以失败告终。奎因搬到了克拉奥族印第安人聚居区,那是一个有着两百多个印第安人的村庄。他开始学习他们的语言。后来,那些印第安人在回答调查者的询问时,把他描述成一个古怪的白人,有时会发生精神危机。但在印第安人看来,哪个人种学家不是一个怪人呢?

离自杀不到一个月,1939年7月4日,他写信给他当时在巴厘岛的堂妹玛格蕾特·梅德,但这封信根本就没有寄出,人们后来在他的包里找到了这封信:"官方的做法使那些印第安人处于贫困化的状态。有一种观点影响很广（在对印第安人感兴趣的那些人当中），它认为，帮助他们的办法就是给他们送礼，让他们达到我们的文明高度。我们可以将其归咎于奥古斯特·孔德，他对当地的高等教育有着重大的影响，并通过他那个了不起的巴西弟子——龙敦老将军，腐蚀了印第安人保护处。我现在还不能证明此番归因之中的逻辑联系，但我知道这种联系是存在的。"事实上，克拉奥族印第安人的贫困化状态和印第安人保护处受奥古斯特·孔德影响之间很难建立起逻辑联系。奎因的这封信是否依然称得上科研文章？还是说它已沦为一个歇斯底里的疯子的作品？他让两个年轻的印第安人陪他去森林。

他本人是想逃避自我还是担心陷入新的危机？他当时好像坚持要带着两个年轻向导回到马拉尼昂州边界的卡罗丽娜村。他们停下来过夜。奎因烧毁了他收到的所有家信，派其中的一个向导拿着钱去附近的一个农庄；另一个向导醒来时看见奎因正在用剃刀割自己的脖子和双臂。他也逃跑了。两个印第安人叫来了农场主及其牛倌们。奎因用吊床的绳子把自己吊死在一棵树上，他的脚下有一摊血，已经被泥土吸干。

父亲之死

贝尔纳多·卡瓦略和我一样，都喜欢看"历史上的今天"大事表，喜欢日期的巧合。他在小说中写道："比尔·奎因是在1939年8月2日晚自杀的。同一天，阿尔伯特·爱因斯坦给富兰克林·罗斯福总统寄了一封历史性信件，信中警告说，原子弹的制造是可行的。三个星期后，希特勒和斯大林签署了互不侵犯条约——这为第二次世界大战的爆发亮起绿灯。对许多人来说，这是二十世纪最让人失望的事件之一。"

在那本书的最后几页，他写到了他父亲的死。他父亲是飞行员，光彩夺目，魅力无限，最后却丧魂落魄。在圣保罗的诊所里，他不幸的邻床是个老摄影师："我父亲跟一个八十岁的美国人同住一个病房，那人在巴西住了很长时间。"女护士告诉他，那个老人"在这里什么熟人都没有，连朋友都没有一个"，但他们"试图在他去世之前找到他在美国的儿子"。

我最近遇到贝尔纳多·卡瓦略时，问他小说中虚构的成分有多少。我刚刚重读了那本书，觉得书中最大的问题是观察问题，观察者是否在场的问题，就像维尔纳·海森堡的微观物理学理论所指出的那样，观察者不可能不修改他所观察的东西。人种学家如果不在不知写作为何物的印第安人的村庄里生活几个星期，坐在他们的茅屋前不停地写笔记，那他就永远不可能知道他们是怎么生活的。而且，这种普遍规律也适用于父亲和儿子：儿子在场和儿子不在场时的父亲是不一样的；我不在场时的皮埃尔也许就像特鲁玛伊人一样难以理解。

至于书中虚构的成分有多少，我看得很清楚，贝尔纳多·卡瓦略不想说得太明白，但他信誓旦旦地对我说，列维-斯特劳斯所说的话全是真的。他给《圣保罗页报》当驻巴黎记者时，多次与那位老人进行过访谈。老人给他讲述的这些话被他引用到了小说中："不同文化互相沟通得越多，就越容易趋同，然后就越没有东西要沟通。对人类来说，问题在于文化之间要有足够的沟通，但不能过度。五十多年前，我在巴西逗留时，看到那些弱小的文化受到威胁，有可能消亡，我深受震撼。五十年后，我注意到另一让我吃惊的事实：我自己的文化也受到了威胁。"

这种在列维-斯特劳斯看来已经受到威胁的文化，就是蒙田的人文主义文化。特鲁玛伊人在二十世纪三十年代就已经走向灭亡，我们现在可能也成了最后的莫西干人。

在船上

我们租借的小船顶着急流,在风浪中边走边摇摆,艰难地航行。"我们担心船会沉没。"桑德拉尔在《莫拉瓦金》中这样写道。我们穿过了亚马孙河以及马瑙斯城外两条支流的交界线。

对秘鲁人来说,伊基托斯边上的河就已经是亚马孙河了,比通常以为的要偏西得多;但对巴西人来说,内格罗河与索利蒙伊斯河在此交汇之后的河段才叫亚马孙河。内格罗河是从北边流下来的,而索利蒙伊斯河指的是马拉尼翁河与乌卡亚利河在秘鲁汇合而成的那条河。在马瑙斯下游,这两条三公里宽的河流在同一个河床上并排流淌,却在十多公里长的河段里互不相混,泾渭分明。之所以互不相混,根据我的理解,既是因为温度不同,也是因为化学成分不同。最后,还是索利蒙伊斯河得胜,因为它流速更快,流量比内格罗河大三倍。它吞没了内格罗河,成为亚马孙河,然后继续浩浩荡荡地奔向圣塔伦和贝伦。

河流两岸还是常见的景色:矮林;沼泽,沼泽上生长着巨大的王莲;一动不动的白鹭;水产养殖场;古旧的水上木屋,木屋平台上养满家禽。亚马孙河流域土地肥沃,但很脆弱,因为土层太薄,被风吹歪的大树露出根冠,这里的人们把它叫作日冠。米尔顿·哈通有一部中篇小说集,叫 A cidade ilhada,即《岛城》,意为"水中央的城市"。其中一篇,他塑造了一个日本老学者,这个人物想死在内格罗河边:"他的职业让他四海为家,他见识过无数河流,但不管是非洲的河流还是亚洲的河流,都无法抑制他心中对亚马孙河愈发强烈的渴望。他没有那么多时间进行长途旅行。他补充说:'余生不长。'"他是想越过马瑙斯港,溯内格罗河而上,探索那个美丽的谜,即所谓的"卡西基亚雷运河"[1],它把亚马孙盆地与委内瑞拉的奥里诺科盆地连接了起来。这条运河,拉孔达明和洪堡[2]在书中都提到过。洪堡是第一个给它绘制地图的人,我们在凡尔纳甚至在盖尔布朗[3]的书中都能读到这条运河。

---

[1] 卡西基亚雷运河(canal de Casiquiare),委内瑞拉境内一条将亚马孙河流域和奥里诺科河流域连接起来的河流,虽然名为"运河",实际上是一条可通航的天然河流。
[2] 亚历山大·冯·洪堡(Alexander von Humboldt, 1769—1859),德国自然科学家、自然地理学家、探险家,近代气候学、植物地理学、地球物理学的创始人之一,代表作为《新大陆热带地区旅行记》。
[3] 阿兰·盖尔布朗(Alain Gheerbrant, 1920—2013),法国诗人、作家、探险家。

与领事在一起

无论我去哪里,马瑙斯一直跟随着我。

——哈通《岛城》

我们之所以想去看看远方的城市,往往是因为它们的名字。当然,远方所有的城市都很吸引我们,但最让我们感到好奇的还是远离我们童年所在的地方,首批旅行者用自己的语言贡献了古怪拼法的城市,举例来说:法语"马瑙斯"(Manaus)当中的这个"u"几乎把它变成了一个德国名;库斯科(Cuzco)中的这个"z"比西班牙语里的"Cusco"神秘得多。米尔顿·哈通的童年时期在马瑙斯度过,他塑造过两个诗人形象,那两个诗人同在这个只有两个音节的城市里向往着巴黎。只有文学才能让我们接近地点的真实,尤其是由后代作家来重读前代作家的作品,代代相传。米尔顿就《腹地》的作者的说教及亚马孙的诅咒写道:"在某些难忘的段落中,欧克利德斯·达·库尼亚好像在依照自己的想象描述现实,就像今天的游客依然在做的那样:在那个地区,人们为了成为奴隶而劳动。"

在《亚马孙漂流记》中,儒勒·凡尔纳是这样描写那些狭窄河汊的:"这些运河在城里随意穿行,让它看起来有点像荷兰。"他在小说中把自己从来没有见过的那座城市叫作马纳奥(Manao),马纳奥的居民则被叫作马纳奥人(Manaen)。但这种用法和《气球上的五星期》中"着陆"(atterrissement)①这个词一样,并没有被后人采纳。五十多年后,亨利·米肖的《厄瓜多尔》在"马纳奥"一词的后面加了一个"s",跟凡尔纳的拼写不同:"一座巨大的高墙,整整有一公里,横在河流的左边。在它的后面和上方,就是马纳奥斯(Manaos)。这座城市拥有十万居民,离一切都有两千公里,如果是沿着马路一直走到头,便是森林。"在这两本书之间的时间里,世界的橡胶之都达到了它的巅峰,然后开始衰落。

阿道弗·利斯博阿市场前面的内格罗河港口里挤满了密密麻麻的渔船和乘客,我和皮埃尔从那里出发,沿热图利奥·瓦加斯大街走向高坡,渐渐地来到嘈杂拥挤的人群当中。马瑙斯这座城市在各个方面都与别的城市不像。它在二十世纪五十年代还只有二三十万居民,

---

① 现代法语使用 atterrissage 一词表示"着陆",但是在儒勒·凡尔纳的时代,飞行器还没有得到普及,还没有统一的术语来表达"着陆"之义。

没有阴沟、净水系统和垃圾处理系统，河上满是塑料垃圾和废弃的器皿。旧城中心的北面，是北美式的巨型郊区，坐落在那里的商业区充斥着世界名牌。我们之前去隆志家时必须穿过那里，只有这样才能驶入174国道。

那些心灵手巧的英国工程师，他们在丛林中心建起了世界上最富裕的城市，巴西第一座有电的城市。一个世纪后，如果他们重新回来，他们会看到铁桥还在使用，大市场也还在。他们会去寻找浮码头，他们曾在那里以天价谈生意，买卖橡胶球。他们会登上圣塞巴斯蒂安广场，重新见到歌剧院和它的威尼斯穆拉诺玻璃、阿尔萨斯马赛克圆顶。广场边上就是进口自意大利的教堂，两边不对称，因为其中的一座钟楼随运输船一道沉到大西洋底去了。四周全是破败的建筑，已经发黑，屋顶也塌了，为蕨类和藤条所吞没。河边的泵厂从未开工，因为它在橡胶业破产那年建成，建成后立刻就被遗弃。

2018年5月，从北边络绎不绝地来了许多委内瑞拉人，他们逃离了尼古拉斯·马杜罗的统治。巴西七十万卡车司机也发起了罢工，堵塞了全国的所有道路，圣保罗宣布进入紧急状态。这场活动是他们的工会组织的，要求当局放弃提高燃油价格。工会可能会左右未来的巴西总统选举。根据民调，卢拉仍占优势，但他仍在坐牢。在他后面慢慢冒出了极右翼候选人雅伊尔·博索纳罗，那是个预备役上尉。城市被困，大家越来越担心供给问题，开始给汽车和轮船定量分配汽油和柴油。由于缺乏航空煤油，有些航班取消了。发电厂是用重油的，电力产量也会受到限制。城里的民众举行示威，强烈呼唤军事政变。

我们打算在这里比原先计划的多待些时候，又不想再光吃水产养殖场里的大盖巨脂鲤和巨骨舌鱼，于是便去对我们的名誉领事进行礼节性拜访。在法语联盟庭院的遮雨棚下，多米尼克·谢韦端坐在一张白色的塑料椅上，面前是一张塑料桌，桌上放着一个带墨印戳和十来本崭新的护照。他告诉我们，他快要退休了，但还管理着一家"个人防护用品"企业。我以为这个词是步枪、防弹背心这类东西的委婉说法，其实不是，他经营的是安全帽、防尘口罩和劳保鞋。

在我们的谈话过程中，他有时会贪婪地列数他以前在巴黎住过的区。他已经在巴西住了很长时间，在马瑙斯生活了十多年，都有点劳瑞的味道了。可以猜想得到，这里面潜藏着爱。我在他身上看到了卡洛斯·弗朗茨在《曾是天堂的地方》中虚构的智利驻伊基托斯领事的影子。我们的这个领事在这里管理着一百来个领事登记公民，他说，他的绝大部分精力都花在了许多同孩子一道被法国男人抛弃的巴西单身母亲身上，大度的法国会给她们一点微薄的经济资助。皮埃尔直言不讳地问他，如果事情相反，一个法国老父亲被抛弃在这里，他是否也能享受到这种福利，得到一点补助金。

在马瑙斯

亚马孙酒店的餐厅叫"菲茨·卡拉尔多"(Fitz Carraldo),老板玩了一个小聪明,也许是想避免给沃纳·赫尔佐格的电影《菲茨卡拉尔多》(*Fitzcarraldo*)[①]交版税。傍晚,我们常常离开酒店,穿过圣塞巴斯蒂安广场——它虽然位于精心打扮的市中心之中心,却到处都是倒塌的建筑——沿着亚马孙大剧院行走(这座大剧院早就恢复了其原来的粉红色。在军事独裁统治时期,它曾被刷上严肃的蓝色,就像所有的公共建筑大楼一样),推开路边一座小建筑物的门,小建筑物被漆成墨绿色,跟巴黎的报亭一样,若阿金·梅罗的旧书店就在那里。

抵达马瑙斯的第一天,我们就去了那里。由于在外面看见宣传米尔顿·哈通新书的海报,我就问他马瑙斯最出名的这位作家是否在城里,我想重温一下我们之间非常悠久的友谊。他半信半疑地掏出手机,拨打了米尔顿·哈

[①] 《菲茨卡拉尔多》,即《陆上行舟》,前者为影片名的直译。

通的电话，闲聊了几句后，把手机递给我。米尔顿在圣保罗。十年前，我在卢西拉的陪伴下在累西腓见过他，之后就没有再见面了。我们很遗憾这次见不到面。表明自己是熟人之后，每天下午我都在书架中翻寻。里面很热。若阿金接待客人，我们一起喝咖啡，一起跟他们聊文学和政治。他从家里抱来一些罕见的图书和一些他觉得能让我感兴趣的读物。我送给他几本我的作品的外文版，是塞缪尔·提坦译的。提坦也是米尔顿的朋友。他们的祖父，一个在贝伦，一个在马瑙斯，热图利奥·瓦加斯执政时期就认识。若阿金在我选中的那堆书中加了几本，其中就有前面提到过的龙敦的那本传记，以及奥利韦拉·利马的《橡胶模具》。皮埃尔则买了一本亚马孙鸟志。

订了歌剧院的戏票之后，我们便准备前往森林，并不知道什么东西在等待着我们。就像之前在船上时那样，我们利用漫长的平静时刻在亚马孙雨林中看书，站在玻璃窗洞前看棕榈树被暴风吹得狂舞，被骤雨淋得湿透，看蜂鸟在大雨中悬停。我们喝着智利白葡萄酒，到了晚上，便一起喝烈酒——那是我们共同的爱好。我们喝浸泡有天文草的卡沙夏——那是我们储存在阿尔特杜尚的。那种植物，绿叶黄花，叶子很小，花呈纽扣状，也被称作"金纽扣"，其另一个法文名brède mafane，知道的人更少，除了在马达加斯加。在马瑙斯，人们用它来做塔卡卡汤①。与烈酒相混，它会在嘴里产生一丝放电般的感觉——冒泡，收敛，固涩。皮埃尔每天上午都去附近的街道拍倒塌的楼房及其废墟——他也许是想举办一个展览，或是想警示联合国教科文组织中负责保护文化遗产的机构。

我们从隆志家回来后的样子十分狼狈，就好像是从地狱中回来一样。我们从行李中拿出戏票和最后的干净衣服，这对我们来说属于盛装了，但与周围那些晚礼服相比，就显得像是穷人的破衣烂衫。我们登上歌剧院大台阶的红地毯。在《陆上行舟》的开头，克劳斯·金斯基②曾气喘吁吁地跑上这台阶，穿着溅着污泥的白色服装，双手因划桨而流血。观众席座无虚席。这间演出厅于1896年12月31日落成，橡胶业大佬们出席了当天的揭幕仪式，他们把它作为对1897年元旦的献礼。克劳斯·金斯基和克劳迪娅·卡汀娜③站着听卡鲁索④洪亮的歌声，为了他，

---

① 塔卡卡汤（soupe tacacá），即木薯粉虾米蔬菜汤，巴西亚马孙地区的一道特色菜。
② 克劳斯·金斯基（Klaus Kinski, 1926—1991），德国男演员，在《陆上行舟》中饰演男主角菲茨卡拉尔多，在《阿基尔，上帝之怒》中饰演男主角洛佩·德·阿基尔。
③ 克劳迪娅·卡汀娜（Claudia Cardinale, 1938—   ），意大利女演员，在《陆上行舟》中饰演女主角莫莉。
④ 恩里科·卡鲁索（Enrico Caruso, 1873—1921），意大利著名男高音歌唱家。

那位探险家想在伊基托斯建一座歌剧院。歌剧院门口，马车夫们在广场的橡胶路面上用水桶给马喂香槟酒。

我们匆匆浏览过随票赠送的宣传单，知道我们即将观看的是一个关于父与子的故事。当晚是巴西作曲家若昂·吉列尔梅·里佩尔的歌剧《蓝色火山》首演。那座"蓝色火山"指的是印度尼西亚的卡瓦伊真火山。那个被喝倒彩的卑鄙的殖民者是荷兰人，这不会让任何在场的人难堪，比把他设定为在阿尔及利亚殖民的法国人或是在巴西殖民的葡萄牙人更好。上去找座位时，我们发现，观众并没有什么代表性。虽然大家都称赞巴西是个多民族国家，混血儿多，但观众几乎清一色由成年白人组成，个个衣着光鲜。幕间休息的时间太长了，也许是专门为这些社会名流安排的，圆顶上挂着水晶吊灯，他们穿梭在拉辛和莫里哀的半身像间，利用首演的夜晚，在马瑙斯的有钱人当中悄悄地策划美好姻缘。

我们看着舞台下方屏幕上滚动的字幕，提高阅读葡萄牙文的能力。皮埃尔和我紧挨着坐在安着镀金扶手的红丝绒椅子上，看到最后一幕，我们都笑了：儿子给父亲下毒药，但很快孝心发现。可是已经太晚了。父亲死了，儿子懊悔不迭。

我们最后一次往下走，前往港口，更多是为了寻找美而不是食物。我们逛了明亮嘈杂的大市场,白色的摊档上放满冰块,摆成直角,给人们展示一堆堆闪亮的淡水鱼。我们到这里之后就想记住它们的名字和味道,记住一堆堆五彩缤纷、香气扑鼻的蔬菜、草本植物、香料和水果。这些东西,马瑙斯的居民们还是能吃到的,虽然货车司机罢工造成物资匮乏,让他们不能再吃到像卡斯泰尔诺达里①什锦砂锅、马赛鱼汤等如此具有异国情调的外来食品。购买当地现捕现卖的食物也会让他们在思想和道德上感到欣喜。

就是在这个码头上,就是在大市场门口,桑德拉尔笔下被蓝皮肤印第安人释放的莫拉瓦金及其伙伴开启了返回欧洲的旅程:"我们在'马拉若'号上,这是一艘巴西小型蒸汽机船,直接来往于亚马孙省的马纳奥斯与罗讷河口省的马赛。我们沿亚马孙河而下,走了上千海里水路。我们穿行在世界上最古老的河流里,这片流域就像是世界的子宫,人间的天堂,大自然中的圣地。但大自然,它的那些美丽的植物,以及造物主创造的罕见景象,这一切对我们而言又有什么意义?我们寸步不离船上的医务室。我们一起欢笑,被关在里面,手拉着手。我和莫拉瓦金。"通过这条想象中的海岸线,桑德拉尔把他们交还给了现实与

---

① 卡斯泰尔诺达里(Castelnaudary),法国南部城市。

历史:"我们到达巴黎,正值博诺①事件末期,城门因此而关闭。"蓝皮肤印第安人事件结束了。

至于我们,我们准备反向而行,继续往西,去秘鲁。

---

① 儒勒·博诺(Jules Bonnot, 1876—1912),巴黎汽车大盗黑帮头目,1912年4月因拒捕而被警方击毙。

前往印加帝国

三年前,从梅热旺夫妇位于夏蒙尼的度假屋回来之后,我们和维罗妮克·耶尔森一起参观了日内瓦的人种志博物馆。那里有一个临时展览,规模很大。展出的内容中有一堵色彩斑斓的宫殿高墙的复原品,它被埋在沙子里好几个世纪,色彩依旧。这一展览向观众展出的是关于莫奇卡印第安人的最新研究成果。这个民族是如此迷人,促使我们几个月以后穿过西蒙·玻利瓦尔路种满秘鲁天轮柱和烛台大戟的花园,走进利马的拉尔科博物馆,从莫奇卡印第安人的沿海领地中发掘出的大量文物都保存在那里。

在比印加人还早的民族中,莫奇卡人比创造了空中可见的神秘地绘线条的纳斯卡人、在胡亚卡普拉纳遗址建起高高的金字塔(即所谓的"书架式"的金字塔,里面全都是受刑的妇女和儿童)的利马人还要心灵手巧。他们那些日常小物件的装饰艺术品位很高,制作的陶器和瓷器栩栩如生,家畜、野兽、水果、植物活灵活现,有幽默的人脸、情色的场景。莫奇卡人八百年的历史变迁都镌刻在海边沙滩的地层中。他们的文化曾兴盛一时，却在我们的文明还不知道他们的存在时就消失了。在那个时代，各种文明都各自发展出自己的建筑和艺术风格，创造出自己的物质与精神生活、自己的农业、自己的菜肴和自己的神明。文明太像一株植物了。我们不太知道它是怎么诞生的，但它长出来了，长大了，开花了，枯萎了，死了，我们也不太知道它是怎么死的，除非是因为入侵和种族灭绝等显而易见的原因。

十二十三世纪前后，日本进入了幕府将军统治的封建时代；在欧洲，人们开始建造大教堂；高棉人正处于鼎盛的吴哥王朝时期；在埃塞俄比亚，扎格维王朝建造了多所石凿教堂；这里则崛起了印加帝国，它将上述文化都踩在脚下。它拥有一大批工程师、行政官和军人，以此建立起一个专制国家，强行组织民众迁徙，把他们迁至高海拔的库斯科，那里是印加帝国辽阔领土的中心。被称为"四方之国"（Tahuantinsuyu）的印加帝国，其领土从现在的智利北部一直延伸到现在的哥伦比亚南部，不知道轮胎为何物的印加人在其间开辟了两万多公里的道路。他们还在山脉的悬崖之间架起了桥梁。这些杰出的土木工程为西班牙人的入侵提供了便利，造成了这个信奉太阳神的帝国的灭亡。

1980年，人们偶然在利马大教堂的一个箱子底部发现了一个头颅，头上还有干了的头皮，颜色像烤鸡。后来查明，这正是1541年被斩首的强盗弗朗西斯科·皮萨罗①的头颅，他在攻占印加十年后被斩首。

印加人没有阿兹特克人那样的符号文字，没有自己的书写系统。印加帝国的灭亡最早是由某征服者与印加某公主之子印加·加西拉索·德拉维加②，以及图帕克·阿马鲁③的兄长蒂图·库西·尤潘基④用征服者的语言记录下来的。尽管那些记录并不准确，其中的编年史有时甚为荒唐，但人们依然能够从中了解到，一个自以为永恒的信仰太阳神的文明，其熄灭之迅速让人难以置信。

1500年4月22日，佩德罗·卡布拉尔来到了巴西海

---

① 弗朗西斯科·皮萨罗（Francisco Pizarro, 1478—1541），西班牙殖民者，开启了南美洲（特别是秘鲁）的西班牙征服时期，也是秘鲁首都利马的建造者。1531—1533年征服秘鲁，掠夺大量黄金，杀害印加君主阿塔瓦尔帕，灭亡印加帝国。后在利马死于内讧。
② 印加·加西拉索·德拉维加（Inca Garcilaso da la Vega, 1539—1616），具有西班牙和印加血统的混血作家，著有《印加王室述评》。
③ 图帕克·阿马鲁（Túpac Amaru, 约1544—1572），印加帝国的末代国君（1571—1572），据守库斯科东北山区坚持抵抗西班牙殖民者，被捕后遇害。
④ 蒂图·库西·尤潘基（Titu Cusi Yupanqui, 1529—1571），印加帝国第十七代国君（1563—1571），统治期间坚持抵抗西班牙殖民者，后与殖民者展开谈判，并于1568年接受洗礼，皈依天主教。

岸。1519年4月23日，埃尔南·科尔特斯①来到墨西哥南部的韦拉克鲁斯。从1532年开始，他的堂弟弗朗西斯科·皮萨罗，也就是将被斩首的那个，带着不到两百人、六十二匹马、几门大炮和几支火枪，从中美洲沿太平洋海岸南下，最终在秘鲁北部登陆。他面对的是强大的印加帝国及其数十万士兵，但他对此一无所知。跟许多第一批征服者一样，这个五大三粗的军人是个文盲。他是意大利战争的老兵，后随同巴尔沃亚②远征如今的巴拿马。这是一段家族往事，部队里一共有五个皮萨罗，他们互为亲兄弟（其中不乏同父异母的关系），此外再加上一个表兄。

他们的首领是弗朗西斯科，他采用惯用伎俩：欺诈、斗狠、行贿、谋杀。彼时的印加帝国非常虚弱，已故国君的两个儿子正在争权，瓦斯卡尔占据南方的库斯科，阿塔瓦尔帕③占据北方的基多。阿塔瓦尔帕当时在卡哈马卡的温泉度假，"卡哈马卡伏击"突然发生。仅仅几个小时，南美大陆的面貌就被永远改变。

---

① 埃尔南·科尔特斯（Hernán Cortés, 1485—1547），西班牙殖民者，因摧毁阿兹特克文明并在墨西哥建立西班牙殖民地而臭名昭著。
② 巴斯科·努涅斯·德·巴尔沃亚（Vasco Núñez de Balboa, 1475—1519），西班牙探险家，曾在巴拿马建立殖民地。
③ 阿塔瓦尔帕（Atahuallpa, 约1500—1533），印加帝国第十三代国君，也是西班牙殖民征服之前的最后一代国君。

继瑞士历史学家阿尔弗雷德·梅特劳之后,吉尔贝·沃代在《阿塔瓦尔帕传》中复述了这段历史。骑兵和步兵从海岸登上山头,发现了一个干净而繁荣的乡村,一个位于海拔两千多米的井井有条的城市,一片湛蓝的天空,不少土屋石屋,马路扫得干干净净,路旁的排水沟也得到了很好的维护。皮萨罗向印加帝国派了一个使节。这是印加人第一次见识马。他们允许西班牙人在此宿营。

第二天,1532年11月16日星期六,阿塔瓦尔帕坐着轿子,带着数千人,威风凛凛地迎接他们。西班牙人的人数很少,他想也许可以把他们的马都抢过来,建一支骑兵队,这样,以后与兄弟瓦斯卡尔作战时就有杀手锏了。谁知这是个圈套。这些蓄着长胡须的外国人戴着铁制的头盔,吼叫着发起了进攻,挥舞着《圣经》与剑。火枪一响,马蹄声大作,印加人陷入一片惊愕之中。马腿上绑着的铃铛叮当作响,加剧了这番惊愕。天黑之前就死了数千人。据说征服者中只有一人受了轻伤。帝国一天就崩溃了。太阳神之子成了囚徒,他答应用一屋子的金子赎身。皮萨罗等拿到赎金才判他死刑。

蒙田后来把皮萨罗描写成一个无信无义之徒,把阿塔瓦尔帕写成了一个战败的英雄。

大漂流

人们往往是在溯流而上时发现河流并绘制河流水系图的，尼罗河和湄公河就是这样。但也有顺流而下时发现的河流，比如被发现的时间比前两者早了几个世纪的刚果河和亚马孙河，毕竟其河口位置是确定无疑的。

"卡哈马卡伏击"八年之后，也就是印加被灭七年之后，秘鲁的黄金已经不够了。1540年，弗朗西斯科·皮萨罗派他的弟弟贡萨洛①带领一队人马前往北部和基多，任务是往东寻找黄金国。在南边的太平洋海滨，瓜亚基尔的省督②弗朗西斯科·德·奥雷利亚纳也许已等待多时，一听说要远征，就立刻北上基多，主动请缨，然后又南下，武装自己的部队。1541年2月21日，既不打算分享荣誉也不打算分享财富的贡萨洛·皮萨罗来不及

---

① 贡萨洛·皮萨罗（Gonzalo Pizarro, 1502—1548），弗朗西斯科·皮萨罗之弟，西班牙殖民者。随弗朗西斯科征服秘鲁，1539年任基多省督，1540年率队东征，后无功而返，1548年在内乱中被斩首。
② 省督（gouverneur），美洲西班牙殖民地官职，省督辖区（gouvernorat）的长官。省督辖区为美洲西班牙殖民地的一类行政区划。

等待就抛下奥雷利亚纳出发了。他从基多海拔三千米的地方带着两百名伊达尔戈骑兵、一些步兵、几群恶狗、数千名征召来的印第安人、几群用作给养的猪、一个多明我会修道士加斯帕·德·卡瓦哈尔及其十字架和圣体盒，向安第斯山脉进发。

在云、雪和火山的那头，是炎热与森林，是猛兽与蚊虫，是痢疾和未知的沼泽热病引起的高烧，是由他们命名和祝圣的河流，是被抓住以后就施以洗礼的野蛮人。暂时还没找到黄金，但很快了。他们已经来到山脚下，而奥雷利亚纳和他的军队也已赶了上来，加入了他们的行列。

皮萨罗好像改变了主意，觉得援兵来得恰逢其时，黄金国可能比预料的远得多。于是他们开始建造"圣佩德罗"号。这艘船既像前桅横帆双桅船又像木筏，是一种带桅杆的平底木船。他们与世隔绝已经十个月了，其间一直忍饥挨饿。过了圣诞节，时间来到12月26日，奥雷利亚纳带着几个人上船去寻找救援和粮食。那个多明我会修道士卡瓦哈尔也在船上，口中念着崇高的祷词，也许是想用真正的神启来换取猎物和水果。卡瓦哈尔当时三十九岁，长得很结实，我们现在已经知道他不会死，否则后续发生的事情我们就无从知晓："于是奥雷利亚纳船长带了四十七个人，上了前面提到过的那艘船以及从印第安人那里夺来的小船,他们开始顺流而下,准备一找到食物就回头。"

可他们的船被急流冲到了下游,他们即使想回也回不去了。他们只好抛下皮萨罗和他的人,任凭厄运降临在那群人身上。但奥雷利亚纳一行的运气一点儿也不见得更好。他们发现了一条大河,给它取名为"纳波",但它依然是一条支流,并不通向大海。他们在河边没有找到任何东西,饿得不行。卡瓦哈尔——"亚马孙"这个名字就是他取的——继续讲述道:"我们找不到食物,也找不到人迹。在征得船长的同意后,我主持了一场弥撒,就像人们在海上常做的那样,祈求上帝保佑我们的肉身与性命。尽管我们不配,但我还是请求他帮助我们摆脱困境,把我们从危难中拯救出来,因为我们很清楚,哪怕我们想回到上游,急流也会将我们推回下游,想回到陆地是不可能的事情。最后,我们很可能会因饥饿难忍而死在船上。"

2月11日,他们以为终于到达了大海,但是没有,眼前仍然是一片淡水。他们在路上走了快一年的时间,来到了纳波河与亚马孙河的交汇处,离现在的伊基托斯城数十公里。"我们物资匮乏,只能吃皮带、饰带和鞋垫,跟草一起煮,结果,我们虚弱得站都站不起来。我们深入山中寻找可食用的块根植物,有的爬,有的挂着拐杖。有人吃了不知名的草差点死去，因为他们像疯子一样，失去了理智。"那些人可能摄入了死藤水。奥雷利亚纳本人好像也一样。出于对荣誉的谵妄，他在下属面前宣布自己是都督①，不再受皮萨罗的管辖，从此只听从国王查理五世②的命令。他把自以为已然征服的新领土献给了国王。

他往森林中派出了探子，但没有找到任何城市，也没有发现任何用金子和宝石装饰的宫殿。他们抢劫的都是一些部落民。这些部落民过着狩猎-采集的原始生活，一看到戴着生锈铁盔的、满脸胡子的人靠近，就逃进丛林中。在更靠西与靠北的区域，曾涌现出阿兹特克、玛雅和印加这三个显赫的帝国。但这里的印第安人却大不相同。他们半裸着身子，面前的白人则穿着金属盔甲，这使得他们的毒箭毫无用处，射上去会徒劳地弹回来。他们听见火枪响起，震耳欲聋；他们发现这帮外人把死人埋掉以后往往会竖起十字架。接着，奥雷利亚纳一行

---

① 都督（capitaine général），美洲西班牙殖民地官职，都督辖区（capitainerie générale）的长官。都督辖区为美洲西班牙殖民地的一类行政区划，设立于有外国军事入侵风险或易受印第安人袭扰的区域，兼具军事和行政功能，形式上隶属于总督辖区（vice-royauté），但因直接对国王和马德里的西印度院负责而事实上独立于总督辖区。

② 查理五世（Charles Quint，1500—1558），神圣罗马帝国皇帝，同时也是西班牙国王（称查理一世）。西班牙在他治下盛极一时，成为第一代"日不落帝国"。

来到了内格罗河口,今天的马瑙斯就坐落在那里。"我们继续往前走,看到左边有条大河,注入我们航行的那条河中。河水是黑的,像墨水一样,所以我们才给它取名为'内格罗'①。它流速很快,汹涌澎湃,在二十多里的河段中,河水一直很分明,丝毫不跟别的河水相混。"

又往下游航行了一段,他们停泊在一个印第安人的村庄里。这些印第安人比较平静,抽着烟。奥雷利亚纳一行在此砍树造船,打铁做钉子,然后把新船推下去,继续航行。这次可能轮到卡瓦哈尔神甫尝死藤水了。因为故事讲到这里终于出现了亚马孙人。"那些妇女身材非常高大,皮肤很白,头发很长,扎着辫子盘在头上。她们的四肢十分粗壮,几乎一丝不挂,只在私处略加遮挡,手里拿着弓箭,打起仗来一个能顶十个印第安男人。当时,真的有一个妇女向其中的一艘前桅横帆双桅船射了几箭,船最后变得像豪猪一样。"

面对这些印第安人,真的应当做多手准备。他们有时张开双臂欢迎你,有时却让你不得不向他们开战。"在这个村里,他们就伤了我一个人,向我的眼睛射了一箭,那支箭穿过我的脑袋,让我失去了一只眼睛,我又累又痛。由此可见,上帝给了我一命,尽管我不配。他想让

---

① 在西班牙语和葡萄牙语中,"内格罗"(Negro)意为"黑色"。

我改邪归正，以后更好地为他效劳。"最后，终于到了海边。身旁潮起潮落，他们尝了尝这潮水，这回是咸的了。但由于亚马孙河极宽，且地势平坦，涨潮的时候海水能深入河道很远，所以还得再等上几个星期才能抵达真正的海边。他们凝视着远方，看到波浪中漂浮着一只死去的貘。他们逮住了它。三个半世纪后，儒勒·凡尔纳会提出这样的美食建议："我跟你打赌，他们肯定吃了它。他们没有做错，因为没有比炭烤貘肉条更好吃的东西了。"

  他们躲到一个岛上，修船，补缝，制作船帆和船桨，然后又上船在大西洋上往北漂了十六天，回到了某个西班牙殖民地。这时距离他们离开基多已有一年半，距离他们抛弃皮萨罗也已有八个月之久。而贡萨洛·皮萨罗则于不久前的1542年6月带领一小群幸存者重新越过安第斯山脉，回到秘鲁。他决心以叛徒的罪名惩治奥雷利亚纳。与此同时，他得知他的弟弟弗朗西斯科·皮萨罗已经在1541年6月他不在的时候在利马被斩首了。

  这一切好像显得非常漫长，但即使到了十九世纪，萨沃尼昂·德·布拉柴也要花费三年时间才在加蓬海岸和阿利马河之间走了一个来回。

  弗朗西斯科·德·奥雷利亚纳远征队的部分成员也

回到了秘鲁,其中就有和蔼的加斯帕·德·卡瓦哈尔神甫。他美化了这段传奇的经历,这显示出这位观察家比人们以为的更具有远见。不到十年,巴利亚多利德大辩论①就开始了,他的记录对确立印第安人的理性人地位起到了重要作用:"正如我们之前所陈述的那样,在我们所经过的这条河边,所有的居民都具备理性与智识。这是依据我们的亲眼所见得出的结论,他们的艺术作品也可作为佐证——无论是雕塑还是色彩丰富的绘画,都十分生动,极为漂亮。他们个个都是能工巧匠。"他活了很久,直到1584年八十二岁高龄时才去世,当时他已是利马的独眼大主教。

另一队人马跟随奥雷利亚纳去了西班牙。后者洗清了因失去皮萨罗兄弟的宠信而背上的叛徒罪名,重新组织了一次远征,想占领他发现的这片土地。他带领数百名殖民者离开了加的斯港,再次穿过大西洋。亚马孙河口在大西洋海岸绵延上百公里,那位傲气十足的船长因此迷了路,他的船进入了迷宫般的河道、群岛、沼泽和河迹湖②。他再也找不到河口了,后来发高烧死在一片无

---

① 巴利亚多利德大辩论(Controverse de Valladolid),1550年至1551年在西班牙巴利亚多利德市举行的一场政治与神学辩论,辩论的主题涉及美洲土著居民的权利与地位、殖民征服的合法性等。
② 河迹湖(bras mort),又称牛轭湖,曲形河道因河流变迁或改道而自然截弯取直后留下的旧河道所形成之湖泊。

名的陡岸上，年仅三十五岁。

直到2016年，人们才在亚马孙外海发现那块巨大的珊瑚礁。那片海域已被巴西政府租借给道达尔石油公司，遗迹可能已经被破坏了。

流自废墟的水

三年前,我和阿尔弗雷多·皮塔和迭戈·特雷尔斯·帕斯制订了一个出版计划,想用双语编辑出版一套秘鲁当代文学的校订本。后来,我们离开了利马,前往安第斯的山区,在阿尔蒂普拉诺高原坐了好几个小时的长途汽车来到普诺。庄园酒店前小广场中心正在举办国庆典礼,鸣枪,吹号,向国旗致敬。晚上,待维罗妮克睡着后,我把电视机的音量调到最小,听奥良塔·乌马拉总统发表年度演说。

紧接着是一则新闻报道,上面出现了已经八十多岁的阿维马埃尔·古斯曼①的照片。自藤森②执政时期的1992年起,阿维马埃尔·古斯曼就被关押在利马北部卡亚俄的海军监狱里。在不久前的2015年7月底,秘鲁

---

① 阿维马埃尔·古斯曼(Abimael Guzmán, 1934—2021),秘鲁反政府游击队组织"光辉道路"(Sentier lumineux)的创始人。
② 阿尔韦托·藤森(Alberto Fujimori, 1938—),秘鲁日裔政治家,1990年至2000年间担任秘鲁总统,任内实施市场经济改革,并使用强力手段打击从事暴力活动的反政府组织。

军方解救了一批被"光辉道路"扣押的人质，其中包括三十四个孩子和二十个成年人。在这之前，他们一直被扣押在瓦莱恩①丛林中与世隔绝的农业劳动营里。那些成年人，其中主要是妇女，已经被扣押了二十多年。至于儿童，主要是男孩，都是这些女囚被强奸后生的，除了整天高喊的反政府口号外没有接受过其他教育。这些娃娃兵从十二岁开始就参加游击队，自己也早早就开始强奸女农民，似乎很难融入社会生活。

第二天，我们来到港口，在码头上欣赏"雅瓦里河"号。那是一艘客货混装船，只在船中央矗立着一根烟囱，船体呈黑色，舷边呈淡绿色。这是1860年秘鲁向伯明翰的詹姆斯·瓦特造船厂定做的，数千个零件绕过合恩角从英国运过来，再从太平洋岸边用骡子和马驮着，或者由人肩挑背扛，翻山越岭，运到普诺组装后下湖航行。此番壮举可与"戈岑伯爵"号②的传奇历史相比。德国人当初曾把"戈岑伯爵"号拆解，并用上千个

---

① 瓦莱恩，秘鲁东南部阿普里马克、埃内和曼塔罗河谷地区首字母缩写VRAEM的音译。
② "戈岑伯爵"号（Graf Goetzen），德国客货轮，1913年建造于德国，拆解后运至德属东非的达累斯萨拉姆港，又经铁路运至坦噶尼喀湖后再次组装，1915年下水。

箱子从德国运到了非洲的基戈马港①进行拼装。

"戈岑伯爵"号的年代更近一些,它是1915年下水的,航行水域的海拔也没那么高。坦噶尼喀湖海拔只有八百米,而这里的的的喀喀湖②海拔高达三千八百多米。但那艘德国轮船现在还在航行,且已经成为坦桑尼亚轮船,改名为"列姆巴"号,而据我所知,"雅瓦里河"号已经不能航行,尽管自2006年之后我就没有坐过那艘船了。取而代之的是一艘远没有"雅瓦里河"号那么尊贵的航船。那只是一艘双甲板快艇类型的航船,我们曾坐它去过阿曼塔尼岛。由于岛上缺少旅馆房间,许多岛民习惯于留宿游客。

我们的女房东阿曼达的房子位于半山腰。那座山,维罗妮克爬上去过,她想在傍晚的时候从山顶看夕阳。我待在房间里,坐在小窗前。那是一扇精雕细刻的三扇木窗,窗台就一个本子那么大,窗外是翻耕过的梯田,层层叠叠,筑有石墙,种着的吊钟海棠鲜花盛开,面对着平静的湖水,远方是白雪皑皑的玻利维亚群山。一切都沉浸在夕阳中。下方的院子里,一些豌豆摊在夯土地

---

① 基戈马港(Kigoma),位于坦桑尼亚西部、坦噶尼喀湖东北岸的内陆港口城市。
② 的的喀喀湖(Lac Titicaca),世界海拔最高的大淡水湖之一,位于玻利维亚高原北部,属秘鲁和玻利维亚共有,为南美洲第二大湖,终年可通航,湖中有36个小岛。

面上晾晒。

平缓的盖丘亚语①和羊的咩咩叫声传到我耳边。慢慢地,我感到一大股意想不到的幸福感从胸中涌向大脑,我继续在本子上记录着景色、声音和味道。我意识到由于没有暖气以及缺电的缘故,我很快就会处于冰冷的黑暗中。我一动不动,知道它将来临,我们将和衣而睡,裹着厚厚的被子,因为7月是很寒冷的月份,晚上的气温会降到零下好几度。我们在利马时看到报纸上说,2015年7月,在普诺的这一地区,有许多骆马和羊驼被冻死。我们已预先购买了冬衣和一小瓶皮斯科②。酒后的眩晕突然让我感到活着是一件多么开心的事,这种状态一年最多出现一次,有时几年也不会来一次。我试图把这些都一一写下来,记住在夕阳的笼罩下是怎样的醉欢。一长条金色的云,没有一丝风。首先升起两颗星星,寒气降临。我穿着三件毛衣,呼吸着桉木燃烧的烟味,已经在想,将来的我在人生的最后一晚,独自躺在黑暗中,会回忆起哪个夜晚。也许是今夜,因为我都已经写下来了。随着岁月的流逝,这种回忆将被放大,尽管三年仅是一瞬,但已足够洗去当今的种种不愉快。因为在回忆的荣耀中重温的岁月,虽没有被美化,却会被净化。人

---

① 盖丘亚语(quechua),指南美洲安第斯山脉地区各国的印第安人的语言。
② 皮斯科(pisco),秘鲁的一种烈性酒,被称为秘鲁的国酒。

的记忆从岁月中挤出的尽是往昔的精华，就像人们从水果中挤出的皆为果汁。恋旧情绪中不带有丝毫遗憾，全都是享受，平静而伤感。那些日子，我们并不想从头再来，因为我们已经体验过。随着时间的推移，我们会从中萃取出最美丽的部分，即，值得记忆的部分。

维罗妮克从山上下来了，她也非常高兴。我双手颤抖，孤独带来的巨大快乐依然未消，这让我有些尴尬。我走进小屋一楼的小厨房。我、维罗妮克、阿曼达和她六岁的弟弟，我们四个人围坐在一张小四方桌边，在灯下用晚餐。她弟弟的脸蛋很漂亮，双颊很红，有点像中国的藏族人，生在高海拔的儿童都那样。我之所以还记得他的年龄，是因为他要我们轮流跟着他唱一首好听的儿歌：

Manzanita del Perú!
Dime cuantos años tienes tu!①

我们必须在唱了儿歌之后回答他说：我五十七岁了，是一个年龄太大的老足球运动员，一个抽了四千米长的香烟的老烟鬼。第二天，孩子胳膊底下夹着球在等

---

① 西班牙语，意为"秘鲁的曼萨尼塔！告诉我你多大了！"。

我。我们在屋前看起来平坦实则凹凸不平的地方踢了几脚，他知道我是齐达内的同胞，所以，我的建议可能有助于他将来有一天在世界杯上为秘鲁争光，夺得大力神杯，尽管我自己还在气喘吁吁。

三年后，在离河流不远的地方（此处水系中的部分河流源自南方遥远的库斯科地区），我躺在伊基托斯的欧罗巴酒店的房间里，仿佛再次身处那个很大的教堂中。那个教堂是皮萨罗被斩首的那年开始建造的，我们在里面点燃了几根蜡烛。那是在拜访了利马的里马克小教堂之后。我们那时去了库斯科，并依照当地人的习俗，在那点缀满金银的祭坛上为印加·加西拉索·德拉维加的遗骨①点上了几根蜡烛。

我们期盼着参观矿藏勘探者奥古斯特·伯恩斯②于1860年首次发现的那个废墟。就在同一年，亨利·穆奥首次记录了吴哥窟的情况。面对这些安卧在原始森林中的豪华印加宫殿，这个德国人只是一笔带过，什么都没碰，转身回到自己的本职工作中，研究规划秘鲁铁路。但1911年海勒姆·宾厄姆到了之后就不一样了。他带着

---

① 印加·加西拉索·德拉维加的遗骨被存放于库斯科主教座堂中。
② 奥古斯特·伯恩斯（Auguste Berns, 1842—1888?），德国工程师，马丘比丘遗址的首位发现者。

探险家的所有装备赶到这里，拍照、测绘、发布新闻，让这座名为"马丘比丘"的被人遗忘的城市成了热点，令波西·福西特心驰神往。他们甚至盗走了所有能盗走的东西，把它们寄到了美国。2002年，秘鲁等了一百年，才让耶鲁大学归还这些东西。在重新上路之前，我们去孔查之家①观赏了那些宝贝。

在那几天的旅行里，我们每天换一家酒店。那段旅程在我心中留下了一段万花筒般的记忆，与电影《阿基尔，上帝之怒》开头的长镜头杂糅在一起。那些影像是导演沃纳·赫尔佐格于上世纪七十年代在马丘比丘陡峭湿滑的斜坡上拍摄的，他特意没有把那些过于著名的废墟拍进去，因为那一长串征服者、印第安人、猪、马、炮车应当是从北方厄瓜多尔境内遥远的山脉缓慢地下行，走进云雾当中的，尽管他的剧本把两个相距二十年的事件混淆在了一起：1540年贡萨洛·皮萨罗和弗朗西斯科·德·奥雷利亚纳的远征，和1560年佩德罗·德·乌苏亚②的远征是两个不同的事件。洛佩·德·阿基尔③加

---

① 孔查之家（Casa de la Concha），秘鲁库斯科市的一座宅邸，马丘比丘博物馆自2011年起坐落于此。
② 佩德罗·德·乌苏亚（Pedro de Ursúa，1526—1561），西班牙殖民者，1560年率队从利马出发东征，寻找黄金国。
③ 洛佩·德·阿基尔（Lope de Aguirre，1510—1561），西班牙殖民者，因残暴而闻名于世，被称为"疯子"，自称"上帝之怒"。1560年参与佩德罗·德·乌苏亚的远征，在途中煽动士兵杀死了乌苏亚，夺取了远征军的指挥权。

入的是后者的远征。两支探险队的出发地在空间上相隔很远，虽然最后抵达的都是亚马孙河。

我们沿着比尔卡诺塔河参观其他遗迹。我的心情慢慢地变糟了，阿曼塔尼岛带来的欣喜消失了，大群大群的笨蛋挡在狭窄的小路上自拍，大声说话，而且穿着色彩刺眼的丑陋衣服。我很想抓住这些人类兄弟的肩膀，把他们摔到山下，但我没有这样做，而是避开他们，结果在石子堆上滑倒了，左臂伤得不轻，自尊心也受到了伤害。

在皮萨克村，我找到了做绷带的东西，为伤口消了毒。第二天，在尤卡伊镇的大庄园里，我略微静下心来。我们继续平静地看书，原因之一，是我知道西蒙·玻利瓦尔曾在此住过，那是在他与圣马丁将军于瓜亚基尔会面几年之后，而我正到处寻找玻利瓦尔的足迹。在奥扬泰坦博，当我们步行去火车站时，眼前出现了劳瑞作品①中的场景：一支送葬的队伍，声音嘈杂，沿着狭窄陡峭的马路走来。演奏着铜管乐的男人们都穿着紫色的衬衣，死者的朋友们一把把地往棺材上撒红玫瑰或白玫瑰的花瓣。秘鲁的这种丧葬仪式不禁让我想起了墨西哥的葬礼。后来，我们搭上了前往阿瓜斯卡连特斯

---

① 指马尔科姆·劳瑞的小说《在火山下》（Under the Volcano）。该部作品的故事背景是墨西哥1938年的亡灵节，以意识流的手法探讨了死亡与爱情。

的火车。

　　车厢的窗外是狭窄的河流，河水沸腾得就像鳟鱼产卵的激流。从天空俯瞰，它离太平洋并不是太远，但山形奇特，如梦如幻，让人想从铁路上直冲云霄，洞悉流水的未来。我的脑中不禁浮现出这样一番场景：一个孩子，把一叶脆弱的扁舟递给了流水。这条河流其实就是比尔卡诺塔河，但流至此处的它已改称为乌鲁班巴河，它将与由阿普里马克河流注而成的坦博河汇合，一同汇入乌卡亚利河。乌卡亚利河在流抵伊基托斯之前与马拉尼翁河汇合，一同注入亚马孙河，滚滚河水就这样一直奔向大西洋。尽管当时我在火车上就已经在酝酿游亚马孙的计划，但那时的我得先去完成正在进行的法国游计划：踏着玻利瓦尔的足迹，去塔恩省和那里的索雷兹修道院[①]。当时，我不敢想象或者说不敢奢望三年后，我会在皮埃尔陪同下，在下游与这些河流重逢。

[①] 索雷兹修道院（abbaye de Sorèze），位于法国塔恩省索雷兹镇的一座历史建筑，起初是一座天主教本笃派修道院，在此建有一座学院，后改建为皇家军事学校，之后又改成一座天主教多明我会的学院。现今的索雷兹修道院主要由两座博物馆和一家酒店构成。

在伊基托斯

到了半夜,我们才在欧罗巴酒店门口的人行道上点燃我们在这个陌生城市里的第一根香烟。四周都是流浪狗。我们一边抽烟,一边观察着一只大蟑螂。这种蟑螂是美洲大蠊中的一种,不但没有灭绝的危险,甚至据说在核灾难之后都能幸存。一个保安带着武器,但昏昏欲睡,坐在一张凳子上,看守着酒店的钱柜,或许也在用眼角的余光监视我们。

黎明时分,我们在马路尽头下坡去看亚马孙河,更确切地说是去看亚马孙河的支流,它叫伊塔亚河。我们沿着防波堤,一直来到一家叫作"醉舟"①的小酒馆,那是一个比利时人取的名字,它让我们再一次与文学史之谜不期而遇。虽然兰波的确读过凡尔纳的书,但他却不大可能读过1881年出版的《亚马孙漂流记》。那年,兰波第一次去哈勒尔②。但那个为小酒馆取名的博学的比利

---

① 兰波最负盛名的长诗也名为《醉舟》(Le Bateau ivre)。
② 哈勒尔(Harar),埃塞俄比亚城市。

时人，亨利·米肖的同胞，他也许知道，十年后的1891年，兰波在截肢之前搭乘的正是法国轮船公司的"亚马孙"号驳船，在担架上摇晃了几个星期，最后一次从亚丁①回到马赛。

滨河大道（类似于滨海大道）上的平台前，在这个退潮的时段，可以望见一片绿油油的草地横铺于栏杆外的下方，草势旺盛，上面躺着一艘很长的船，龙骨已经生锈和散架。它可能是《陆上行舟》中的那艘船，也可能是昔日某位喝醉了酒的船长在航行时犯下的错误所造成的后果。这也许是它面前的小酒馆被命名为"醉舟"的另一种解释，合情合理。

在接下来的几天里，皮埃尔出于对边缘文化的爱好，去那艘船的残骸中溜达。许多边缘人、流浪汉和落魄诗人就睡在残骸的铁皮上。这时已到了8月15日，是我每年用于冥想的三个日子之一。二十年来，每年的2月21日我都用来检视阿布拉卡达布拉项目②环球小说的进展状况，另外两天，也就是12月31日和8月15日，也像照着历书行事一样雷打不动，用来处理前几个月突然出现的事件所造成的重大变化，做到绝不忘记任何地点、任何细节、

---

① 亚丁（Aden），也门港口城市。
② 阿布拉卡达布拉项目（projet Abracadabra），作者的创作项目，包括《柬埔寨》《瘟疫与霍乱》《塔巴-塔巴》等以环球历史地理为主要内容的一系列小说。

任何面孔和任何一次阅读的内容。做这些事需要独自一人，需要寂静，沉浸在黑暗之中。

还没等我将此迫切需要说出口，皮埃尔就主动向我提起了这个惯常的日子。这让我大吃一惊。他对我说，他晚上回来。我们同在一起度过的上一个8月15日，还是在2005年，那时我们在波斯尼亚和黑塞哥维那的斯托拉茨。十年后的2015年，我在塔恩省的索雷兹。2008年8月15日，我是在圣保罗的贝拉斯艾尔特斯酒店的一个房间里度过的，而十年后的2018年8月15日，我在伊基托斯的那个酒店房间。一场特别猛烈的暴雨敲打着欧罗巴酒店的玻璃窗，窗棂剧烈地颤抖。天空一道道闪电，疯狂地咆哮着，举办神秘仪式时往往会这样。不过，皮埃尔却没被雨淋到，安然无恙地回来了，之前他在一家小酒馆里躲避龙卷风。龙卷风太猛烈了，当地的报纸《人民报》在第二天的头版以这样的大字标题报道这场灾害："TERROR EN IQUITOS: Hubo heridos y temen que el fenomeno se repita"[1]。

人们担心这种气象状况会再度出现，它已经造成人员受伤。这种天气是伊基托斯八月的特产，每年都会出现，叫作"利马圣罗莎风"（Vents de Santa Rosa de

---

[1] 西班牙语，意为《恐怖降临伊基托斯：有人员受伤，此种气象状况恐再度出现》。

Lima）。夜幕降临了，我们行走在城里被水淹的马路上。铁皮屋顶已被掀走，棕榈树被连根拔起。这种情况每年都会出现。由于皮埃尔不太习惯皮斯科酸酒①，而且我们也已经离开了盛产卡沙夏的地区，我建议他去希尔顿酒店的酒吧尝尝，可以预料那里的东西应该不错。确实如此。那里的酒吧侍应值得称赞。两三杯酒下肚后，我告诉皮埃尔，这个酒吧的侍应有一台好机器，用来捣碎冰块，将蛋清快速打成泡沫状，这是成功制作皮斯科酸酒的秘密诀窍。当然，安格斯特拉酒②的剂量把控也很重要。皮埃尔回答我说，蛋清也可以用手工打。

那只有卡修斯·克莱③才能胜任，我提醒他说。

我们都进入了微醺状态。

我们等着上路去南边，去瑠塔村，那是马拉尼翁河与乌卡亚利河交汇处的一个村庄。我们想去看看阿基尔途经之处，那是奥雷利亚纳从未踏足过的地方。

---

① 皮斯科酸酒（pisco sour），发源于秘鲁的一种鸡尾酒，主要由皮斯科和青柠汁调配而成。
② 安格斯特拉酒（angostura），一种苦酒，以朗姆酒为主要原料，配以龙胆草，可用于配制多种鸡尾酒。
③ 卡修斯·克莱（Cassius Clay, 1942—2016），即拳王阿里，举世闻名的美国拳击运动员。

父与女

第二次远征发生在奥雷利亚纳大漂流二十年之后，准备得更加充分。组织者读了利马独眼人加斯帕·德·卡瓦哈尔写的故事，并请教了他。在赫尔佐格的电影里，这位多明我会教士再次登船出发，而在真实的历史中，他其实仍待在主教府里——他已经失去了一只眼睛，够了。他们还请教了那些幸存者。他们怀疑，那些幸存者在未知事物面前吓破了胆，在旅途中不太专注：他们深受饥饿的折磨，恐惧和死藤水又弄得他们神情恍惚，他们就这样被狡猾的印第安人欺骗了，印第安人向他们隐瞒了财富。

整个队伍的组织和指挥工作都交付给了佩德罗·德·乌苏亚。他可不是一般人。他是纳瓦拉贵族家庭出身，十五年前来到新大陆，在现今的哥伦比亚境内与印第安人作战，成了战争英雄。他在几年前来到秘鲁，与总督[①]关

[①] 此处的总督（vice-roi）又译"副王"，美洲西班牙殖民地官职，总督辖区的长官，西班牙国王在美洲各块殖民地的全权代表。总督辖区为西班牙在美洲进行殖民统治的主要权力机构，历史上存在过新西班牙总督辖区、秘鲁总督辖区、新格拉纳达总督辖区和拉普拉塔总督辖区共四个总督辖区。

系很好。他并不着急。成为探险队的首领后，他第一次离开利马是为了前往瓦亚加河边，随行人员中有锯木工人、造船工人、马夫和工头。他们选定了造船厂的厂址和河港位置，设立了农场，以解决粮草问题。

虽然他们明面上的借口是为了寻找黄金和桂皮，但其中也有其他考量。探险的组织者可能是想在葡萄牙人回来之前在大河上占据有利位置，因为葡萄牙人刚刚去累西腓驱赶荷兰人，人员分得很散；也可能是想远离打完胜仗后就无所事事的征服者，他们随时准备造反，还在寻找允诺给他们的财富。被认为代表王室的乌苏亚，他自己也有可能正谋划着叛变，宣称自己是亚马孙地区的第一个国王，成立一个王国。一年半以后，他带着情妇伊内丝·德·阿蒂恩扎再一次从利马高调归来，检查准备工作，像君王一般住在莫约班巴村里。

他们定在1560年9月26日出发。就在那一年，葡萄牙人进攻里约瓜纳巴拉湾的科利尼堡，把盘踞在维尔盖尼翁岛的最后一批法国人赶走了。乌苏亚有几张地图，尽管这些地图很不准确，可以说只是凭记忆绘制的线条。探险队将沿瓦亚加河而下，直到与马拉尼翁河的交汇处，然后沿着乌卡亚利河，最终抵达亚马孙河。船上有三百多名西班牙人，其中有一人参加过奥雷利亚纳的远征。他们还带了同等数量的马、好几筐家禽、一些捆缚着的猪，以及许多印第安人和黑奴。

队伍中还有出生于巴斯克地区奥尼亚特的阿基尔。他已经在秘鲁生活了二十年，做过驯马师的工作，当过雇佣兵，后来在尼加拉瓜躲了一段时间，怕被人寻仇或进监狱。他在打仗时腿受了伤，所以现在瘸腿。他是个凶蛮而机灵的战士，能一剑把印第安人劈成两半。他虽然不富裕，但毕竟拥有几亩土地，在战斗中并非无所顾忌。

那些家禽和猪不仅仅是用来吃的，也是用来养的。马也同样，人们等着它们繁殖。这些都是为成立亚马孙王国所做的筹备。所以，那时的洛佩·德·阿基尔是个有用之人。也许正是驯马这种难得的本领让他拥有将十五岁的混血女儿埃尔维拉带在身边的特权。即使乌苏亚真有起事叛乱之心，他们也终将失败。准备了一年半之后，他只剩下三个月可活了。一切征服史都是叛徒被比他更具反叛之心的叛徒背叛的历史。阴险的阿基尔毫不犹豫。他杀死了部队里的大部分战士。往后在遭遇最终失败时，他还将杀死自己的女儿。他有这个胆量和勇气。

反 叛

在赫尔佐格的电影里,疯子阿基尔独自一人站立于爬满猴子的木筏上,戴着铁盔,眼神恍惚。他拖着大腿,腰挎佩剑,显得十分孤独。虽然经由丛林绿墙前金发碧眼的金斯基的演绎,阿基尔被塑造成一个传奇人物,但在他死后,在同辈与后辈所撰写的编年史中,他的形象并不怎么光彩,例如弗朗西斯科·巴斯克斯①以及后来的托里比奥·德·奥蒂格拉②对他的记述就颇含贬低意味。影片中的他很迷人,是不公正秩序的破坏者,但在记录了灾难现场其他目击证人的口述证词的档案资料中,他的面纱被揭开了。这些证人探险归来,被送上法庭受审。他们面前有两种不同的命运,要么为自己脱罪,要么被判以死刑。为了逃脱死刑,他们进一步诋毁

---

① 弗朗西斯科·巴斯克斯(Francisco Vásquez,生卒年不详),西班牙殖民者,曾参与乌苏亚的远征探险行动,著有《关于旅行及阿基尔的反叛的详述》(*Relation du voyage et de la rébellion d'Aguirre*)。
② 托里比奥·德·奥蒂格拉(Toribio de Ortiguera,生卒年不详),西班牙殖民者,西印度地区编年史作者,曾任基多市市长。

这位暴君。他们声称自己非常痛恨阿基尔，却无法阻止他的疯狂行径，无法制止他的嗜血与渎神倾向。

这些史料还记载了远征队所配备的火力。巴斯克斯如此记录道："佩德罗·德·乌苏亚省督一共有三百名装备精良的手下，配备有同样数目的马匹，此外还有几个黑奴，再加上一些土著，其中包括一百个火枪手和四十个弓弩手。"他们的武装与之前的奥雷利亚纳不可同日而语，他们的武器要多得多，但很轻。他们没有带炮，因为有轮炮架老是陷在泥里，在森林里没有用。乌苏亚指挥的这些人，大部分都是不法分子或是冒险家，他们"聚集起来远征，以逃避自己的罪行，免遭惩罚，通过这场旅行找寻摆脱司法追究的办法"。人们后来称他们为"马拉尼翁人"，马拉尼翁是他们行船的那条河的名字。

船上只有乌苏亚和伊内丝这一对情侣，他们远离大伙，躲在拉着锦缎门帘的船舱里，引起了大家的妒忌。黎明时分，人们听到的更多是叫床声而不是鸡叫声。大家都看到这对情侣的侍从端着美味佳肴从甲板上走过，而费尔南多·德·古斯曼①虽然是塞维利亚贵族，出身也很显赫，却只享受普通军官的待遇。费尔南多没有达到

---

① 费尔南多·德·古斯曼（Fernando de Guzmán, 1540—1561），西班牙殖民者，曾参与乌苏亚的远征探险行动。

淫乱的程度，但暴饮暴食。他的这种缺陷以及大家的失落感会在此后受人利用。"据说尊贵的伊内丝小姐在行为和作风方面的名声不好，这是省督死亡和我们彻底完蛋的主要原因。"

他们是9月底出发的，三个月后就迎来了血腥的新年献礼。阴谋家们操纵了这个古斯曼，编年史作者全都把他描写成一个愚蠢而贪吃的人。刚好是新年前夜聚餐的时候："1561年1月1日，耶稣受割礼日，新年之夜，半夜两三点钟，他们聚集在尊贵的费尔南多先生身边，共十二个人。"这些使徒乘佩德罗·德·乌苏亚熟睡之机杀死了他。费尔南多·古斯曼成了首领。"当天晚上，尊贵的费尔南多先生被任命为将军，阿基尔为上校，其他人则被迫入伍，成为士兵。他们命令所有士兵，说话要大声。他们甚至想杀死其中的几个人，因为这几个人交头接耳，说话不大声。"禁止低声说话的命令令人惊讶的程度不亚于古希腊人在亚历山大大帝面前的情景。据亚历山大大帝的传记作家说，他是第一个读信不出声的人。

古斯曼和已故的乌苏亚之间的共同之处，在于他们都是文人和西班牙贵族，对诉讼与行政极为迷恋。皮萨罗也是如此。当年的皮萨罗想让自己处决阿塔瓦尔帕的行为合法化，意图通过一份笔录来掩盖自己的残忍。古斯曼等人也如此行事，召来书记员，口述一份证明文件，也许还洒几滴圣水为文件祝圣："尊贵的费尔南多·德·古斯曼将军先签，洛佩·德·阿基尔后签，后者签完名后还补写道：洛佩·德·阿基尔，反叛者。"这个瘸子第一次出现在巴斯克斯彼时已开始草拟的记述中，那本书最终确定的书名我们都知道——《关于旅行及阿基尔的反叛的详述》。"暴君阿基尔是个五十来岁的男人，身材矮小，长相丑陋，脸很瘦。当他盯着你看的时候，尤其是当他发怒的时候，他的眼睛闪着凶光。他虽然是个文盲，但思维活跃，思想深刻。"

他之所以让书记员写下自己的反叛者身份，是为了把古斯曼和整个团队拖入其中，共同为反叛负责。他不愿陷入无用的行政文件与图章中，人们老是听见他在说话、训话："你们怎么都这么愚蠢和大意？你们杀了一个省督，他是国王的代表，代国王行使权力，你们以为通过这份笔录就能洗清自己的罪行吗？"只能往前狂奔，无望合法后退。三个月后，古斯曼终于同意背叛王国。人们尊这位尊贵的"贪吃者"费尔南多为国王。"他好像对自己的新头衔和新地位感到很高兴，觉得非常满意。随后，他搞了一个王室，许多军官和绅士陪伴着他，为他服务。从此，他独自进餐，场面十分豪华。"但这种盛宴为时不长,亲王殿下①起不到傀儡国王的作用,尤其是他忌惮阿基尔,人们企图拉他一道策划针对阿基尔的阴谋。美餐了五个月后,1561年5月22日,阿基尔派人杀了他,但没有自封为国王,而是自立为铁拉菲尔姆②、秘鲁、智利的最高领导人。

其实,对他来说,整个亚马孙森林和亚马孙地区都不重要,他想统治的是城市和知名的地方。这些编年史中不可能有沿河的印第安人出现,他们最多是探险队的抢劫对象。船队如舞台,编写者的笔墨全都集中在船上上演的古典悲剧,或是伊丽莎白一世时期那样的大戏。首领担心捣乱分子和叛乱者,于是描绘了一番美好的前景,并将其许诺给马拉尼翁人。他曾去尼加拉瓜旅行,熟知那里的地理。他计划先去加勒比海,然后取道巴拿马地峡,沿着海岸而下,最后进军利马。大家都沉浸在对征服与凯旋的谵妄中,全都"飘飘然,以为几天之内就能拿下秘鲁,而且他们已经开始内部分配战利品,不仅要分享财富,还要分享居民们的老婆,尤其是那些漂亮的女人。每个人都先下手为强,选择自己最喜欢的女人"。

---

① 费尔南多·德·古斯曼在乌苏亚死后被拥立为"铁拉菲尔姆、秘鲁、智利之国王、亲王及领主"。
② 铁拉菲尔姆(Tierra Firme),拉丁美洲西北部地区加勒比海、墨西哥湾沿岸西班牙殖民地的旧称,意为"陆地",涵盖了巴拿马地峡以及当今委内瑞拉、哥伦比亚、圭亚那等多国领土。

他们也许在村里偷过几个印第安妇女，但在船上，让人神魂颠倒的只有阿基尔的女儿和乌苏亚漂亮的寡妇。洛伦索·德·萨尔敦多以费尔南多国王侍卫长的身份，霸占了乌苏亚的寡妇。人们把她也杀了。他们"用剑和匕首杀死了她，抢走了她所拥有的一切。这真是太可怜了！"至于漂亮的埃尔维拉，那个十五岁的处女，她从未离开父亲半步。阿基尔一手按着匕首，晚上从未入眠，内心的恐惧有增无减，其可怖程度也与日俱增。每次中途停靠，他都让手下杀死几个人，还对几个公认的无辜者产生了怀疑。于是，人心思变。

7月20日，部队在位于加拉加斯附近东北方向的玛格丽塔岛下船。在这之前，他们也许像奥雷利亚纳一样沿亚马孙河而下，一直来到河口，然后在大西洋上往北行驶，沿着圭亚那地区①的海岸前进；或者，据里卡多·乌斯塔罗斯在《吃人的亚马孙》中推测，他们不知不觉地驶进了卡西基亚雷运河，如果真的是像这样的话，那他们就应该是在今天的马瑙斯的位置重新溯流而上，经内格罗河，再经卡西基亚雷运河，驶入奥里诺科

---

① 圭亚那地区（les Guyanes），指拉丁美洲东北部加勒比海沿岸地区，从西往东主要由西属圭亚那（今委内瑞拉亚马孙州和玻利瓦尔州）、英属圭亚那（今圭亚那合作共和国）、荷属圭亚那（今苏里南）、法属圭亚那和葡属圭亚那（今巴西阿马帕州）五部分构成。

河。直到两个世纪以后，人们才得以弄清此处神秘的山岳地貌——像是卢瓦尔河在流经奥尔良之前遇到了一个障碍，但并没有分成两个支流绕过它然后重新汇合，相反，其中的一个支流离干流而去，直奔塞纳河，与之相融。巴斯克斯没有写清这个问题，因为无论经由这两条路径中的哪一条，他们都能顺利抵达加勒比群岛。他写道：长途旅行了"九个月零二十四五天，其中有三个月零二十天，也就是一百一十天，我们在河或海上航行"；"暴君阿基尔带着他可恶的帮凶来到了玛格丽塔岛"，但他并没有把他们当作自己人。

阿基尔仍拥有两百左右的人手、"九十支火枪和二十副盔甲"，足以制服西班牙人和克里奥尔人①。他命令手下把船全部凿沉，防止有人通风报信，然后挖壕扎营，准备从小岛进攻大陆。直到这个时候，阿基尔才成了真正的阿基尔。他陷入疯狂之中，宣称想在将来"杀死所有落到他手里的检审庭主席②、检审法官③、牧师、省督、大主教、律师、检察官，因为那些人同教士一道，

---

① 克里奥尔人（Créole），十六世纪至十八世纪时指出生于美洲殖民地的西班牙裔和葡萄牙裔白人，以区别于出生于西班牙和葡萄牙本土、后移民至美洲的白人。
② 检审庭主席（président），美洲西班牙殖民地官职，检审庭辖区（audiencia）的长官。检审庭辖区为美洲西班牙殖民地的一类行政区划，隶属于总督辖区，下辖多个省督辖区或省（province）。
③ 检审法官（auditeur），美洲西班牙殖民地官职，检审庭主席的下属官员。

造成了西印度的毁灭。他还处死了行为不端的女人，因为她们是世上的罪恶与丑闻之源"。当时，他仅限于处决处于自己掌控下的人："他杀了麾下的十四个马拉尼翁人和十一个当地居民，以及两个教士和两个妇女。还有两个皈依天主教的印第安人也被他杀死了。当他离开小岛时，一共杀死了五十个人，眼睛几乎都不眨一下。"

叛徒非常多，疯子也很多。但他是叛徒中的叛徒，是变节者，是藐视圣礼的渎神者。他杀死神甫，引起了手下敬畏上帝之人的巨大恐慌。他知道自己败了，在玛格丽塔岛的堡垒中大步走来走去，就像两百年后的威廉·沃克在特鲁希略的堡垒中那样。这个大字不识一个的文盲口述了给西班牙国王的信。他不分大事小事，一并塞入信中。他太愤怒了。被吓坏了的誊写人在恐慌中记下一切，蘸足墨水，飞快地起草有时文句不通的信件。人们看见誊写人坐在地堡阴暗的房间里，火把的亮光倒映在阿基尔的盔甲上。这个暴君在他面前踱着步，举着双臂，怒骂着，既像中世纪的狂热教徒，又像现代的解放者。这番口述领先于时代，像是玻利瓦尔和格瓦拉演说的预演。他满腔怒火，以第一人称与西班牙国王说话，仿佛国王就在他面前。浑身颤抖的誊写人飞笔如流，稍一卡住就是死："国王大人，你要知道，我们如此行事的唯一缘由，就是我们再也不能忍受你的大臣们强加给我们的沉重赋税、严苛律令和肉体虐待。为了给亲朋好友牟利,他们剥夺了我们的荣耀、生命和名誉。国王啊,他们施加在我们身上的暴行是多么骇人听闻!在丘库尼加战役中,我跟着阿隆索·德·阿尔瓦拉多元帅,响应你的号召,与反对你的弗朗西斯科·埃尔南德斯·希龙①作战,不幸被一连串火枪子弹打断了右腿。但在今天,我和我的战友们将向希龙学习,反抗你的统治!我们将与你战斗到死!"

Victoria o muerte.②这既是一份陈情书,也是一份咒书,其中饱含着一个反对不公正现象的先锋内心狂热的愤恨。他已经为此酝酿了好多年。"我之所以这样说,强大的国王大人,是因为人们在离利马二里远的海边发现了一个潟湖。承蒙上天的恩惠,那里有不少鱼在繁殖。然而,国王,你的一些邪恶的检审法官和大小行政官员为了把那些鱼占为己有,以便供应自己的饕餮大餐,以你的名义租借了潟湖。他们想让我们相信这是你的旨意,好像我们都是白痴。"他那种反教权的愤怒爆发了:"国王啊,千万不要再相信他们的话。如果他们抱着你的脚痛哭流涕,那是为了能到这里来向我们发号

---

① 弗朗西斯科·埃尔南德斯·希龙(Francisco Hernández Girón, 1510—1554),西班牙殖民者,1553年发动反对时任秘鲁总督的起义,失败后被杀。
② 西班牙语,意为"不是胜利就是死亡。"

施令。你想知道他们在西印度都做了什么吗？为了弄到商品，获得世俗财富，他们甚至拿教会的圣事来做交易。他们与穷人为敌，吝啬、贪婪、傲慢、野心勃勃，以至于级别再低的教士都想指挥和管理别人。"

他有能力进行尖锐的讽刺，其中甚至带有反种族主义色彩："而且，教士不愿意教化贫穷的印第安人。他们住在秘鲁最好的府邸里。他们的生活的确清苦，因为，为了以苦行赎罪，他们每个人的厨房里都有十来个年轻伙计，负责钓鱼、杀山鹑或摘水果。最后，整个府邸的人都只有一项职责——照顾他们。"阿基尔就像康拉德小说中的库尔兹①，吹嘘自己如何残忍，把罪行揽到自己身上，不乞求任何宽恕——无论是国王的还是上帝的——因为"我杀了那位新国王及其侍卫长，还有一名中将、四个上尉、他的总管、他的随军牧师、一个属于他们那伙的女人、一个医院骑士团②成员、一名海军上将、两个旗手和他们的五个朋友"。他知道，将来有一天，这些文字会被利马的总督③及其亲信读到，会被马德

---

① 库尔兹（Kurtz），英国作家约瑟夫·康拉德（Joseph Conrad, 1857—1924）的小说《黑暗的心》中的人物，一个由力图将"文明进步"带到非洲的理想主义者退化为镇压、掠夺当地人民的暴君的殖民者形象。
② 医院骑士团（Commanderie de Rhôdes），直属教皇的宗教骑士团之一，第一次十字军东侵后西欧天主教会与封建主为保卫其在东方侵占的领地而组织的宗教性封建军事团体。
③ 详见第164页注释①。

里的国王与朝臣读到，会被萨拉曼卡的天主教教区神职人员读到。他知道，他们会在这些文字面前颤抖，怀着恐慌的心情在胸口画十字。他的胜利将载入史册。他清楚地知道，他在岛上筑战壕已经三个月了，国王的军队已经被部署至海岸边，正等着他进攻。

阿基尔成功登陆，占领了几个村庄，释放并招募了一些奴隶："他来到一些破屋中间，那是该省居民分给黑奴居住的地方。他在那里待了一天，补充给养，更主要的是尽可能集结起黑奴，因为他打算与他们结为同盟。他招了二十来个人，由一个上尉当头。阿基尔对他们说，他们是自由的，所有加入他的队伍的人，他都给他们以自由。他待他们跟待西班牙人一样好，甚至更好。"面对效忠国王的强大军队，背叛者越来越多，马拉尼翁人放下了剑，跪倒在国王和教皇面前，乞求宽恕。阿基尔被包围在他的黑奴村庄中，护守着现已十六岁的漂亮女儿埃尔维拉。每交火一次就有一批人放下武器。许多悔过者给出了自己的说法，为自己辩护，以逃避刑罚。他们感谢上帝让他们摆脱了那个嗜血的狂人。

阿基尔杀死了自己的女儿，免得被兵痞们糟蹋："看到自己孤独一人，被所有的士兵抛弃，他绝望了，中了邪，犯下了至今为止最残酷的罪行：用匕首杀死了自己的女儿。她是军营里剩下的唯一女性，一个混血儿，漂亮极了，跟他非常相像。"他毁灭的不仅是自己的生命，在最后的狂怒中，他拿着武器，冲上前去，发起进攻，打倒了几个敌人，然后用火枪朝自己开了两枪，结束了自己的性命。他的尸体被斩首，头颅被拿来示众，就像四个世纪以后的兰皮昂那样："他的脑袋被运到埃尔托库约城的广场中央，装在一个铁笼里，挂在耻辱柱上。"这就是反抗和叛逆的下场。"黑色传奇"①马上就传开了，对他的敬意也与日俱增："佩德罗·布拉沃上尉把阿基尔的右手带到梅里达，左手带到巴伦西亚，仿佛那是某位圣人的遗骨似的。"这也是革命者的命运。这具被肢解的尸体不禁让人想起1967年，切·格瓦拉的遗体被人从玻利维亚的森林中运送出来时，两只手也被砍了下来，送往拉巴斯，很久之后又被送回古巴。

阿基尔死了二十年后，在托里比奥·德·奥蒂格拉撰写的编年史中——其标题有点长，当时的人们就喜欢那样，叫《马拉尼翁河之旅：旅途中发生的一切及西印度地区其他值得知晓之事》——出现了这个可耻的大名，将这位英雄载入了历史。"他甚至敢自称亲王，

---

① 黑色传奇（légende noire），指针对某一历史事件、人物、组织的负面传言，通常捕风捉影，带有神秘色彩，描述极为夸张。这一概念最初由西班牙历史学家创造，用于指控盎格鲁–撒克逊国家对西班牙历史的污名化。

自封的头衔比至今任何国家的暴君都要显赫与威严——'上帝之怒,自由之君,铁拉菲尔姆王国及智利诸省之亲王'。"

当这个异端弥赛亚死亡的消息传来,不知是出于什么黑魔法还是迷信,他在秘鲁拥有的几公顷土地突然被覆盖上一层盐。那是在1561年10月,比蒙田与三个印第安人在鲁昂见面早几个月。

在船上

奥雷利亚纳的远征和阿吉雷的远征相隔二十年,却都经过了此地。这里树木丛生,弯腰垂向河水中央。他们航行其间,然后驶入伊塔亚河与纳奈河水域的河网。当时,这两条河还没有名字,但印第安人也许已经熟知。三个世纪后,人们在那里建造了一座木质教堂,并在1860年建立了亚马孙河畔伊基托斯堂区,位于马拉尼翁河与乌卡亚利河交汇处下游一百多公里的地方。

伊基托斯在2018年依然没有与世界其他地方相连的公路,这在同等规模的城市中也许是唯一一例,只有一些岛屿城市能与它分享此种特权。所有分量不重及容易腐烂变质的东西都通过飞机来运输,其余的需先通过卡车从利马运到普卡尔帕。在穿过安第斯山脉的一个山口后,这些车辆一路要花三十多个小时才能到达普卡尔帕的港口。然后需转用货船运输,从那里沿乌卡亚利河而下,在五天后运抵伊基托斯。

通过唯一的柏油马路往南走两小时,可以到达瑙塔村。然后，我们在夜里驶出马拉尼翁河，溯乌卡亚利河而上。第二天，景色更加开阔了，森林更加遥远。灰壤悬崖上的沉积层表明，河流的水平面在逐渐上升。等到安第斯山脉上的雪融化以后，河水会把悬崖重新淹没。我们沿着帕卡亚自然保护区，穿过塔皮切河口和福西特湾。金属外壳的轮船以五节的慢速溯流而上，它比我们在巴西乘坐的"帆木筏"设计理念更现代，但没么漂亮。这艘秘鲁船没有遵循亚马孙船只船首昂起的传统，却有船舱贴水的好处。

在作家的生活更加富裕的年代，包括凡尔纳、斯蒂文森[1]、杰克·伦敦、西默农[2]等在内的许多作家都曾自己买船，招聘船员，把书房和书桌安在船上，自己指挥开船停船，透过舷窗欣赏世界的大好河山。船舱可以把帕斯卡所说的房间[3]与外面的景色协调起来。我躺在床上，光线最好的时间用来读书，然后把目光从书页上移开，看着树木、林中空地、鸟儿，有时还有货轮或是围网捕鱼的小渔船，它们如画一般在我眼前一幅幅滑过。

---

[1] 罗伯特·路易斯·斯蒂文森（Robert Louis Stevenson, 1850—1894），英国小说家，代表作有《金银岛》等。
[2] 乔治·西默农（Georges Simenon, 1903—1989），比利时法语侦探小说作家，著有《拉脱维亚人皮埃尔》等80余部以梅格雷警长为主人公的侦探小说。
[3] 见第74页注释①。

冲 突

一天傍晚，我编写完几个小故事后，离开船舱，到甲板寻找皮埃尔。他正坐在桌前整理笔记本上的记录。我原来还以为他是写着玩的，现在看到他写了那么多，再次感到惊讶。他合上本子，站起来走了。不一会儿，他回来冷冷地告诉我，他累了，连续写了很多笔记，尤其是这次，他正在追忆转瞬即逝的灵感。说完，他又离开了。

我独自凭栏，假装无所谓。在喷气式飞机时代选择坐游轮的乘客，当他们注意到有人在拍摄他们时，往往会采取这种假潇洒的姿势。我点燃一支香烟，发现这个无足轻重的笑话，他已经平静地忍受了好多遍，它无法掩饰我的愚蠢与害怕。

我第一次发现，我们俩之间在时间层面存在着不协调因素。那时，在他身边，我已着手将我笔记本上的记录编写成册。将来，他或许会在它们出版之前读到我的这些文字，或者，在我死后，他会亲自发现我的这些笔记本，然后仔细辨认笔迹，就像当初我在我父亲去世以后辨认其年轻时的流亡笔记一样。我也许永远都无法知道皮埃尔会怎么看待我写的这些东西。我想，我负责的这个同游亚马孙计划已不在我的能力范围之内。有关我们的真相，也许藏在皮埃尔正在进行的这项复核调查中，而我永远都读不到。我想，我比福西特和罗斯福两个人加起来还要笨。

皮埃尔回到甲板上时，我正在本子上写东西。他走过来坐在我面前，翻开自己的本子，拿出钢笔，笑着问我为什么一言不发。这是和解的迹象。我没有回答，假装发抖，模仿害怕的样子。对一个没征得他的同意就强行让他出生的儿子，除了请求他将来有一天能原谅你，你还有什么更高的要求呢？

在这以后的几天里，我总会想起几个月前——2月离开马拉喀什和据说是曼金将军府邸的那座房子（皮埃尔还很小的时候，我们曾在那里住过）时，别人在我面前提到的一个观点。我走陆路北上摩洛哥，在坦吉尔随意找个地方用晚餐，一同进餐的有个心理医生。在谈到父子同游亚马孙的计划时，他告诉我说，长期的职业经验让他认识到：一个好父亲，在一百分里应当正好拿六十分。不到六十分，他就是一个失职的或漫不经心的父亲；超过六十分，他就是一个让人讨厌的父亲。

我首先想起的是保尔，然后才是皮埃尔。龙生龙，凤生凤。我发现我们三个人都不怎么会说话，如同锁上了的盔甲，不管怎样努力，都显得很笨拙。对于那个死去的父亲、活着的孩子，我究竟了解多少？我们还没有到达太平洋，但我希望，时间、疲劳、无聊能带领我们在各个方面战胜自己的腼腆与害羞之心。腼腆害羞是一种巨大的美德，自吹自擂则是可鄙的行径。但前者也是一种缺陷。我觉得皮埃尔是世界上最了解我的人。我不确定是否反之亦然。皮埃尔是一个谜一样的人，很神秘，他的幽默是英国式的，强烈而锋利。我在想，做一个好儿子，六十分是否也是最佳分数。

与阿尔韦托在一起

我们的小船在乌卡亚利河以及它的支流上航行,沿帕卡亚自然保护区狭窄的黄金河溯流而上,头顶是如拱的繁枝茂叶,阳光在叶间眨眼,脚底是碧绿的河水,不时有气泡冒出水面,形成一个个金色的铃铛,然后啪的一声破裂。我们深入保护区,来到黄金湖。保护区里到处都是鸟、鱼、淡水豚、凯门鳄。鱼鹰猛地扑向食人鱼,把它们抓在利爪间。如果在来到这方天地之前,我们的眼睛上一直蒙着布条,然后,在进入此片水域的那一刻,布条突然被揭掉了,那么我们会以为,这个世界依然照旧,这个星球依然和过去一样,是个天堂。

但现在又得把那块布条蒙在眼上了,以便穿越亚马孙河流域里的城市。没有任何自然障碍能够限制城市的扩张,它是森林中间的疖疮,污染着森林。成片的垃圾堆在市郊的街区和河流两岸。尽管从空中俯瞰,这块名为"伊基托斯"的溃疡在2018年还只是洛雷托大区的一个小淋巴结。它是这个大区的首府,大区共有一百五十万居民,其中的一半生活在城市里,是世界上人口密度最小的区域之一,在世界之肺中还可以算是一个良性肿瘤,但不管怎么说,森林正遭到破坏。伊基托斯仅有七十万人,只等于中国小城市中一个小街区的人口,但秘鲁的人口出生率更高,洛雷托则比此更甚。一天晚上,列维-斯特劳斯写于上世纪中叶的一句话穿越时间之河,进入了我们的谈话中:"旅行啊,你首先向我展示的东西,就是我们扔在人类脸上的垃圾。"

这句话距今已有五十多年的历史了。彼时,距离第二次工业革命也已有一个世纪,列维-斯特劳斯向我们宣告,六千五百万年前小行星撞击地球以来生态系统发生的最大震荡已经来临。自橡胶热以来,亚马孙地区接受了欧洲最坏的东西,却没有因此而受惠于它的人道主义。民族衰微,景色消失,动物灭绝。变丑,贬值。丑陋带来了服从与懦弱,带来了对民主的拙劣模仿。在伊基托斯,人们可以看到墙上到处画满了象形符号,号召文盲们在选票上打钩,给某匹马或某只鸡投票。这些,我们几天前还没上船时就已经跟阿尔韦托·谢里夫谈过。

阿尔韦托生在利马,但早就成了伊基托斯人。他是个人类学家,就1914年的橡胶业破产及其给印第安人带来的后果以及印第安人在二十世纪末之前的生活写过一本书。那本书可以说承接了罗杰·凯斯门特[①]的使命，是其关于秘鲁印第安人所受暴行的蓝皮书报告的后续。那份蓝皮书报告引发了那场发生于伦敦的诉讼，造成了橡胶巨头们的破产，比世纪大盗亨利·魏克汉还厉害。阿尔韦托也进行语言学研究，出版过《亚马孙词典——秘鲁丛林中的西班牙语之声》。

阿尔韦托现正给土著群体当项目顾问，研究矿产开采对鱼类的毒害，以及过度捕捞在河流中造成的鱼类灭绝现象。我们三人每天晚上都在希尔顿酒店的酒吧喝奇尔卡诺[②]，仿佛是在"泰坦尼克"号上一样。但由于保险柜意外被锁，我差点取消这一约会，因为很容易给人造成我是骗子的印象——以暂时拿不出银行卡或现金（数量很大，真是一大笔钱）、一切都被锁在一家小酒店打不开的保险柜里为借口，让别人给我支付在豪华酒店酒吧喝酒的钱。

尽管我在几天前寄给他的信中，说我是他的画家朋友吉诺·切卡雷利推荐的，其实我并不认识切卡雷利。

[①] 罗杰·凯斯门特（Roger Casement, 1864—1916），英国外交官，人道主义和反殖民主义者，曾调查与揭发比利时殖民者对黑人矿工的压榨剥削，以及秘鲁当局和橡胶企业对印第安橡胶工人犯下的暴行。1916年，他因支持爱尔兰人民争取独立的斗争而被英国当局处以绞刑。

[②] 奇尔卡诺（chilcano），发源于秘鲁的一种鸡尾酒，主要由皮斯科、青柠汁和姜汁调配而成。

切卡雷利住在苏黎世，是我的朋友阿尔弗雷多·皮塔告诉他我们在秘鲁旅居的，但谢里夫也不认识皮塔。我觉得，这一切——而且，我提供不了任何证据——已经足够复杂，我不能突然冒出来对他说，他得替我们付酒钱。

不过，我已经告知他，我们一直在欧罗巴酒店等一个中国人，后者可能是个职业开锁人。酒店的前台告诉我，在伊基托斯虽然可以买到保险柜，但没有公司来维修它。前几天，我们三人都在报纸上读到，当地的强盗帮嚣张得很，出名的有"鼹鼠帮"等，他们刚刚又抢劫了一家珠宝店。他们用假名租了珠宝店隔壁的屋子，从那里挖了一条隧道进入店里。那个神秘的中国人，几天前就答应过我们，但到现在也没来，也许他是那群逃跑的"鼹鼠"之一。人们要我再耐心地等一等——明天那个中国人就会来的——我于是要求酒店前台让我跟一直藏而不露的经理通话。经理同意借我两百索尔救急。

我要是阿尔韦托，碰到这种乱七八糟的事，闻到一点诈骗的味道，可能就会要求看看那两百索尔。但他没有这么做。我们点了皮斯科酸酒，继续我们热烈的谈话，说伊基托斯发展混乱，城市没有规划。他说他住的房子的部分结构是他自己亲手盖的，离我们所处的武器广场只有几步路，那里在上世纪七十年代时还是城市边缘地带，现在早就被新楼包围。他视如生命般地看守着他的果园。

我之所以想跟阿尔韦托聊聊，是想尽快编写一本关于伊基托斯1860年建城以来的历史。二十年前，我编写了尼加拉瓜自威廉·沃克1860年被处决到桑地诺民族解放阵线①下台的历史。在那本书中，我曾提到藤森统治时期发生于秘鲁的一个历史事件——图帕克·阿马鲁革命运动②成员在日本驻秘鲁大使馆劫持了人质。编写完那本书以后，我坚持阅读秘鲁的报刊。就在前几天，我得知反腐法官胡安·冈萨雷斯·查韦斯因贪腐而被捕，他曾终止了对前任总统奥良塔·乌马拉的妻子纳迪娜·埃雷迪亚的调查。2015年我在普诺听过奥良塔·乌马拉的国庆演讲。

我们谈论着时事，桑解阵又回到了我们的话题中。在马那瓜，一系列人民运动刚刚被疯狂的丹尼尔·奥尔特加③残酷镇压。看到桑解阵崩坏的形象，我们都感到十

---

① 桑地诺民族解放阵线（Frente Sandinista de Liberación Nacional），简称"桑解阵"，尼加拉瓜民族解放运动组织，成立于1961年，以尼加拉瓜民族英雄桑地诺（Augusto César Sandino, 1893—1934）命名，1979年推翻索摩查独裁政权，1990年选举落败后下台，2006年再度成为执政党。
② 图帕克·阿马鲁革命运动（Movimiento Revolucionario Túpac Amaru），秘鲁反政府游击队组织。
③ 丹尼尔·奥尔特加（Daniel Ortega, 1945—   ），尼加拉瓜革命家、政治家、诗人，桑解阵领袖，尼加拉瓜总统（1985—1990, 2006—   ）。

分痛心。不熟悉尼加拉瓜历史的人将来也许会搞混，把因奥尔特加而被污名化的桑解阵与其最杰出的人物埃内斯托·卡德纳尔或塞尔西奥·拉米雷斯联系起来，把他们装到同一个框里。这些冒着生命危险与索摩查家族独裁统治作斗争的人，通过枪杆子夺取了政权，并组织了民主选举。他们虽然输掉了选举，却坦然接受了自己的失败。

我把这本关于桑解阵的书送给了他，它的西班牙语版本是由何塞·曼努埃尔·法哈多翻译的。几个月后，阿尔韦托写信给我，问我有的情节是不是虚构的。他想知道我写1969年洪都拉斯和萨尔瓦多之间爆发的足球战争时引用的新闻报道是不是编造的，因为太令人不可思议了。我回答他说，我只是一字不差地抄录萨尔瓦多诗人罗克·达尔顿著作中的文字，可以在《战争与战争》中找到原文。《战争与战争》一书同时收录了达尔顿和洪都拉斯诗人爱德华多·巴尔的作品，将两者放在一起比较。我曾去特古西加尔巴拜访过后者。

阿尔韦托问了皮埃尔很多问题，我们提到了父子同游亚马孙计划，告诉他，我们远征的路线是从一边的大洋到另一边的大洋。阿尔韦托没有儿子，但有几个女儿。他开始谈论起自己的父亲。正如"谢里夫"这个姓所表明的那样，他们是来自中东的阿拉伯移民，来到南美大陆后首先定居于乌拉圭。他父亲出生于布宜诺斯艾利斯，后者与乌拉圭仅隔着一条拉普拉塔河。他们这类人在南锥体国家①被叫作"土耳其人"（Turco）。胡安·何塞·赛尔和米尔顿·哈通也有同样的称呼，因为前者是出生于阿根廷北部的叙利亚后裔，后者是出生于巴西北部的黎巴嫩后裔。但谢里夫对自己的祖先具体来自何方丝毫不知情。作为一个善于收集档案的人，他竟然毫无自己家族的资料，他为此感到惋惜。

他知道，为了与一位姑姑团聚，自己的父亲小时候就跟母亲从阿根廷来到秘鲁，然后在这里扎根、结婚。两个才认识两小时的男人如此深谈，这好像有点奇怪。夜晚让人产生信任感——夜幕早就降临武器广场了——即便是陌生人，彼此也感到很亲近。他回忆了父亲之死，父亲因没有发家、没有给孩子留下任何东西而感到遗憾，孩子们却感谢他让他们懂得了什么东西最有价值，让他们接受了良好的教育。确实，阿尔韦托一看就是个善良的人。接着，他又回忆起他在巴黎旅居的日子，幸福地在大街小巷里毫无目的地瞎逛。现在，我们第一次行走在伊基托斯的大街上，皮埃尔走在我前头。

---

① 南锥体国家（Cône Sud），指南美洲南回归线以南地区的国家，主要包括阿根廷、智利和乌拉圭。

我向他们提起了埃菲尔铁屋,即Casa de Fierro①,就在这个武器广场的角落。我想在这段关于伊基托斯的历史中写一写它。我将从伊基托斯建城开始写,里面也会提到《亚马孙漂流记》——这部小说故事情节的起点就是伊基托斯。在走上街之前,我们拿出了那两百索尔,付了酒钱。

---

① 西班牙语,意为"铁屋",伊基托斯的地标建筑,据传由埃菲尔铁塔的设计者古斯塔夫·埃菲尔(Gustave Eiffel, 1832—1923)设计,故又被称为"埃菲尔铁屋"(Maison Eiffel)。

皮埃尔与凡尔纳

> 假如因为他……是的,因为他,噩运降临到了我父亲头上……那么我一定会杀了他!
>
> ——凡尔纳《亚马孙漂流记》

我们父子俩重新开始阅读。关于笔记本的纠纷,不会再有。我们交换从亚马孙小图书馆借来的书。皮埃尔尽管说自己几年前就兴致勃勃地读过《八十天环游地球》,但还是承认读《亚马孙漂流记》纯属偶然。

随着时间的流逝,这些关于地理发现的小说读起来就有点不一样了。《气球上的五星期》开头的悬念没有了:气球驾驶员从桑给巴尔升空,往西飞,直到坦噶尼喀湖。最初的读者会思考:凡尔纳会怎么写对岸的东西?非洲的中部是大片陌生的未知区域,其真实面貌直到多年以后才被斯坦利首次揭露。刚好来了一阵南风,把气球吹向了北边已经熟知的地区。但他没有沿着赤道落在圣多美和普林西比,而是落在了塞内加尔。自从我们有了刚果和亚马孙地区的地图,该手法失效了:《亚马孙漂流记》1881年出版时,已经没有多少读者了,没多少人头脑里还想着大河。对于地理的兴趣已经转向历史。

当他开始写这本小说时,伊基托斯已经建立二十年了,它远远地深陷在森林的中心,是工业文明胜利与进步的象征。1860年,也就是它建成那年,儒勒·凡尔纳写了他的首部小说《二十世纪的巴黎》——一部悲观主义的作品,描述了一幅末世景象,直到他去世很久以后才出版。后来,出版商皮埃尔-儒勒·黑泽尔促使凡尔纳一改灰暗色调,转而歌颂和赞扬科学进步。但在《亚马孙漂流记》中还是能找到这样一段缺乏乐观之情的人种志记录:"未来如同奖章,有正面也有反面。进步的实现必然伴随着对土著部族利益的侵害。"

加拉尔一家为了去海边卖木材,乘坐一艘帆木筏从伊基托斯沿河而下。这艘帆木筏是用一长串带树皮的原木做成的,像一座水上村庄,比奥雷利亚纳和阿基尔的要舒服得多。"它就像是伊基托斯庄园的一部分,离开河岸,沿着亚马孙河顺流而下。"他们在帆木筏上建了一些隔间,还建了一座教堂,里面有牧师和大钟。他们带了四十个印第安人和四十个黑人,还有仆人和牲畜。他们还把泥土带上了帆木筏,建了花园,种植水果和蔬菜。一个自给自足的流动岛屿,一个乌托邦,一个凡尔纳式的幻梦。

他对秘鲁北部地理情况的描述受时代的限制,并不那么确切,其中的专业性叙述甚至错误连篇:"伊基托斯村在亚马孙河的左岸,大约位于西经七十四度。亚马孙河的这一段径流名叫马拉尼翁河,其河床是秘鲁和厄瓜多尔共和国的边界,将两国分开。再往东五十五里就是巴西的边境。"小说的主要情节是破译一个秘密信息,弄清这个秘密就可以恢复父亲的荣誉。父亲曾被错误地指控为杀人犯。凡尔纳的小说常常如此,要靠文件来揭露事实,尽管当时在伊基托斯可查阅的资料不会有多少:"让我们去图书馆吧!找找能让我们了解那个神奇盆地的所有的书和地图。不能盲目旅行!我想看到和了解这条世界河流之王的一切。"

大漂流中的他们赞扬"这条无可匹敌的河流之美,它浇灌了世界上最美丽的地区,几乎永远保持在南纬若干度的地方"。他们看到了"优雅的淡水豚"从水中跳起。经过马纳奥城之后,向贝伦驶去的帆木筏抵达了我和皮埃尔几周前离开的圣塔伦:"这时,我们看到了塔帕若斯河与亚马孙河的交汇处。塔帕若斯河的河水是灰绿色的,从西南奔流而来。然后我们到了圣塔伦,这个富裕的小镇还不到五千人,大部分是印第安人。他们最早的屋子建在广阔的白色沙滩上。"

父与子（后来变成了父与女）

"是我父亲，"让回答说，"我是来委内瑞拉找我父亲的。"

——凡尔纳《壮丽的奥里诺科河》

《亚马孙漂流记》出版十七年后，凡尔纳推出了他的第二本也是最后一本关于亚马孙的小说。当时他已经七十岁了。他去世之前还出了许多书，后来他儿子米歇尔帮他修订了生前没有出版的著作。

他之所以写这个故事，是因为读了《环游世界》杂志上关于让·沙方容1884年和1887年两场远征的报道。而沙方容则声称自己是读了《奇异旅行》之后才当探险家的。凡尔纳还在书桌上翻阅了埃里塞·雷克吕斯的《新编地理大全》第十八卷。凡尔纳自己安居一方，却能促使别人产生外出旅行的欲望。雷克吕斯是个无政府主义者，反对军国主义，正是受他影响，凡尔纳才会在书中嘲笑委内瑞拉军队："这支常备军只有六千士兵，其参谋部里却有七千将军，还不包括其他高级军官。"

年轻的让开始寻找在这个地区失踪十四年的军官父亲。父亲忠实的侍从官马夏尔中士陪他一起寻找。两人跟随着沙方容的足迹。沙方容是个拥护共和政体的爱国者，1870年法国战败之后跟随朱塞佩·加里波第与普鲁士作战。他根据自己的喜好给这个地方最具特色的地点命名，赋予他们以法兰西伟人的名字，而非抢夺了阿尔萨斯和洛林的可恶的德国人的名字。这里叫费迪南·德·雷赛布①峰，那里叫夏尔-莫努瓦峰——夏尔-莫努瓦是巴黎地理协会主席。穿过一个村庄时，让和马夏尔发现，"它和八年前沙方容先生见过的一模一样"。探险家沙方容在村里遇到了马沙尔先生，他是马夏尔这个人物的原型。八年后，这个人成了小说中的人物，在书中和现实之间来回。

这是一部关于亚马孙的小说，却充满了老年凡尔纳的思乡怀旧之情。他在亚眠思念卢瓦尔河的河口，怀念童年时在位于尚特奈的父亲家中的情景。他后来把那座房子变成了小说主人公让童年时住的房子的原型。这样一来，就好像是凡尔纳本人在寻找自己失踪的父亲。"三个星期之前，他们离开了位于南特附近尚特奈的房

---

① 费迪南·德·雷赛布（Ferdinand de Lesseps，1805—1894），法国外交官、实业家，苏伊士运河工程的主持者，后又筹划开凿巴拿马运河，但因公司破产而未能完工。

子,然后在圣纳泽尔上了'佩雷雷'号,那是大西洋轮船公司的一艘驳船,开往安的列斯群岛。在那儿,另一艘船把他们送到拉瓜伊拉,它是离加拉加斯最近的港口。接着,他们又坐了几个小时的火车,才到达委内瑞拉的首都。"

路上,让和马夏尔(马夏尔自称是让的叔叔)遇到了两个探险家,一个是地理学家,另一个是植物学家。"那是两个法国人,两个布列塔尼人,两个南特人。"由于他们正位于瓜哈里波族印第安人的领地,此番相遇让他们感到了一种"同胞重逢的喜悦"。他们一同在大草原中溯奥里诺科河而上,但那位年至七旬、已接近生命终点的亚眠老人对布列塔尼的思念之情一定十分强烈。于是,他和年轻的让有了以下这段对话:

"两岸绵绵无尽的广阔平原让我想起了佩尔兰或潘伯夫那边的卢瓦尔河下游平原。"

"确实,我的侄儿,我甚至觉得会有圣纳泽尔的蒸汽机船出现在我眼前,那里的人把它称作'火轮船'……"

"如果火轮船到来,"那个年轻人回应道,"我们不坐,叔叔……我们任凭它经过……这样想的话,我父亲所在之处就应当是南特了,不是吗?"

"的确，我勇敢的上校就在那里，当我们找到他的时候，当他知道他在世界上并不是孤身一人时，那时啊……他会跟我们一起坐独木舟顺流而下……然后，我们一起乘坐'玻利瓦尔'号……再然后，他将和我们一道乘坐圣纳泽尔的轮船……这次……真的是回法国了！"

"但愿上帝开眼。"让喃喃道。

如果说马瑙斯与米尔顿·哈通形影不离，那么，我觉得，潘伯夫这个河港的名字则与童年的欢愉紧密相随。凡尔纳如果没忘记的话，在十一岁那年，为了去安的列斯群岛给表姐卡罗琳娜带回一串珊瑚项链，他曾离家出走，在南特上船当了见习水手。他父亲在潘伯夫的最后一站把他拦了下来，否则轮船就从圣纳泽尔出海，往大西洋去了。

这时，卡西基亚雷运河之谜又出现在这个故事中——"卡西基亚雷河值得某个探险家来此一游，尽管它在这个地方的宽度不超过四十米"。凡尔纳采纳了埃里塞·雷克吕斯的观点，把这条运河当作奥里诺科河的岔流，而非支流——后者是洪堡的观点。这条运河通过内格罗河与亚马孙河相连。乌斯塔罗斯认为，阿基尔的部队可能正是通过这条运河到达现在被称为委内瑞拉的这片地区的，这为它增添了巨大诱惑力，让它的谜变得更加复杂。由于流量和厄尔尼诺现象强度的变化，有些年，巴西某些河流的流向会发生翻转。我们不禁要问，阿基尔在经过卡西基亚雷运河时，是否有可能是顺流而下，而非溯流而上，因为在那个年代，此处的水流情况有可能是地势较高的亚马孙河注入奥里诺科河，而不是相反。但我们很难知道1561年的气象与雨量情况，对1800年的情况也不会了解得更多——那年，亚历山大·冯·洪堡来这里勘察地形与水系，绘制出了地图。

叔侄俩继续前行。"左边有一大片橡胶林，橡胶商从中赚取财富。"在一系列俗套的情节发展——欺诈、假身份、遇险、交火、陷阱、相爱之后，让亮明了真身，原来其真名是让娜，是个女孩，女扮男装，假扮成男孩的模样。情节很美好，符合皮埃尔-儒勒·黑泽尔的要求。但他已经死了。继承这家出版社的是他的儿子路易-儒勒。"阿普雷河上的客轮花了两天时间把这几名游客从凯卡拉送到了玻利瓦尔城，那里有铁路通往加拉加斯。十天后，他们已经在哈瓦那了，来到埃雷迪亚家族身边。二十五天后，他们到了欧洲，到了法国，到了布列塔尼，到了圣纳泽尔，到了南特。"

莫扎特与肖邦

要把凡尔纳这两部虚构作品中故事发生的地点联结起来，要等到阿兰·盖尔布朗完成考察，写出他的报告《奥里诺科——亚马孙，1948—1950》。他经由"亚马孙北部的低地"，然后沿着卡西基亚雷运河前行，最终完成了从波哥大前往贝伦的旅途，把两条河联结了起来。

这次的任务不像沙方容的远征那样仅限于地理调查，而是扩大到了人种调查。继凡尔纳之后，盖尔布朗仍把考察队所住村落的居民叫作瓜哈里波族印第安人。后来，他们被叫作雅诺马米人。考察队用独木舟运来了很重的箱子，里面装有全套摄影和录音设备，其中包括几台摄影机和一些大金属盒，盒里装着胶片。独木舟在急流中摇摇晃晃，穿过帕里马群山，越过两条河的分水线。终于，"得益于莫扎特，我们成功地为皮亚罗亚人的音乐刻录了唱片。感谢莫扎特，在整场远征中，他还会给我们提供很多别的帮助"。

在马基里塔雷印第安人那里获得了同样的成功。

这是比瓜哈里波人文明程度更高的邻居，有时会把瓜哈里波人抓来做奴隶。"1949年11月10日，在帕里马山脉的大门滕库亚瀑布前，莫扎特第二次战胜了警觉的印第安人。"他们让印第安人听这张唱片，那些印第安人听得目瞪口呆，这也证明了康德理论中的直觉概念：美不需要任何概念就可以让所有的人感到快乐。他们听的是《降E大调第二十六交响曲》。有个白人来得比考察队早，但由于没有莫扎特，他被印第安人砍成了肉酱。

四十年后重读《忧郁的热带》，我竟然在里面找到了肖邦，这让我大吃一惊。当列维-斯特劳斯和他的同行比尔·奎因一样，在印第安人当中感到无聊时，他自问道："从事这一职业的调查者备受折磨。难道真的要抛弃自己的生活环境，抛弃朋友、习惯，花巨资，费如此大的力气，损害自己的健康，只为了一个结果——请求十来个注定灭绝、正忙着捉虱子或睡觉，却又掌握着自己事业成败之关键的不幸者原谅自己的出现？"他没有录音带，在脑中回忆起肖邦的《练习曲，作品十之三》。

"我在想，从肖邦到德彪西的音乐发展路径，如果反之而行，进步也许会更大。我之所以喜欢德彪西的音乐，是因为它快乐。现在，我在肖邦的音乐中也找到了这种快乐，但它是暧昧的、朦胧的，隐晦得让我起初都没有察觉到。"

这番重读把我远远地带离森林，来到了夏蒙尼的山中木屋。那时，日内瓦的古斯塔夫·马勒①协会主席布鲁诺·梅热旺常和我见面。他提醒我，作曲家马勒诞生于1860年，将来有一天理应出现在我写的这些故事中。由于他的推荐，我十分专注地听了影响他人生的《第二交响曲》。我没能像他那么受感触，我更多是电影爱好者而不是音乐迷，所以我熟悉维斯康蒂导演的《魂断威尼斯》②中浴场大酒店交响乐团演奏的那个版本，那部电影中没有展现托马斯·曼原作中老古斯塔夫·冯·阿申巴赫对热带丛林的那种厌恶。

除了同样出现在盖尔布朗的文字间的音乐和无聊情绪——"必须对森林熟悉几个星期或几个月，我们才能像印第安人那样，一眼就发现森林中的动物"——我还在列维-斯特劳斯的这些文章中读到了肉体之爱、走烂了的脚、疲劳、伤口、感染。为了音乐学方面的进步，这些似乎都是要付出的代价，因为白人已经没有借口进行野蛮征服或殖民。于是，他们举起了人类学的旗帜。但他们首先想达到的目的也许只是耗尽自己的体力。他们迷失了。比尔·奎因迷失到癫狂的地步，彼得·弗莱明

---

① 古斯塔夫·马勒（Gustav Mahler, 1860—1911），奥地利作曲家、指挥家。
② 维斯康蒂的《魂断威尼斯》改编自托马斯·曼的小说《死于威尼斯》。

则通过饥饿来体验苦行,而他本来在伦敦就可以践行禁食。以上种种做法很可能会让伊帕弗感到好笑,这个印第安人更愿意到城里喝一小杯冰镇啤酒,舒舒服服地睡在床上,而不是躺在森林的吊床上。

父与子

有个人在身体方面毫无顾忌,那就是莫弗雷。小莫弗雷,即雷蒙·莫弗雷。他激情澎湃地写道:"既然我曾向你们发誓说我会回来,那么我就一定会回来。"结果并没有回来。

我之所以那么了解他,是因为其中又有一个父子故事。他和我父亲一样,在洛特的丛林中参加了抵抗组织。他们两人当时都不到二十岁,一个参加了解放卡奥尔的战斗,另一个参加了解放土伦的战役。胜利后,莫弗雷成了伞兵,他本来会死于中南半岛,但他离开了部队,去了里约,在法新社找了一个小差使。他联系了印第安人保护处,1946年成功地进入弗朗西斯科·梅里尔斯的团队,骑马去到阿拉瓜亚河畔,到沙万特印第安人当中寻求和解。从马托格罗索州回来后,他写了一些文章,在法国举办讲座,自称是探险家,但此时他还算不上是真正的探险家,他得再次出发。

1950年1月在卡宴下船时,二十三岁的雷蒙·莫弗雷头脑发热，渴望战绩。当时，阿兰·盖尔布朗已经在西边，在奥里诺科河流域的丛林里待了几个月。莫弗雷更加现代，他不找任何借口，既不说是来绘制地图的，也不说自己是人种学家。他完全是为了挑战自我，毫无实用目的，但这种考验耐力的长途旅行后来被广告商和电视频道看中——"独自一人，毫无援助"。他想成为从圭亚那穿越亚马孙地区到达巴西的第一人，经由图穆库马克山脉把直线距离近两千公里的卡宴和贝伦连接起来。这一山脉是两个盆地之间的分水岭。

人们试图打消他的这个念头。

可他还是出发了，带着自己名叫鲍比的狗，先是坐独木舟，后来独自步行，没有带任何口粮。他也许被那个喜欢捉弄人的儒勒·凡尔纳欺骗了。凡尔纳从未离开亚眠，他在《壮丽的奥里诺科河》里这样写道："大家都知道，穿越猎物那么多的地方，食物从来不会成为让人担心的问题。甚至刚进森林，就能看见野鸭、凤冠雉和火鸡在飞，猴子在树上跳来跳去，水豚和美洲野猪在密密的荆棘后面跑，托里达河里面的鱼儿数不胜数。"雷蒙·莫弗雷本以为孤独是他将要面对的主要困难，然而，实际情况是，饥饿比孤独更让他难以忍受。森林中没有猎物，或者是他不会打猎。我们在他的日记中可以读到，他正缓慢地走向死亡。背包对他而言已过于沉重，这使他不得不逐渐减轻其重量。在后面我们还将读到："我杀了鲍比。我还有力气把它切成碎块，生了火。我吃了它，后来就病了。"

他独自坐在克洛德码头的浮桥上，没有一个人来。他快要饿死了，嚼着岸边的草和他能抓到的小虫子，继续写日记："再见了，亲爱的父母！我信任你们，我把这个本子留在这里作为见证。"他写了最后一个句子："既然我曾向你们发誓说我会回来，那么我就一定会回来。"他把自己的背包显眼地挂在一根树枝上，打算继续游泳。他知道，在森林里，如果离开河流就无法活命。他消失了，淹死了或者受伤感染了，饿死了或被野兽咬死了。他的背包后来被蒙佩拉印第安人的首领找到了，交给了警察局。几个星期后，《瓦尔共和国报》发表了一篇文章，题为《雷蒙·莫弗雷的行李在森林中被找到》。至此，这还仅仅是一则社会新闻。必须再死上几个鲁莽者，人们才会害怕。

真正的冒险从父亲离家寻找儿子开始。埃德加·莫弗雷是土伦军港的一个小会计，五十来岁，肺不好，是个老烟枪。龙生龙，凤生凤：他也是个抵抗运动战士，曾被关押在德国。儿子失踪了，音讯全无，或许被某个好斗的部落囚禁了，或许受了伤，在某个爱好和平的部落里失去了记忆。当爹的跟军港商量,卖掉了所拥有的一切,扔下当妈的一个人孤零零地住在一个小套间里。儿子的房间还留着,等待着他回来。

两年后,他到了里约,计划沿着同一条路线的反向而行,想在半路拦截儿子。他在路上遇到了弗朗西斯科·梅里尔斯,甚至受到了年迈的龙敦元帅的接待。法国社团组织通过募捐把他装备了起来,巴西空军把他送到了贝伦。他逆亚马孙河一直来到与雅里河的交汇处,换乘独木舟,然后徒步穿过图穆库马克山脉,沿伊塔尼河和马罗韦讷河,顺流而下,前往马里帕苏拉。每到一个村庄,他就拿出雷蒙的照片。五个月后,他到了克洛德码头,向蒙佩拉人的首领打听消息。父亲实现了儿子的计划。他才是探险家。这是一个壮举,但他累坏了,很快就回去了。

后来,又有一则消息传开了:有个神秘的白人出现在圣塔伦附近阿伦克尔市的一个村庄里。父亲于是在贝伦上了驶往马瑙斯方向的蒸汽机船。他身体上受到了磨炼,但人还是很天真。在圣塔伦,他由于窝藏罪被关了几天监狱,因为他在酒店房间里留宿了一个夸夸其谈但说谎成癖的同胞,那是一个偷窃珠宝的诈骗犯。在曾经住过一个波兰人的博姆富图罗村,他又遭受了新的失败。徒劳地寻找了三年之后,他回到了土伦。妻子在雷蒙的房间里等他。他出版了《寻找我的儿子》。之后，他又出发了。

从1952年到1964年，他念念不忘此事，到了疯狂的地步，他的顽固让周围的人对他越来越不理解。他去咨询占卜者和自称具有放射感应能力的人，他们又让他遭到了一次次失败。他越来越频繁地远征，十二年中去了二十二趟。在印第安的某些部落，从南边的马托格罗索州直到北边的圭亚那地区，老埃德加成了大家的一个熟人。这老头消瘦干瘪，执拗得让人害怕，一有线索就跳起来，再次投入危险而徒劳的新历险，这已经成了这位老会计的日常生活。光是圣塔伦-伊塔图巴-马瑙斯这个三角地区，他就去了八次；之后，他回到了法国，接着又出发了；这次，他带着一个和他儿子年龄相仿的小伙子。

这个小伙子叫达尼埃尔·图韦诺，他把第十二和第十三次远征的详情都记录了下来。和雷蒙一样，他也梦想成为一个探险家。他喜欢武器、打猎、搬运东西，喜欢把自己弄得精疲力竭。他在1956年9月20日的日记中这样写道："严重的疟疾把埃德加·莫弗雷困在了吊床上。他烧得瑟瑟发抖，觉得自己完全站不起来了。谵妄中，他不停地叫着儿子的名字。"

图韦诺不得不离开巴西去服役。后来，阿尔及利亚战争爆发，埃德加·莫弗雷又失去了义子。在他的二十二次远征中，有三次是从亚马孙河到圭亚那，他儿子就死在这段路上，但他一直不相信。他把一个水壶钉在克洛德码头的一棵树上，给儿子留下了最后的信息，然后回到土伦去寿终正寝。十四年前，印第安人的首领正是在那棵树上发现他儿子的日记的。

我还是想离开美洲去别的地方看看的，越往西越好，而不要十二年都待在这片丛林里，所以我劝皮埃尔不要独自过于深入亚马孙森林，甚至连他的游泳技术都让我担心——虽然我们俩已在巴西的塔帕若斯河里游过泳，但皮埃尔还想一个人在秘鲁的乌卡亚利河里再游一次，无惧可怕的牙签鱼。晚上，船抛锚，我们坐在甲板上，闻到了植物腐烂的味道：树叶、青苔、蕨草、泥炭藓、污泥。薄雾像有灵性一般在水面弥散。我们的思绪也被雾气侵袭，湿漉漉的。我们默默地抽烟，或低声聊天，呷着皮斯科。

在船上

几个星期来,在船舱和酒店客房拥挤混杂的环境中,我们相互之间既不能装蒜也不能说谎,最后只能以本来的面目示人,但显得不太像父亲和儿子。父子之间的友谊是被禁止的,对人类学家来说这是禁忌。这种友谊会要求平等,而这是不可能的。友情,正如这个名词所表明的那样,将动摇辈分。父亲不管怎么做都会处于弱势地位,因为他老是回忆起自己曾是儿子的时候。

尽管做出种种努力,我们还是带着隔代遗传下来的残余品性,此种存古之风深深地印刻在我们身上。爱得太深的父亲面对窥视着他的儿子总会去掩饰这种短处。但几百年来的人道主义缓和了我们的关系,让我们变得温柔,最终慢慢地将心中的冰山之角削平。这也许得益于我们时常关注我们的美梦与噩梦,时而互相讲述各自的梦境,然后爆发出爽朗的笑声。我们都对那种被叫作"aï"的林栖哺乳动物抱有好感。在法语中,我们往往称它为"树懒",而不是"树乖"或"树静"。它每星期一次,慢慢地从树上爬下来,到地上排便,然后用长长的利爪抓着树干,爬回树上,脑袋朝下,悬着身体,继续做梦,或嚼嚼树叶,不打搅任何人。这种动物两三年交配一次,公的母的都不管自己的子女。

可人是一种有家族谱系的动物。

无聊的氛围终于笼罩了我们。在此氛围下,我们有时收获颇丰,大多数时候却是虚掷光阴。可我们依然克制不住地需要孤独。我们因孤独而痛苦,却仍在寻找孤独。我们更喜欢静修式的生活而不是活动式的生活。我们拒绝娱乐。皮埃尔只会和我分享一些他的画作,以及一些非虚构短文——蓬热①式的散文诗,以赞美麝雉那样的鸟儿或是蚰蜒那样低级而神秘的虫子为主题。

在亚马孙森林的某个地方,坐在这艘船的甲板上,我仿佛看到十六年前,在西班牙坎塔布里亚省的科米利亚斯或是在加利西亚自治区的比韦罗,当时我们俩开着那辆白色的旧奔驰车旅行。晚上,我给他念《希腊罗马名人传》中的片段。其余时间,他独自在本子上写字或者画画。十六年以后,我们都变了样。不过,关于以往

---

① 弗朗西斯·蓬热(Francis Ponge, 1899—1988),法国超现实主义诗人,开创了一种以日常客观事物为题材的散文诗体。

的种种，我们还保留着一些印象，但对彼此来说也许并不一样。

我们关于近来发生之事的回忆也是如此，各不相同。比如关于番石榴的那个插曲。那是在巴西，一对母子送给我们一篮番石榴。皮埃尔更常提起的是那天傍晚，也就是那对母子送我们番石榴之后的那几个小时发生的事。由于无法想象晚上只吃一些番石榴，我们划着小船去到了浮桥尽头的一间吊脚楼杂货店里。那是漆黑的天地间唯一有光亮的地方。柜台四周站着几个男人，一声不吭，几个妇女和孩子也打算待在他们当中。我们打听到，有个孩子早上被一条蛇透过橡胶靴子咬了。人们已经用独木舟把他送到卢拉执政时期开设的一家诊所里。第二天，他们在等待消息。

一个发电机组在给几盏挂着的灯和一台大屏幕电视机供电。电视机的声音断断续续，调在一个血腥的社会新闻频道上，下方打着字幕。一些图像在滚动播出：持械抢劫、枪械、摩托、红灯。那群人也许在想，与蛇共处是否比与城市犯罪共处更好。"城市性"这个词的含义发生了颠倒：它以前指的是城市的文雅，与乡村的粗鲁相对。或者，那群人什么都没想，他们根本就没有看电视屏幕，那个家中怪物也许整天都开着，播放着同样的暴力场面。我们大家手里都拿着一小瓶啤酒。

其中一个男人掀开一块篷布，只见水面的柳条板上放着一张台球桌。皮埃尔加入了打台球的行列，黏在那里不走的孩子们盯着打台球的人。大家都穿着短袖运动衫，皮埃尔却穿着长袖白衬衣——为了防蚊，扣子扣到手腕处。他的着装也许会让他们感到惊讶。在如手足般友好的热情氛围中，大家都笑了，嘴里叼着香烟，皮埃尔也同样，不过他正在输球。驾小船的那位"帆木筏"水手在柜台前抽着烟，显得有点担心，因为我们来的时候没有带照明灯。我远远地坐在栏杆边上的一张小凳子上，面对着一个塑料桶，里面有条又黑又亮的鱼在闹腾。这个塑料桶像是古代的皮桶。

皮埃尔在笔记本中记录的也许就是打台球这一情景，以及我们到过的具体地点。而我则在记录细节，想写一个故事，像西班牙的那些编年史作者一样，用 *El verdadero relato...*[①]的形式起一个夸张的标题：《关于父子亚马孙之旅的毫无虚构的真实记述》。只需让时间流逝，虚构的成分自然就会显露。加斯帕·德·卡瓦哈尔没有撒谎，他想成为一个毫厘不差的历史见证者。他见过亚马孙人。可不久以后，他便沦为令人轻蔑的笑柄。

---

① 西班牙语，意为"《……的真实记述》"。

而几百年之后的我们究竟看到了什么？首先也许是这些亲子故事——父子和母女之间的故事。随着绝对现代的新生活方式的出现，这些词可能会消失。例如生物学上的父子。河上的亚马孙人不也如此？

菲茨卡拉尔德与巴卡·迭斯

我躺在船舱里，重新拿起我所收集的关于伊基托斯的故事。伊基托斯是于1860年由几百个远离世界的印第安人在一座木质教堂里建立的。那一年，人类的声音第一次被录了下来，我们至今还能听到。人类第一次被录下的声音不是布道声，而是斯科特·德·马丁维尔唱《月光下》的歌声。那一年，穆奥成了发现吴哥窟的第一人，伯恩斯成了发现马丘比丘的第一人，沃克在洪都拉斯的一个海滩被枪决，内战席卷美国，戈登和加尼耶参与了对北京圆明园的洗劫，勒努瓦申请了往复式发动机专利，朱塞佩·加里波第占领了那不勒斯和西西里岛。路易·巴斯德带着曲颈瓶攀上了冰河冰川，儒勒·凡尔纳写了那本带有悲观主义色彩的幻想小说，古斯塔夫·埃菲尔设计并组织建造了一座铁屋。

在之后的几年，三位巨头攀上了世界荣誉的高峰：巴斯德开创了微生物生理学，发明了狂犬病疫苗；凡尔纳的小说变得乐观了；至于埃菲尔，他用螺栓加金属式的建筑让我们得以在全世界的河流上架桥，但他的铁屋计划泡汤了。直到埃菲尔替那届为纪念法国大革命一百周年而举办的世界博览会建造了那座横梁式结构的巨塔（使用的都是产自阿尔及利亚的铁，布特弗利卡政府将来有一天也许会要求法国归还）时，他才重新展出了他的铁屋。橡胶大亨安东尼奥·巴卡·迭斯买下了铁屋，把它拆卸掉，装船横渡大西洋，先是运到了贝伦，然后又运到亚马孙河上，经圣塔伦和马瑙斯，一直运到伊基托斯，重新拼装，安置于武器广场，当时那里还没有希尔顿酒店。铁屋共两层，屋梁和矩形板材被漆成灰色，以尽量防锈和防赤道地区的雨水。但之后张贴在这座铁屋正面的那块牌子上的文字却没有提及它跟巴黎或埃菲尔有任何联系，跟安东尼奥·巴卡·迭斯和卡洛斯·菲茨卡拉尔德一道惨死也毫不相干："Simbolo de la epoca del caucho (1880–1914). Traida por el cauchero Vaca Diez en 1889, para instalarla en el Río Madre de Dios, pero lo dificil de su traslado, obligo armarla en este lugar." [1]

我们跟随着阿基尔的足迹，沿马拉尼翁河顺流而下

---

[1] 西班牙语，意为："橡胶时代的象征（1880—1914）。1889年，橡胶大亨巴卡·迭斯意图将其安置于马德雷德蒂奥斯河上，但由于运输困难，它不得不在此处组装并安家。"

了一段路程，专门奔着那两个人而去。我们在乌卡亚利河上往地图上一直标作"卡拉尔德之拱"或"卡拉尔德地峡"的那个地方前进。

菲茨卡拉尔德生于1862年，父亲是一名美国水手，母亲是秘鲁人，他放弃了自己原先很难发音的名字，改叫"卡洛斯·菲茨卡拉尔德"。他在秘鲁和智利之间发生战争时打过仗。我们不知道他是叛徒还是英雄，反正他逃跑了，藏在印第安人当中，成了冒险家，生活在部落当中，招收一些割橡胶树的人，开垦橡胶园。1888年，二十六岁的他成了乌卡亚利河和乌鲁班巴河流域的橡胶大亨。

就在1888年，也就是巴拿马运河工程启动七年之后，巴拿马运河公司丑闻爆发。费迪南·德·雷赛布的公司破产，运河工程中止。这场危机对橡胶开发并没有什么影响，因为橡胶都是向东出口，主要出口地为欧洲。从伊基托斯到贝伦，差不多有四千公里的弯弯曲曲的水路。菲茨卡拉尔德的橡胶没有下游竞争对手的橡胶那么赚钱，于是他意图寻找一条捷径，想通过玛代拉河，把产品直接运到马瑙斯附近的亚马孙河段。这条航线需要穿越河流的分水线。在几个月当中，几年当中，他带领印第安人进行勘察，寻找乌卡亚利-乌鲁班巴盆地和马德雷德蒂奥斯-玛代拉盆地交接处最狭窄的区域。

他在伊基托斯的时候过着奢侈的生活，让人盖了一座富丽堂皇的私人官邸。他也许富得可以盖一座歌剧院。人们把他描述成一个彬彬有礼、风流倜傥的人，穿着英式服装，戴着巴拿马帽，一个财运当头的商人，一个年轻的父亲。他本可以一直待在那儿，但他有个挥之不去的顽念，一个梦想——想征服那个地方，哪怕是一场徒劳。1893年，他定制的"孔塔马纳"号蒸汽机船交付使用。次年7月，他乘坐该船逆乌卡亚利河和卡米塞阿河而上。在他的命令下，一千印第安人开垦荒地，自锚地开辟一条垂直的道路，直通一座山丘。那山丘的顶峰高于两河四百米。他们对砍下来的树干进行加工，做成巨大的台阶。蒸汽机船被拆卸，锅炉被拆下，船身用滑轮与绞盘拉上山坡。

此番壮举不禁让人想起那些拆卸后再重新组装的轮船：的的喀喀湖上的"雅瓦里"号；斯坦利的"爱丽丝女士"号被抬到岸上，以便越过刚果的险滩；马尔尚上尉的"费代尔布"号从大西洋运到东非法绍达的过程中多次拆卸然后重新组装；"佛罗里达"号也被装过箱，后来在罗杰·凯斯门特的监督下转运到斯坦利湖①；被德国人运到坦噶尼喀湖的"戈岑伯爵"号也经历了类似的

---

① 斯坦利湖（Stanley-Pool），位于刚果河下游、刚果民主共和国与刚果共和国之间的湖泊，现名马莱博湖（Pool Malebo）。

波折；"拉格兰迪埃"号被法国人以同样的方法从湄公河运到老挝北部，以赶走英国人，为法绍达事件①雪耻。在菲茨卡拉尔德的指挥下，一千名印第安人花了两个月时间把"孔塔马纳"号的船身抬到了圆木阶梯上。金属的船头昂起在比亚马孙丛林高四百米的空中，摇摇晃晃地滑动着。零件和机器则需肩扛绳拉。换了河床的船只被重新装配起来，然后越过巴西边界，来到马瑙斯。菲茨卡拉尔德已经让太太奥罗拉和孩子们在那里等他。他上了报纸的头版，但荣耀为时不长。

这也是一个关于友谊的故事。秘鲁的橡胶大亨卡洛斯·菲茨卡拉尔德继续生活在伊基托斯。他在那里接待玻利维亚的橡胶大亨安东尼奥·巴卡·迭斯。安东尼奥把他临时居住的铁屋放在武器广场。他比卡洛斯大十岁，1852年出生于苏克尔，经历了亲法暴君马里亚诺·梅尔加雷霍荒唐的统治时期。玻利维亚在与智利的战争中丢掉了入海口。当时，安东尼奥三十岁。他从用来提取奎宁的金鸡纳树的树皮中挖到了第一桶金。他把树皮通过贝尼河运到安第斯山脉中的高原和的的喀喀湖，然后从普诺通过秘鲁的铁路把它们一直运到太平洋

---

① 法绍达事件（Crise de Fachoda），英、法两国争夺非洲殖民地的武装对峙事件，因1898年9—11月英、法两军在苏丹东部法绍达形成武装对峙，故名。

边。他将给人留下这样的印象:一个善良活跃的文人,胖乎乎的,喜欢说大话。他在马德雷德蒂奥斯河的一个河湾拥有一栋高大的林中住宅,四周有商店、仓库、车间,还有一家医院和一所学校。他引进一家印刷厂,创建了玻利维亚的第一份周报《北方报》。他的两个儿子则寄宿在巴黎。

现在,既然他们的货物走的是相同的路线,两个男人决定合伙做生意。他们想在功劳之丘上建一条齿轨铁路。安东尼奥去了巴黎,向保尔·德科维尔铸造厂定制了铁轨和一个小火车头。这家铸造厂也给拉丁美洲的各国代工它们所热爱的骑马雕像,还造过中美洲人打败威廉·沃克的大纪念碑,现在还矗立在哥斯达黎加首都圣何塞的一家公园里。

1897年7月9日,两个合伙人登上了他们的新船"阿道菲托"号,从乌卡亚利河溯流而上。底舱里躺着铁轨,客舱里住着铁路工地的工人和工头。但是船遇到了旋风,撞向岩石,沉没了。后来有人说,他们在行船中犯了一个错误;也有人说,这是上帝对他们的惩罚,因为这两个野心勃勃之人有违天意,想改造地理环境。后来,人们找到了两具紧抱在一起的尸体。溺毙者菲茨卡拉尔德,秘鲁人,三十五岁;溺毙者巴卡·迭斯,玻利维亚人,四十五岁。这场河难发生于马瑙斯的亚马孙大剧院开业六个月以后。

在《陆上行舟》中，沃纳·赫尔佐格受菲茨卡拉尔德生平事迹的启发，设想这位橡胶大亨想在伊基托斯也开一家歌剧院。在整部影片中，蒸汽机船的甲板上，一台带喇叭的留声机一直在河面上放着卡鲁索的歌曲和威尔第的音乐。这是一个虚构的故事，但年代并没有错误：纳尔逊·固特异1851年就发明了硬质橡胶，第一张用该种材料制作的唱片1895年才刻制出来，而卡洛斯·菲茨卡拉尔德两年后才死。但我们永远无法知道他是否酷爱音乐。

与赫尔佐格在一起

> 我喝了很多马萨托①,一直喝到我觉得它好喝了为止。
>
> ——赫尔佐格《征服无用》

拍完那部电影二十四年之后,他重新拿起当年的日记,完善它,并决定公之于众。维罗妮克几年前送给了我一本,作为对顽强精神的赞扬。那是一本生存手册,适合在过于困苦的逆境逼你放下武器时翻开。我随身带着,想在实地重读。我和皮埃尔轮流翻看。那时,我们回到了伊基托斯,回到了纳奈河的堤岸,旁边有一艘秘鲁军队的黑色金属壳炮艇,另一边则是SIMAI——伊基托斯海军工业处的造船厂。

美景市场就在河边。我们跟着日记的作者沿着货摊往前走,有些切成小块的凯门鳄放在木炭上烤:"在市场上,我吃了一只烤猴子,它很像是一个赤裸的孩

---

① 马萨托(masato),秘鲁一种用木薯酿造的酒,酿造前需将木薯放入人的口中,嚼碎后再吐出。

子。"几只秃鹫在码头旁边等着残余的食物。我们过河前往轮船码头,它通过楼梯与汽车站相连。伊基托斯南边几公里的地方,伊塔亚河边,偏僻的贝勒恩街区,许多水上房屋坐落在沼泽上。那是一些破木屋,屋顶盖着瓦楞铁皮,屋与屋之间有跳板连接。我们可以通过电影蒙太奇的神奇形式想象克劳斯·金斯基和克劳迪娅·卡汀娜从这里下船,走在贝勒恩湿滑的浮码头上,保持平衡,在跳板上前行——剪切到下一个画面——登上马瑙斯歌剧院的台阶。拍摄那年,巴西还在军政府的独裁统治下,亚马孙大剧院被涂抹成军营的蓝色。

日记和电影一样,以1979年6月16日弗朗西斯·福特·科波拉[①]位于旧金山的家为起点。那时,科波拉根据康拉德的小说改编的《现代启示录》刚刚在戛纳获得金棕榈奖。《阿基尔》上映七年后,赫尔佐格向他介绍了自己以亚马孙为题材的第二部电影的拍摄计划:坐船登山,河水泛滥,歌剧院之梦,迷雾。这是两位迷恋水上迷雾的电影导演。那部关于越南的《现代启示录》中最美的镜头就是抵达布满浓雾的湄公河边的法国种植园那一幕。《陆上行舟》比《阿基尔》更加雄心勃勃,它

---

① 弗朗西斯·福特·科波拉(Francis Ford Coppola, 1939—),美国电影导演,主要作品有《教父》《现代启示录》等。

只拍了五个星期,摄制组人员也减少了,他们直接用肩扛摄影机。赫尔佐格既不要摄影棚,也不用人工造景,他打算直接在故事发生地拍摄几个月,不断地讲述卡洛斯·菲茨卡拉尔德的壮举。他直接在亚马孙地区乌云密布的天空下拍摄,结果后来还死了人。

很久以后,重读这些日记的时候,他给它取名为《征服无用》。他觉得自己还没有从电影中走出来。这是一项不可思议、灾祸不断的事业,频频遭遇失败,但他以顽强的毅力克服了拍摄过程中的困难,并无畏地攀越一座座山峰。这些故事,他永远难以忘记。他选择贾森·罗巴兹和克劳迪娅·卡汀娜为男女主演,这两位演员都参演过《西部往事》。回到秘鲁之后,他联系了印第安部落,招聘群众演员,和国家及地方当局商谈,购买并装备了两艘同样的轮船,跟橡胶大亨的船一样,安放在贝勒恩的一座吊脚楼里,还有一台短波收发报机和一辆摩托车,他可以骑着摩托车经由长长的拉米雷斯·乌尔塔多路前往武器广场。

他从这个总部通过无线电与许多营地联系,常乘船或小型飞机去那些地方,招聘水手、樵夫、挖土工人和护士。从1979年7月起,他去了北方,在那里写他的日记:"一个士兵的尸体被圣地亚哥河的急流冲到这里,仰面浮着,浑身肿胀……秘鲁部队驻扎在圣地亚哥河前沿哨所的一名上尉疯了。他向厄瓜多尔宣战,率领二十四名士兵,擅自发起了进攻。他在河的上游成功地深入敌方领土三十公里。重新找到他似乎要花费九牛二虎之力。"(圣地亚哥河是马拉尼翁河的支流之一,发源于厄瓜多尔的高山)

这名上尉像是康拉德笔下的库尔兹,迷失在"黑暗之心"中,想于1860年和1941年的冲突之后再次在两国之间发起没完没了的战争。秘鲁曾于1860年入侵厄瓜多尔。1941年,德国进攻苏联,很快,日本又进攻美国,秘鲁趁世界发生混乱,曾再度侵入这个邻国。1979年7月,当赫尔佐格写下那几个句子的时候,桑解阵发动革命,在马那瓜夺取了政权,德黑兰则建立了伊斯兰共和国。身处亚马孙地区的人们却离这一切十分遥远。"伊基托斯这座城市尽管到处都是路网,却对紧紧围绕它的海洋般的丛林毫不在意。"

我们一起读的这本日记,与我们一起经历的事件相比,内容更加丰富。它带给我们俩的感受肯定不同,因为里面提到的那些日子都早于皮埃尔的出生,我每次阅读的时候,都会回忆自己是怎么度过那些日子的。比如说1980年7月14日:"我写了几封信,其中包括写给我年幼的儿子的一封长信。我写信的时候,心里几乎确定,这些信件中没有一封能被送达目的地。"赫尔佐格当时使用的通信手段跟帕维和龙敦时代的差不多,那是一个还没有移动电话与互联网的世界:"打电话到欧洲几乎是不可能的事,我最近试了试,想接通电话,但花了四十八小时都不成功。"这跟当时我在波斯湾遇到的情况一样,我对着一台圆形拨号盘电话机坐了好几个小时,但那台沉重的电话机一点声音都没有。赫尔佐格还写道:"今天上午,我们的电传打字机也见鬼了。"现在的人可能都已经不知道什么是电传打字机了,要加个脚注才能让他们读懂。

1980年12月15日,赫尔佐格去纽约签米克·贾格尔[①]的合同,经过约翰·列侬一周前被枪杀的那栋大楼旁边。我记得我是在马斯卡特市场的一家音乐磁带商店里得知这个消息的。赫尔佐格则参加了那里的集会:"巨大而真实的慌乱笼罩在人们心头,给我留下了深刻的印象,尽管与那位歌手有关的种种蠢事为游行蒙上了一层阴影:爱抽大麻、海报上的印度灵修大师、对和平虚幻的追求。怎样的和平?哪里的和平?一个穿着早已过时的嬉皮士服装的年轻女性手里举着这样的标语牌:他所说的一切,就是'给和平一个机会'。"

---

① 米克·贾格尔(Mick Jagger, 1943—),英国摇滚歌手,滚石乐队创始成员之一,1969年开始担任乐队主唱。

贾格尔扮演威尔伯，《陆上行舟》中的配角。他跟杰瑞·霍尔①一起来到伊基托斯。赫尔佐格跟《时尚》杂志签了合同，为杂志在丛林里拍杰瑞·霍尔的照片。他给剧组当了几天司机，然后大家一起去河上拍摄。"拍摄过程中，米克的肩膀被一只猴子咬了，他笑得那么大声，大家都以为是一头驴在叫。每次休息，他都幽默地给我点评英国方言及其自中世纪晚期以来的变化，讲得我非常开心。"贾格尔虽说为人热情，却和明星不对付。主角贾森·罗巴兹越来越任性，要求享用进口牛排和矿泉水，最后摔门而去，回美国了。

计划中断，已经拍的镜头都没用了。赫尔佐格执着得要命，竟然想自己扮演菲茨卡拉尔多这个角色，但最后决定联系金斯基。在等待签合同的时候，贾格尔必须回乐队参加巡回演出，赫尔佐格不愿意换掉他，便修改了剧本，删掉了他所扮演的角色。赫尔佐格知道等待自己的将是什么。七年前拍摄《阿基尔》时的电影报道告诉大家，金斯基用砍刀砍过他。两个男人互相威胁要致对方于死地。赫尔佐格是跳台滑雪的老手，他闭上眼睛，体验失重感，想象自己在冰雪中双臂垂直贴着身体，远离丛林，恢复了冷静。

---

① 杰瑞·霍尔（Jerry Hall, 1956— ），美国模特、演员，米克·贾格尔的前妻。

1981年5月10日的次日，雅可布，印度本地治里市人，大使馆的看门人，脸带微笑，张开着双臂欢迎我。他相信左派总统当选——这是他告诉我的——将改变法国人的生活，让我们步步高升，登上最高的位置。赫尔佐格那天在普卡尔帕，他对法国的政治不感兴趣。晚上，他与船长和首席摄影师托马斯·莫奇在一起，在场的还有一个比利时骗子，那是驻伊基托斯的旧领事，参与卡特尔们的毒品贸易。"总之，马塞尔挪用了几百万，所以辗转溜到了普卡尔帕。"

这也是赫尔佐格所寻找的东西：绿色生活、亟待拥抱的粗糙生活，野性、暴力、疲惫，就像以前的探险家和征服者那样。他是二十世纪下半叶的欧洲人，面对的却是古老的生活。一条独木舟开始摇晃，一个跑龙套的印第安人消失了，"根据古人的建议，要为溺死者的遗孀指定一个新丈夫。贞洁的原始森林不允许有寡妇。婚礼在阿沙宁卡人的营地办公室里举行。我们的收音机劈啪作响，嘎吱尖叫。新娘才十五岁左右，好像眼前这一切跟她丝毫没有关系似的"。

他命令必须严格实行大男子主义：营地旁边捉住了一只不知名的大昆虫，"塞贡多悄悄地告诉我，他被咬伤了，而且是个致命伤。据他所说，在橡胶业的黄金时期，这种事比现在多得多。要避免一死，唯一的办法就是使劲跟一个妇女交配。一百年前就是这样做的，当时森林里有很多男工人，而女性却很少。大家有这样一种默契：丈夫同意出借自己的妻子。所以，大部分被咬的人都活了下来"。

晚上，男人们喝着马萨托。那是用木薯根加唾沫发酵而成的一种酒。喝得醉醺醺的，然后去寻求两性之间的原始关系："醉醺醺的男人像是在世界末日，粗鲁地到处找女人过夜。出于同样粗暴的原则，蚊子也不管谁醉谁没醉，谁死谁没死。"

美人鱼与亚马孙人

> 当你爱了,就该离开了
> 微笑的时候别眼泪涟涟
> 别埋首在双乳之间
> 深呼吸,迈步,开路,远走
>
> ——桑德拉尔《路边的叶子》

当他们要拍摄急流的镜头时,长长的铁船偏离了航线,碰到了岩石,撞碎在悬崖下。撞击之下,船上的一切都倾倒了。克劳斯·金斯基惊慌失措,正在给他拍摄的托马斯·莫奇被压在了摄影机下。护士给他缝了受伤的手,但上岸才能动手术。摄制组的医生没有麻醉药了,大家都围着这个大喊大叫的伤者。"我最后灵机一动,让人叫来卡门,那是我们在森林看守和水手的帮助下找到的仅有的两个妓女之一。她让我走开,把莫奇的脑袋埋在她的双乳之间,并低声地安慰他。她超越了自己的身份地位,成了一个内在的怜子圣母。莫奇很快就安静下来。在进行手术的两个小时里,她在他耳边低语道:'托马斯,我的宝贝',一遍又一遍……"

在加斯帕·德·卡瓦哈尔神甫的笔下,亚马孙人有两个乳房,就像卡门一样。这与古代神话中的描述不一样。后者传说她们会切除乳房,以便更好地拉弓射箭。而他则失去了一只眼睛。也许探险队在大漂流时遇到了塔普亚印第安人的某些部落,其中的女战士战斗时冲在男人前面。那个多明我会神甫是船上最有文化的,这条河的名字就是他起的。将陌生的未知之物纳入自身的信仰体系,可以让大家都感到舒心。至于哥伦布所记载的那三条美人鱼,世界各大洋的许多海员都曾经遇到过。那很可能就是海牛。哺乳期的母海牛乳腺非常肥大,很容易引起焦虑和失望之中的男人们的想象。

在我所查阅的这些记述中,很少有女性出现,奥雷利亚纳的前桅横帆双桅船上一个女人都没有。人们在其他地方遇到的女人也往往是受害者:乌苏亚的情妇、阿基尔的女儿、雷蒙·莫弗雷的母亲(待在儿子的房间里,而儿子永远都回不来了)。唯一的女英雄是玛丽亚·博尼塔,女神枪手。也许还有胡安娜·桑切斯,她对马里亚诺·梅尔加雷霍实施了报复。夏洛蒂·阿尔特曼也可以算一个,她为了爱情而服毒身亡。其他女性往往沦为性奴和生殖工具,她们的乳房既是自豪的标志,也是灾难的象征。

谈到乳房,有一个有趣的悖论。尽管现在已经到了二十一世纪,达尔文的理论也诞生了那么多年,在高度进化的人类中,以下思想却越来越有市场:认为人属于动物范畴,用"非人动物"的概念代替笛卡儿"动物是机器"的观点,要求把自己划归为哺乳动物。在高度进化的人类中,乳房成了一个只具有美学和色情层面意义的器官,因内衣或隆胸术而升华。我们也许想尽快掌握一种新的方式,能凸显人类的特质,否定我们身上的动物性,把性与生殖永远区分开来,结束关于母性本能和父性本能的传说。

道德习俗遭到破坏的时候(在法国是指"五月风暴"以后),女性就裸着乳房去沙滩了。小时候的我看到乳房在解剖学上的特点,备受震撼。那时的我从来没有见过乳房,甚至是乳房的照片、电影里的影像。我在出生时是被医生用产钳拉出来的。出生后——根据当时的医学术语——我"拒绝乳房",必须用奶瓶来给我喂奶。皮埃尔也没有采用古老的哺乳方式。弗洛朗丝有一个被药剂师称为吸乳器的东西,让他得以喝到乳汁。

1968年3月22日,楠泰尔大学的学生发起集会抗议运动,随后成为"五月风暴"的导火索。2018年3月22日,

"三·二二"运动五十周年之际,我母亲不得不摘除了她的一个乳房。她也许没有在意这个日期。我曾拒绝她的乳房,而我那已经去世差不多二十年的父亲,在订婚之后的漫长岁月里,一定对它朝思暮想。我问自己,我和皮埃尔若是生活在奶嘴发明出来之前的那个时代的部落,要如何才能生活下去——萨满教教徒也许会建议把我们遗弃在森林里喂蚂蚁。我研究了墨西哥大型壁画画家迭戈·里维拉婴孩时期的生活。我读到,他声称自己小时候轮流喝一只山羊和一个印第安奶妈的奶。我从中能感觉到他所习惯的那种狂妄自大。这是一个个人神话——受羊哺乳和那两个古罗马人受母狼哺乳的神话颇为相似。

我在翻看带到船上的图书时发现了《随笔集》中出现的这段话:"我之所以谈论羊,是因为我常常看到我周围的女农民在无法为自己的孩子哺乳时会让母羊来帮忙;现在服侍我的两个仆人小时候喝母乳就没超过八天的时间。那些羊已养成习惯,会即刻过来为小孩哺乳。当小孩哭喊的时候,它们能听出他们的声音,马上向他们跑去。如果人们抱给它们别的孩子,它们会拒绝喂奶。同样,孩子也会拒绝另一只母羊为其哺乳。"

赫尔佐格则在日记中记录了一个"儿子由于寄生虫感染而死亡的女邻居,她给一只刚刚出生的小狗喂奶。我还看到过她给一些小猪喂奶"。在他之前,曾在瓜哈里波族印第安部落（他们以采集为生，没有发展出农业）生活过的阿兰·盖尔布朗这样写道：妇女们"没有田地耕种，大白天都躺在吊床上打发时间，跟孩子玩，或者跟周围的小动物玩。她们很大方，所有的小孩子都可以来吃她们的奶。所以我们经常看见小孩跟小狗或猎人抓来的小猴子分享同一个妇女的乳汁，部落的小女孩则试图模仿她们的母亲，给她们的兄弟或表亲喂奶，却没人要"。

我很早以前在巴西的时候，曾在报纸上读到一些文章，说印第安人发起了暴动，切断了帕卡赖马的道路。帕卡赖马位于马瑙斯和隆志家北边很远的地方，比博阿维斯塔还要远。近两百万公顷的拉波萨印第安人保留地的边缘被稻田蚕食，森林遭到砍伐。当时还是卢拉执政时期。到了博索纳罗执政时期，情况应该会变得更加糟糕。在照片上，面对着数百名愤怒的印第安人，联邦军队戴着头盔，穿着不制冷的防弹背心，如在火炉当中，抵挡着向他们飞来的标枪和弓箭。印第安男人裸着上身，身上涂满油彩，插着羽毛，脸画得红红的。印第安妇女也上阵了，但她们戴着白色的胸罩，也许是宗教而不是礼仪让她们产生了耻辱感，又或者是她们不想刺激到士兵。我却认为，她们虽然穿了衣服，但穿得这么少，产生的效果会恰恰相反。

布拉柴与凯斯门特

他似乎是一个在女性乳房面前无动于衷的男人，一个从未当过父亲的男人。他就是凯斯门特。

对于那些想了解历史如何强加于地理，时间又如何刻在空间当中的人来说，城市地图是一本现成的书：在伊基托斯，离欧罗巴酒店不远处，菲茨卡拉尔德大街和阿基尔大街平行延伸。阿基尔大街通往七月二十八日广场，而菲茨卡拉尔德大街则与乌卡亚利大街交会，从交会处再往前一点，就与拉孔达明大街平行了。拉孔达明是第一个进入亚马孙、穿越这个河流汊口的科学家，这里当时还没有伊基托斯，尽管奥雷利亚纳两个世纪前就曾到过。伊基托斯没有纪念罗杰·凯斯门特和皮埃尔·萨沃尼昂·德·布拉柴的大街，这很好理解，因为布拉柴在这里不知名，而凯斯门特则造成了伊基托斯人的破产。

这两个人的生活与橡胶相纠缠，他们却没有收割过哪怕是一克的橡胶。

探险家布拉柴赶在斯坦利前面，于刚果河畔建立了一个城市，这个城市一直以他为名。但由于反对殖民公司的野心，他被边缘化了。他躲到了阿尔及尔，1905年接到一个任务，调查殖民公司滥权。后者被怀疑偷偷地恢复奴隶制，奴役当地民众，强迫他们收割和运输俄瓦胶藤。这是一种产自非洲的植物，与巴西的三叶橡胶树类似，可产橡胶浆汁。布拉柴死在了返程路上，没能发表他的报告就被埋葬。2006年，我在奥果韦河和刚果河追寻他的足迹，徒劳地寻觅这份报告。我去了殖民档案处，但没能找到。报告布满灰尘，被遗落在某个架子上，历史学家卡特琳娜·科克里-维德洛维奇后来在2014年出版了它。

布拉柴出生时的意大利原名叫Pietro Savorgnan di Brazzà，父亲是旅行艺术家。在布雷斯特海军学校读书时，布拉柴把自己的名字法国化了。罗杰·凯斯门特比他小十二岁，1864年出生于都柏林，父亲在英属印度地区当军官，在阿富汗打过仗，参加过"大博弈"①，死在了那儿。罗杰·凯斯门特欣赏爱好和平的传教士利文斯通，布拉柴也同样，后来的耶尔森和巴斯德也如此。巴斯德后来去爱丁堡见到了利文斯通的女儿。凯斯门特最

---

① 大博弈（Great Game），指十九世纪中叶到二十世纪初英国与沙皇俄国为争夺中亚控制权而发生的战略冲突。

后既没有选择待在教堂,也没有选择待在海军。

他是个贫穷的孤儿,十六岁就被埃尔德-登普斯特航运公司聘用,在利物浦的办公室当职员。他多次运送货物去非洲。这是个意志坚强的年轻人,喜欢到远方历险。现在他二十岁了,在下刚果省的博马港当货运代理。他曾负责组织"佛罗里达"号的运输工作,把这艘船从刚果河入海口走陆路运到斯坦利湖,几百个箱子,越过水晶山,行程差不多五百公里。1884年,他陪伴斯坦利出行,沿河为比利时国王利奥波德二世开设商铺。1885年,柏林西非会议,列强瓜分非洲。凯斯门特是博马—利奥波德维尔①铁路工地的工头。那时的他似乎依然认为欧洲人是来非洲拯救生命与灵魂、完成其文明使命的。他加入了外交机构。

他在多地的英国领事馆担任领事,之后又被派往博马。1890年6月,他在马塔迪遇到了波兰水手特奥多·科尔泽尼奥夫斯基,也就是后来的英国作家约瑟夫·康拉德。康拉德和布拉柴一样,当了很长时间的船长。那年6月,这两位船长各自登上一艘蒸汽机船前往刚果。布拉柴乘坐"孤拔"号从布拉柴维尔出发,康拉德则乘坐"比

---

① 利奥波德维尔(Léopoldville),刚果民主共和国首都金沙萨的旧称。

利时国王"号从对岸的利奥波德维尔出发。两艘轮船沿同一路线行驶，直到乌班吉河与刚果河的交汇处才分道扬镳。之后，布拉柴去桑加河绘制地图，"比利时国王"号则继续朝现在已改名为基桑加尼的斯坦利维尔驶去。

康拉德发现了殖民运动的真相，创作了第一部中篇小说《进步前哨》，后来又写了《黑暗的心》，塑造了库尔兹这个可怕的人物。库尔兹迷失在丛林中，陷入疯狂。康拉德以"恐怖啊，恐怖！"描绘了库尔兹的状况。凯斯门特和康拉德关系很好，后来一起到后者位于肯特郡的家中度周末。他们都了解残酷的事实，开始大规模地揭露殖民者的暴行。人们把调查任务委托给了英国领事馆。

凯斯门特乘"亨利·里德"号也去了刚果。1903年的6月至9月，他不顾地方当局的反对，访问了刚果河两岸居民，记录了比属刚果宪兵部队的滥权行为——妇女和儿童被非法监禁，直至男人按照配额交付完橡胶。人被打残，双手被砍断，铁链，强奸，放火烧村庄，村民逃进森林。与布拉柴不同的是，他关于刚果的报告公开发表了，他成了比利时国王最痛恨的人。他还将比利时在刚果的殖民统治与英国在爱尔兰的殖民统治相提并论,与新芬党①和盖尔联盟②走得很近。布拉柴则在1905年9月完成了调查任务,因病上船回法国,带着他的报告,但中途死在达喀尔,也许是被殖民公司毒死的。他的报告消失了。布拉柴终年五十三岁。凯斯门特彼时四十一岁,差不多还可以再活十多年。

---

① 新芬党(Sinn Féin),1905年建立的爱尔兰政党,旨在争取爱尔兰的独立。
② 盖尔联盟(Gaelic League),1893年建立的爱尔兰非政府组织,旨在推广爱尔兰语。

在普图马约地区①

对这位外交官而言，非洲的生活变得太危险了。于是上级把他派到了巴西，在桑托斯当领事，然后又到里约当总领事。橡胶的诅咒继续跟随着他。他继续揭发滥权行为，把事情捅到了伦敦。许多橡胶开发企业都受英国法律管辖，在伦敦证券交易所上市。外交部派总领事到亚马孙地区担任调查委员会的负责人。委员会去了贝伦、圣塔伦、马瑙斯，直至伊基托斯。这时距离卡洛斯·菲茨卡拉尔德和安东尼奥·巴卡·迭斯溺亡已经十多年了。新的橡胶大亨是胡里奥·塞萨尔·阿拉纳，秘鲁亚马孙公司老板。

1910年8月，这群英国人登临河港时，伊基托斯离利马比离纽约和伦敦更远。这座越来越富裕的城市不受秘鲁政府的管控。官员、警察和法官的工资由公司支付。调查橡胶业的记者不是被暗杀就是失踪。一个世纪之

---

① 普图马约地区（Putumayo），位于哥伦比亚、秘鲁、厄瓜多尔三国交界地带的普图马约河两岸，历史上曾存在领土争端，现分属于以上三国。

后，马里奥·巴尔加斯·略萨在小说《凯尔特人之梦》中如此想象凯斯门特的到来："罗杰跨着慢步进城，没有理睬酒吧和妓院里发生的事，那里人声鼎沸，歌声乐声不绝于耳。他的思绪在那些被人从部落和家里拉走的孩子身上，他们像货物一样被扔到独木舟里面，带到伊基托斯，以二三十索尔的价钱卖给某个家庭，给人家扫垃圾、擦地板、做饭、扫厕所、洗衣服，挨打受骂，有时还被老板或老板的儿子强暴。这类事一直不断发生。"

调查队对在伊基托斯收集到证据不抱希望，便重新沿亚马孙河而下，前往位于巴西边境的塔巴廷加，然后从雅瓦里河重回秘鲁，接着又改变方向，向西北，朝安第斯山脉、厄瓜多尔和哥伦比亚的方向前进，去往普图马约地区。随着河流收窄，四周的景色更具刚果特色：凯门鳄、猴子。以前，当第一批殖民者想占领印第安人的地盘时，他们到医院里把得天花死亡的人的衣服都拿回来，挂在树上，夹杂在礼物中。而在凯斯门特的时代，橡胶业的发展正值高峰，印第安人是不可或缺的人手，已经越来越稀罕。

在采胶工人的营地里，凯斯门特看见有的印第安人的臀部或背部用火或刀刻着"CA"两个字母，意思是 Casa Arana（阿拉纳家），以此防止哥伦比亚的橡胶老板来偷工人。虽然奴隶制已经被取缔，但距离此处最近的法官在伊基托斯，并且已经被公司腐蚀了。凯斯门特还看见了镣铐，即用来惩罚反抗者的铁链。这又是一个刚果。"恐怖啊，恐怖！"他调查了位于恩特雷里奥斯、阿特纳斯、苏尔、拉乔雷拉的若干个采胶站，写满了许多笔记本，藏在背包里，紧贴着手枪，就像布拉柴把笔记本藏在双层行李箱里一样。这些笔记比偷种子的人更能毁灭橡胶大亨。

调查队继续航行，两侧的丛林向他们身后退去，那里有蝴蝶、鹦鹉、花朵和地狱。闭上眼睛时，凯斯门特也许会想象绿色的草原、羊群，那是他在都柏林度过的童年。彼时的爱尔兰人和惠托托、波拉、安多克、穆马内族的印第安人相似，正经受着英国的殖民和奴役。半年后，他写完了蓝皮书报告。他估计，五年当中，普图马约地区土著族群的人口已经从五万减少到了不足八千，每生产一吨橡胶平均要死七个土著人。他还列了一个法庭要传唤的负责人名单。胡里奥·塞萨尔·阿拉纳读了这份报告后，假装惊讶，并对凯斯门特表示感谢，感谢他帮助自己发现了橡胶园中发生的暴行。阿拉纳已在伦敦和日内瓦生活多年。也就是从这一年，即1911年起，在坎迪杜·龙敦的倡议下，巴西建立了印第安人保护处。

为了颂扬罗杰·凯斯门特在刚果盆地和亚马孙盆地执行的两次人道主义任务，乔治五世国王授予他爵位，并派他到华盛顿。美国总统威廉·塔夫脱对英国表示支持，并加入了对秘鲁政府施压的行列，要求惩罚罪犯。在伦敦股市，秘鲁亚马孙公司的股价一落千丈。劳埃德集团介入了此事。秘鲁亚马孙公司只是以占有权开发森林，对土地并没有所有权。一年后，凯斯门特回到伊基托斯，发现没有人被判刑，被告并没有被逮捕。他想回到普图马约地区，却遭到禁止。他收到了死亡威胁。

在伦敦，议会的一个调查委员会想听听胡里奥·塞萨尔·阿拉纳怎么说。1912年3月，他向议会作证。他所讲述的是一个探险家平凡的生活故事。在丛林中，死一百个探险家才有一个成为百万富翁。他面前的这群英国老爷从未踏足亚马孙，却靠他的橡胶发了大财，直到现在，他们也不关心橡胶是如何从三叶橡胶树的树干产出，直至成为他们劳斯莱斯轿车的轮胎的。他讲述了自己贫寒的出身，最初只是一个卖帽子的流动商贩。他似乎能接受自己破产，正如他能接受自己发财一样。他卖掉了自己在伦敦、比亚里茨、日内瓦的房子，回到了秘鲁。

在伊基托斯，一切都轰然倒塌。英国领事告诉同事凯斯门特，酒店、餐馆、妓院，以及销售从巴黎、纽约进口的香槟、威士忌、白兰地的高级商场都关门了。布斯航运公司也取消了亚马孙河上的航线。伊基托斯回到了1860年。秘鲁亚马孙公司关了办公室，1914年7月，马瑙斯的办公室也关了。8月4日，英国向德国宣战。8月15日，巴拿马运河通航。运河通航、宣战和亚马孙地区橡胶公司破产对其他地区的橡胶出口商来说是一个福音。他们经由太平洋，从新加坡、马来西亚、爪哇、苏门答腊把自己的产品运往欧洲及其兵工厂。

回来之后，胡里奥·塞萨尔·阿拉纳这个破产了的大亨开始了漫长的政治生涯。他被选为伊基托斯的参议员。他远离冲突，平安度过了两场世界大战，1952年平静地死在利马的滨海马格达莱纳富人区，享年八十八岁。为当地人伸张正义的罗杰·凯斯门特早就被吊死了。那年，他的遗骸还埋在伦敦彭顿维尔监狱的墓地里。

凯斯门特忠实地践行这句极具民族主义色彩的俗语：英国的不幸造就爱尔兰的幸福。为此，他将爱国主义抛在一边。出于偶然，1914年6月24日萨拉热窝事件发生的那天，他刚好在一个会议上为爱尔兰独立大声疾呼。英国对德国宣战之后，他在柏林。11月20日，德国人宣布支持爱尔兰独立。凯斯门特去了前线，前往沙勒维尔，然后去慕尼黑，去林堡集中营。他对爱尔兰战俘发表讲话，想建立一支两千人的队伍，并为这支部队设计了旗帜和制服。这支后备部队可以在埃及与土耳其人一道抗击英国人，在印度与民族主义者一起反对英国殖民当局。

1916年4月12日，一艘德国轮船给爱尔兰运来两万支步枪和十挺机关枪。由于缺少组织，复活节起义发动得太早，还没收到这批武器就行动了，结果遭到失败，战士不是在战斗中被杀，就是后来被枪毙。1916年4月21日，凯斯门特乘U-19潜艇来到爱尔兰的一个海滩，很快就被逮捕，押送至伦敦。6月底，他被控背叛祖国，案件在老贝利街中央刑事法庭开庭。7月1日，索姆河战役打响，波西·福西特参战，彼得·弗莱明的父亲瓦伦丁·弗莱明军官阵亡。仅那一天，就有近两万英国人被杀。那不是宽恕叛徒的时候。

罗杰·凯斯门特被判死刑。他的律师提出上诉。有人递交请愿书要求赦免他——考虑到他的贡献，暂且饶他一命，让他用余生去蒙受耻辱。有时，死刑比坐牢更不好办，因为死刑犯可能会成为传奇人物。为了让这个外交官永远名誉扫地，当局对其住所进行了搜查，搜查过程中发现了"黑日记"，这便是继"蓝皮书报告事件"之后又一次闹得沸沸扬扬的"黑日记丑闻"。罗杰·凯斯门特先生好像一生都在日记本上记录与描述其伴侣性勃起的情景和性器官的大小。他的辩护律师声称这只是他的一些幻想,是一种对淫秽的癖好,是一部纯虚构的文学作品。但指控者却认为,英国的代表竟然整天去量黑人的生殖器,这是一种恶癖,将来也有可能会爱上德国人。奥斯卡·王尔德也是爱尔兰人,二十年前因同性恋被判有罪,但只服了两年苦役,罗杰·凯斯门特却被判了死刑。8月2日,他的上诉被驳回。次日,他被执行绞刑。

保尔·魏尔伦生前曾因鸡奸罪在蒙斯监狱的牢房里接受肛门检查。凯斯门特则是在死后接受的检查。尸体从绞刑台上放下来之后,负责尸检的法医进行了检查,发现他的肛门和更深处的结肠松弛。不管是否如此,此种检查结果理所当然地使这位英雄失去了笃信天主教或清教的爱尔兰人的支持。但人们依然怀疑"黑日记"的真实性。1965年,凯斯门特的遗骸由一架军用飞机运到都柏林,得到礼遇,并埋葬在那里。

这主要是因为他被乔伊斯写进了《尤利西斯》——一座更美的坟墓。

在船上

出了伊基托斯往南,有片巨大的森林。这个方形的保护区里有个救护和放生中心,专门接收受伤的或是从非法贩卖者手里解救出来的动物。这些动物之后会被放回丛林或河里。我们去那里的时候,发现受伤的动物当中有猴子、美洲豹猫、水獭、乌龟、鹦鹉,也有种群数量堪忧的海牛。这种形似美人鱼的动物因水被油井和汞矿污染而濒临灭绝,即使从环境的荼毒中幸存,也常常沦为印第安人的盘中餐。

面对这场大规模灭绝之灾,这个机构好像既值得赞赏也显得可笑。不过,它会接待学龄儿童,供他们参观,这倒是一件好事。它并没有让他们成为素食主义者或是耆那教[①]教徒,只是让他们更加关注各种小动物的美,关注猴子如此友好的目光。给这些孩子发放《剑桥意识宣言》的小册子并非毫无用处。2012年7月由世界顶尖的神经生物学家签署的这份宣言指出:"所收集的数

[①] 耆那教(jaïnisme),印度宗教,相信物质世界之永恒,鼓吹非暴力。

据表明，非人类动物拥有产生意识的神经解剖学、神经化学、神经生理学基质，它们能做出有意识的行为。"当然，应该对文本进行一些修改，使之与孩子们的阅读水平相适应："非人类动物，尤其是哺乳动物和鸟类，以及其他许多种类的动物，比如章鱼，也拥有此类神经学基质。"以下思想慢慢传播开来：非人类动物是"有知觉的生命体"。然而，畜牧养殖者，甚至包括那些平静的钓鱼者，却对这种小小的进步表示怀疑。

我们准备离开这个对我们俩来说到处都是新发现的城市。皮埃尔继续在街上逛，他更加勇敢，更有好奇心，是个尤其杰出的行走者。他因此发现一个小公司拥有一条来往于伊基托斯和普卡尔帕的水上飞机航线，赫尔佐格就是在普卡尔帕跟逃跑的比利时领事一起度过了几个夜晚。他还发现码头边停着一艘旧船，他向我描述说，那是菲茨卡拉尔德的那艘船的姐妹船。有天一大早，我们踏上了舷门的楼梯。这条幽灵船上一个人都没有，我们在甲板上走了走。一块牌子上写明，这艘船名为"阿亚普亚"号，船名来自巴西亚马孙地区的一个湖泊。船是1906年在汉堡船坞里建造的，1910年在贝伦—伊基托斯商业航线上运营。罗杰·凯斯门特的调查组在它下水那年也许坐过这条船。船的舒适和豪华程度十分适合英国外交官。船上到处都镶嵌着铜条和漆木。

这艘客货混装船既用于运输橡胶和各种货物,也用于运送前往大西洋或回亚马孙地区的乘客。在整个二十世纪中,它都维持运行。二十一世纪初,它退出了服务,后来又被一个名叫里查德·博德默的英国人收购,得以再次航行于巴西,执行开往秘鲁伊基托斯的航线。经检修之后,该船又于2006年至2013年间在帕卡亚自然保护区的乌卡亚利河上执行科研任务,直到2014年才靠岸停泊。我在想,这个博德默会不会是卡尔·博德默或马丁·博德默的后代。卡尔·博德默出生于瑞士,是擅长画北美印第安人的画家,巴比松画派成员;马丁·博德默是日内瓦博德默图书馆创始人。我们正准备下船,见到了睡眼惺忪的守船人,他用钥匙给我们打开了甲板室和船舱。

突然,我一阵头晕,好像船突然离岸,遭到狂风吹袭一样,我的面前出现了我所提及的所有故事和人物。墙上挂着罗杰·凯斯门特和胡里奥·塞萨尔·阿拉纳拍摄的黑白照片。书架上放着拉孔达明十八世纪的旅行记述、十九世纪种子盗贼魏克汉的著作,还有一册二十世纪初出版的凯斯门特的蓝皮书报告。我在本子上把这些不可思议的水上宝藏都记录下来。除此以外还有亚历山大·冯·洪堡的版画像以及他绘制的卡西基亚雷运河的地图。阿拉纳、凯斯门特和菲茨卡拉尔德的照片也能在此找到。守船人接上了蓄电池,上层甲板上一台带喇叭的唱片机轻轻地响起威尔第的音乐。我现在觉得,这场旅行的目的就是来到这艘船上。如果不是皮埃尔那么好奇,我永远也不会发现这个地方。还有一张想象中的小团伙的照片,应该是在"阿亚普亚"号的甲板上拍的,让赫尔佐格和凯斯门特、巴卡·迭斯和菲茨卡拉尔德、兰皮昂和玛丽亚·博尼塔、贾格尔和儒勒·凡尔纳小说中的人物、莫拉瓦金和伊帕弗、洪堡和邦普朗①一个个挨着站在镜头前。此外还得在这张照片上给亨利·米肖找个位置。那就选一张年轻的克洛德·卡恩②,即马塞尔·施沃布的侄女,给他拍的肖像。

---

① 埃梅·邦普朗(Aimé Bonpland, 1773—1858),法国探险家、植物学家。
② 克洛德·卡恩(Claude Cahun, 1894—1954),原名露茜·施沃布(Lucy Schwob),法国超现实主义摄影师、雕塑家和作家。

在赤道之国

乘独木舟从纳波河顺流而下,直到伊基托斯,
亚马孙河上的秘鲁港口。
然后从那里坐船横跨巴西直至帕拉,
大西洋上的港口。

——米肖《厄瓜多尔》

米肖顺亚马孙河而下之前曾待在基多。在这之前,他出生于比利时,父亲是卖雨伞的。他童年很无聊,整天拿着放大镜观察昆虫和小草。花园足以成为他的小小宇宙。他欣赏诸多才子:洛特雷阿蒙、兰波、桑德拉尔。那时只有桑德拉尔还健在。米肖常去布鲁塞尔听桑德拉尔的讲座。

为了逃避无聊,他突然去当了水手,从滨海布洛涅出发,在海上一直航行到萨凡纳、诺福克、里约热内卢和布宜诺斯艾利斯。回巴黎时,他遇到了来自蒙得维的亚的诗人苏佩维埃尔。苏佩维埃尔成了他的文学导师,

就像之前的拉尔博。儒勒·苏佩维埃尔向他介绍了用法语写作的厄瓜多尔诗人阿尔弗雷多·甘戈特纳。米肖曾去突尼斯、阿尔及利亚旅行，现在梦想去厄瓜多尔。他读过拉孔达明和洪堡的著作。邀请信到了。他从阿姆斯特丹前往巴拿马，再经太平洋南下，直到瓜亚基尔港，最后坐跨安第斯山脉列车去基多。又是十二个小时的旅行。他在加西亚·莫雷诺街的甘戈特纳家住了下来。

他感到无聊。

晚上，基多的上流社会人士鱼贯而出，去沙龙聊天，和在布鲁塞尔和沙勒罗瓦一样。他破口大骂，但这只是一种姿态。他不想再听桑德拉尔式的讲座，因为他已经亲历桑德拉尔式的旅行与探险。他假装痛恨旅行与探险。甘戈特纳写下《真该诅咒的大地》。他们一起吸乙醚。但米肖最后允诺在离开之前写一本书。他把作品分成小段寄给了让·保兰，想刊登在《新法兰西评论》上。

厄瓜多尔，你这个国家虽然可诅，
我依然向你致敬。可你太野蛮，
惠格拉地区，黑、黑、黑，
钦博拉索省，高、高、高，
高地上的居民，多、严肃、怪。

在三千米高的地方，人的呼吸加快。"我们在这高海拔的地方抽鸦片，低声、小步、轻呼吸。没有狗在打架，没有什么孩子，很少有人笑。"他破口大骂，但依然怀揣兰波式或桑德拉尔式的财富梦想。"有人想让我去管理一座用于酿造词句的森林。为什么不呢？走着瞧吧。它会出产醋酸，可以拿去卖。"他后来要求出版商，他的书印数不要超过两千册，否则会误导他人。他希望自己也能像甘戈特纳那样，拥有取之不尽的财富。

1928年，为了获取灵感，以完成这本有些难产的书，他没有原路返回欧洲，而是选择了奥雷利亚纳1541年走过的路线。

然而，这是热带森林。
只需看看它阔气、喜庆、黏稠多汁的样子。
但此处的它尤像历经了一场崩塌，
这里没有道路，我们步行其间。

恐惧会减轻无聊，告诉我们不应该害怕死亡。死亡会抹去一切，消除的更多是忧伤而不是幸福。

失望是温柔的，
温柔到令人作呕，

我已经害怕，害怕，
连骨髓都开始颤抖，
啊，我害怕，害怕，
我已经不在，几乎不在了。

在大漂流中，他听闻了一则传说：有一种小鱼能逆着人的尿流爬入人体中，就像三文鱼洄游一样，只不过体型比三文鱼小得多。

可怕的牙签鱼

人们在书中钓的微型动物好像比在河里钓的还要多。凡尔纳在《亚马孙漂流记》中就曾提及牙签鱼。他在列举亚马孙河中的鱼类时写道:"牙签鱼抓起来很危险,吃起来很美味。"在马瑙斯上游的亚马孙河段,人们"捕获成千上万的牙签鱼——一种很像鲇鱼的小鱼,其中有的小到用显微镜才看得见,如果泳者莽撞地闯入它们的地盘,它们很快就会让他的腿肚子发肿"。不过,凡尔纳的小说也许将它们与食人鱼混为一谈了。

米肖的书中描述得更加详细:

"水里有种非常可爱的小鱼,像毛线那么细,很漂亮,透明的,呈明胶状。

"如果你下去游泳,它会向你游来,设法钻到你的身体里面去。

"小心翼翼、极为细致地探索一番之后,(它喜欢天然的开口),它就会一心想着出来,于是往后退,但它那对针一样的鳍也在往后倒,并且还竖了起来。它害怕了，乱动起来，像打开的雨伞一样想退出来，结果撕裂了你的器官，让你不停地出血。

"人要么把鱼毒死，要么自己死去。"

当然，珠宝业能解决这个问题，他们给在亚马孙地区游泳的人打造了漂亮的首饰——金制肛门塞，用一条小金链拴在游泳裤上。但据卡拉多《蒙田远征队》中的印第安人伊帕弗说，那种鱼要狡猾得多："每条牙签鱼都能从屁眼钻到眼睛，从阴裂钻进灵魂，从阴茎钻进大脑，在那里展开它的刺和鳍，紧紧钩住，筑窝安家，谁也无法再把那条受玛伊沃西尼姆[①]宠爱的鱼捉出来。"

《九夜》中，贝尔纳多·卡瓦略在记述小时候跟父亲坐单引擎飞机的那段旅程时也有提及牙签鱼："我们在世界的这一角落上空航行，飞机上只有我们俩。我饶有兴趣地翻阅着一本森林急救与求生手册，它详细讲解了万一迫降或坠机会发生什么可怕的事情。其中描述了一种微型鱼类，很是让我担心，因为这种鱼能通过阴茎钻入体内，一旦进入尿道，它就会展开它的鱼鳞或只有天知道是什么的东西，很可能无法把它弄出来。手册中还配有大量的插图。"

卡瓦略用的是猜测的语气，然而只需稍作研究，

[①] 玛伊沃西尼姆（Maïtvotsinim），印第安人崇拜的一个神。

我们就能发现，牙签鱼不只是爱开玩笑的印第安人的一个传说。一旦进入你的体内，它便会吸你的血，生长得很快。马瑙斯的泌尿外科医生阿诺亚尔·萨马德写道，1997年10月28日，他给一个小伙子做手术，从那个年轻人的尿道里弄出一条十二厘米长的东西。也许，与惹人喜爱的狨猴相比，将牙签鱼视为具有意识的非人动物需付出更多的努力。与养在金鱼缸里的牙签鱼为伴的人一定承受着巨大的孤独，否则不会每天早上都让手指被刺一下，以便喂它几滴血。

在基多

当年第一次去厄瓜多尔的首都时，我一到那里就想去旧城陡峭的街区看看甘戈特纳位于加西亚·莫雷诺街的故居，米肖曾在那里住得异常无聊。我很快就取消了回程票，选择在亚马孙大道上的伊莎贝尔女王酒店住了下来。我时常约埃德温·马德里见面。我第一次遇见他是在当地一所大学的花园里。渐渐地，我们成了朋友，然后我就经常去他远离市中心的家里做客。那是一栋砖木结构的房子，色彩斑斓，是他自己设计的，位于三千多米高的山上。

我们决定一起组织由我带到拉美各地的那个文学奖，拼凑起该地的文学全景图。后来，我出版了塞萨尔·拉米罗·巴斯科内斯的书信体小说《真该诅咒的大地》，该书的开头引用了甘戈特纳的诗："啊，大地！真该诅咒的大地！这回，我满怀仇恨地凝视着你，我的眼睛总有一天能做到。"这部小说由三个相隔于异地的朋友——甘戈特纳、苏佩维埃尔和米肖之间虚构的通信构成。《厄瓜多尔》出版后，他们就闹翻了。

为了进行社交，我在"公民革命"时期开始不时地去基多小住，就像以前为了与桑地诺革新运动①的成员交流而去马那瓜小住一样。与此同时，我还不时去墨西哥城拉孔德萨街区的工作室调查研究托洛茨基遇刺前的革命史。我觉得基多可以成为一个隐居地，就像二十年前的蒙得维的亚。2008年，我遇到了拉米罗·诺列加，那时他刚刚被任命为这场革命的文化部部长。人们当时对那场革命可能寄予了某些期望。那年，南美大陆似乎风起云涌，持有乐观主义态度并不是一件太难的事。

看到我这么热情，电工工会给我安排了一辆小汽车和一个司机。我们去了赤道纪念碑，并沿着玉米地、四方的绿色苜蓿地和深绿色的豆角地，继续沿往明多方向的公路行驶，然后朝太平洋和埃斯梅拉达斯方向下坡，参观了明多蝴蝶园。1736年，拉孔达明在那里第一次对三叶橡胶树进行了科学记述。

几年过去，我与拉米罗的继任者弗朗西斯科·博尔哈交往频繁。1979年7月，他还是个年轻记者，从哥斯达黎加经陆路进入尼加拉瓜，见证了桑地诺革命的胜利。但我是跟另一个博尔哈——路易·博尔哈一道参观

---

① 桑地诺革新运动（Movimiento Renovador Sandinista），成立于1995年的尼加拉瓜政党，分裂自桑解阵。

这座城市的。弗朗西斯科·博尔哈同时研究塞萨尔·达维拉·安德拉德和塞缪尔·贝克特的作品，一辆被他称呼为"山羊"的白色破吉普被他开得飞快。我们在车上嚼着古柯叶，呷着威士忌，有时吼着鲍勃·迪伦的《飓风》，把苹果做成烟斗来抽烟。他在半夜把我放在我那俯瞰瓜普罗街区的公寓前。每天早晨，我坐在阳台上，仿佛看到了劳瑞笔下白雪皑皑的安蒂萨纳火山。我继续阅读厄瓜多尔文学和当地的历史，从印加时期开始，到与秘鲁分裂，再到玻利瓦尔和圣马丁统治时期，以及这之后的战争。1860年，瓜亚基尔港遭秘鲁封锁，时任厄瓜多尔总统加夫列尔·加西亚·莫雷诺向拿破仑三世提议，把厄瓜多尔变成法国殖民地，免得被讨厌的邻居侵略。

2015年的2月，我打算就在这里度过。我建议埃德温让人翻译他的作品集《在赤道以南》，并邀请他来圣纳泽尔，让他在勒克鲁瓦西克看看皮埃尔·布盖的雕像。之后，我选择于2月21日与他一起，走陆路往北，去洪堡和邦普朗爬过的科塔卡奇火山，然后穿过赤道，在库科查潟湖上坐船。由于那是个火山湖，所以一条鱼也没有。我们和甘戈特纳和米肖一样，去了圣巴勃罗湖。

在回到瓜亚基尔之前，我又去了赤道纪念碑，拉孔达明的团队曾在那里测量过子午线弧度。那些人——其中有的将在远征的路上死去——于1735年从拉罗谢尔出发。在基多，他们之间产生了争执，团队发生了分裂。来自勒克鲁瓦西克的天文学家皮埃尔·布盖第一个回家。植物学家约瑟夫·德·朱西厄则往南一直去到的的喀喀湖畔的普诺。他把植物标本集带回巴黎之前，已经在秘鲁待了三十六年。1744年，夏尔·马里·德·拉孔达明沿着奥雷利亚纳大漂流的路线，从亚马孙河上坐船回来。儒勒·凡尔纳曾讲述过这番壮举："那场规模浩大的旅行应该取得了丰硕成果——不仅在科学层面确定了亚马孙河的径流，而且几乎证实了它与奥里诺科河是相通的。五十五年之后，洪堡和邦普朗绘制出马拉尼翁河直至纳波河的地图，完善了拉孔达明的宝贵成果。"

洪堡与邦普朗

1799年夏,当这两人在拉科鲁尼亚①登船,准备跨越大西洋时,他们对目的地的选择是有点偶然的。重要的是先出发。这场结伴旅行由亚历山大·冯·洪堡个人出资。"我在很小的时候就渴望到欧洲人很少到达的偏远地方去看一看。研究地图和阅读游记在我心里悄悄地产生了一种吸引力,有时几乎不可抵挡。"

他生前就成了除拿破仑·波拿巴以外世界上最著名的人物。他跟拿破仑一样出生于1769年,学习行政管理和政治经济学,然后是采矿工程学。他狂热地阅读康德和一些浪漫主义作家的作品,以及探险者中著名的先驱如詹姆斯·库克②和路易-安托万·德·布干维尔③的著作。他经常去魏玛和耶拿,在沃尔夫冈·冯·歌德和弗

---

① 拉科鲁尼亚(La Corogne),西班牙西北部港口城市。
② 詹姆斯·库克(James Cook, 1728—1779),英国航海家和探险者,曾三次领导探测航行,是首批登陆澳大利亚东岸和夏威夷群岛的欧洲人之一。
③ 路易-安托万·德·布干维尔(Louis-Antoine de Bougainville, 1729—1811),法国第一位完成环球航行的探险家。

里德里希·冯·席勒身边小住。歌德研究昆虫和地质，正在构筑自己关于色彩的理论。科学和诗歌是相通的。席勒花园里有一幅版画，三个人同在一框。他们一起阅读英国诗人兼自然学家、《植物之爱》和《动物法则》的作者伊拉斯谟·达尔文①的作品。洪堡想离开，寻找自己想去的地方。探险。

二十九岁那年，他在巴黎遇到了他心目中的英雄布干维尔。布干维尔曾于1768年登上塔希提岛。他们想一起去南极远征。这个计划被提交给尼古拉·博丹，然后被拿破仑否决了，因为拿破仑已发起在埃及的远征与科学考察。他们两人于是与二十五岁的博物学家、海军外科医生埃梅·邦普朗一起到了马赛，试图去开罗加入拿破仑的队伍，但被禁止通行。拿破仑认为自己已经带了最杰出的人物。于是他们三人去了马德里。洪堡得到国王的允许，自费去拉美。他们中途在特内里费岛稍作停留，活动一下腿脚，爬上了海拔三千七百多米的泰德火山。然后，他们抵达了委内瑞拉。三人接着朝南走，去到地势更低的地方，过大草原，在奥里诺科河上船，实地考察了传说中的卡西基亚雷运河，并且绘制了地图。

---

① 伊拉斯谟·达尔文（Erasmus Darwin, 1731—1802），英国医学家、诗人、发明家、植物学家与生理学家，查尔斯·达尔文的祖父。

生态系统以及其中水与树、动物与植物的平衡，这些科学定义都出自洪堡之手。他如此描述人类干预有可能带来的破坏："如果人们像欧洲殖民者那样鲁莽而急切地到处破坏森林，那么水源就会完全枯竭或变得越来越少。到那时，河床一年当中会有部分时间是干涸的，可一旦暴雨落在高山上，立刻就会急流汹涌。"这两个男人顺支流而下，数着河边人家养的动物——一只狗、八只猴子、七只鹦鹉、一只巨嘴鸟。看着美景，他们感受到了歌德的诗意和谢林①的自然哲学。人在这里是外来入侵者，"在大自然的秩序中无足轻重"。

探索了两年后，他们北上来到古巴，并计划前往墨西哥。拿破仑战争让航行变得非常危险，他们决定把收集到的地图、图画、矿石、植物标本分成两份，一份运往巴黎，另一份运往柏林。他们在哈瓦那清点、登记封箱时得知，博丹的探险队终于出发，分乘两艘船，穿过太平洋，前往澳大利亚。于是他们修改了计划，去利马等博丹，设法加入博丹的队伍，因为后者中途会在利马停靠。他们带着向导和由骡子驮着的测量工具，从位于现哥伦比亚加勒比海沿岸的卡塔赫纳向安第斯山脉进发。之后的九个月中，他们走了两千多公里，到达了基

---

① 弗里德里希·威廉·约瑟夫·冯·谢林（Friedrich Wilhelm Joseph von Schelling, 1775—1854），德国哲学家，德国古典唯心主义主要代表之一。

多。但博丹的探险队选择走东线,穿越好望角而不是合恩角,下印度洋。洪堡和邦普朗可以放慢行程了。

他们开始攀登科塔卡奇火山,一直爬到四千米,接着爬安蒂萨纳火山,已经爬得比拉孔达明和布盖高了。然后,他们向六千多米高的钦博拉索山发起了进攻。1802年6月23日,他们爬到了5917米,不得不放弃了。当时,他们是世界上爬得最高的两个人。洪堡画了一幅漂亮的彩图,即《安第斯山脉及附近地区地形图》,他在剖面图中按相应高度画上各岩石层和植物层。斯坦利在非洲受这一作品的启发,绘制鲁文佐里山从山脚斜坡至山顶永久积雪层的地形剖面图。在基多待了五个月之后,这两人往南跑了一千五百多公里,来到利马,沿途考察印加人的建筑与文明。他们从卡亚俄港上船,向北航行,回到赤道附近。洪堡在海上发现并测量了来自智利的寒流,并以自己的名字命名。

他们在瓜亚基尔等待前往墨西哥的航船。就在这时,1803年1月4日,科塔卡奇火山爆发了。洪堡赶紧跑。半路上,邦普朗派来的信使告诉他,有艘船可以捎带他们。在接下来的一年当中,他们将穿梭于墨西哥,研究阿兹特克文明和玛雅文明,临摹其手抄本。在那个受上帝祝福的年代,还有人可以做到掌握几乎所有学科的知识。他们把科学、诗歌和政治领域的思考都记到了笔记本上，把殖民开发同环境破坏、农作物连作使土地贫瘠化等问题联系起来。洪堡对天主教会及其神甫在其中扮演的角色进行了尖锐的批评："殖民这种观念本身就是不道德的。"

回欧洲之前，他们从古巴出发，往北转了一圈，先后去了费城和华盛顿。美国首都当时拥有四千多居民。洪堡想拜访托马斯·杰弗逊，这位《独立宣言》的起草人已经六十岁，不久前发起了经陆路前往太平洋海岸的克拉克与刘易斯远征。洪堡超前于时代了。托马斯·杰弗逊不是亚伯拉罕·林肯。在奴隶制这个既是人道主义灾难又是生态环境灾难的问题上，洪堡未能与杰弗逊达成一致："有违自然的事物是不公正、不好、不正当的。"

出发五年后，这两个男人于1804年8月回到巴黎。洪堡住在圣热耳曼街区的马拉盖河堤路，位于如今的第六区。他在那里得到消息：半年前，康德去世了；三个月前，拿破仑称帝了。不过，巴黎在科学研究领域的自由度比柏林大。洪堡开始用法语撰写《新大陆热带地区旅行记》，共三十卷。他是一位大学者、反殖民主义者、反教权主义者、废奴主义者，在巴黎成了夏多布里昂和斯塔尔夫人①小圈子的常客、盖-吕萨克②的朋友。他在英国有一个忠实读者，即查尔斯·达尔文，伊拉斯谟·达尔文的孙子，也是位博物学家。龙生龙，凤生凤。

---

① 斯塔尔夫人（Madame de Staël, 1766—1817），法国女作家，法国浪漫主义文学前驱，代表作有《论卢梭的性格与作品》《黛尔菲娜》《柯丽娜》等。
② 约瑟夫·路易·盖-吕萨克（Joseph Louis Gay-Lussac, 1778—1850），法国化学家、物理学家，法国科学院院士。

在瓜亚基尔

我和皮埃尔一道，住在大陆酒店。在那里可以俯瞰塞米纳里奥公园。它常常被叫作玻利瓦尔公园，里面矗立着解放者玻利瓦尔的骑马雕像，两侧摆放着青铜浮雕，其中一尊描绘的是他与阿根廷将军何塞·德·圣马丁会面的情景。

由于从伊基托斯起飞的航班没有一个能越过安第斯山脉，我们不得不经利马中转，到达瓜亚基尔时已是深夜，太晚了，没法观赏让这个公园闻名遐迩的黄色和绿色的大鬣蜥。被它们吸引的游客可以坐在专门为此安放的深绿色公共长凳上细细观察。一到傍晚，它们就慢慢地爬到杧果树的树干上等待黎明，长凳被这些爪子锋利的"龙"的粪便弄脏。大门关上了，以免打搅它们睡觉和安安静静地消化。方形的馆舍装着高高的铁栅栏，我们沿着它的四周走了走，一直来到教堂前的广场上。教堂也关门了，广场上的解放者雕像不屑地展示着他的后背和坐骑的臀部。西班牙语美洲的每个市镇都这样，主广场上矗立着玻利瓦尔雕像，其作用无非是提醒人们，他们曾有伟大的玻利瓦尔统一梦，但这个梦已然破灭。

我上一次来瓜亚基尔是在三年前，从那以后，我主要在非洲和亚洲旅行。此外，我也在欧洲旅行，开着一辆帕萨特周游法国。尽管如此，我还是去拉美匆匆走了走，去智利、尼加拉瓜、墨西哥和危地马拉，然后跟皮埃尔穿过巴西和秘鲁，再次来到这座预料会像其他地方一样沦陷的城市。现在是2018年年中，委内瑞拉玻利瓦尔共和国的难民不断南下。哥伦比亚指责委内瑞拉的军队侵入其领土。在巴西，当局跟难民爆发了几起暴力冲突。厄瓜多尔则宣布进入紧急状态。

皮埃尔独自游览瓜亚基尔，领略其意式和法式建筑的风采，流连于高高的玻璃顶下的商业长廊。这些楼宇与马瑙斯的奢华建筑盖于同一时期。当时，马瑙斯作为亚马孙河上的港口正处于橡胶热的巅峰，瓜亚基尔作为太平洋海岸的港口则是世界第一大可可转运港。当皮埃尔在四处晃荡或者记日记的时候，我在强迫自己阅读当地报纸，了解厄瓜多尔的政局。我落下了三年，必须补课。

一年多以前，莱宁·莫雷诺当选总统，接替拉斐尔·科雷亚（莫雷诺2007年至2013年曾任科雷亚的副手)。这位新任总统背弃了父母为他取的名字①(他父母是真正的马克思主义者),转而歌颂极端自由主义经济政策,结束了"公民革命"。他突然宣布要限制债务,猛烈抨击旅居布鲁塞尔的科雷亚,要求把他引渡回来。

每天晚上,我们沿着瓜亚斯河,在宽大的防波堤上散步。那是一段步行道,旁边是河床上浑浊的河水。我们有时也会走到河口湾,那里离汹涌的大洋还比较远,头顶是棕榈和杧果树。我们经过正在玩游戏的孩子身旁,经过游艇协会所在地。从伊基托斯来到此地的我们在高楼和汽车交通的嘈杂声面前备受震撼。步行道一路上有许多本城名人的青铜雕像,我们读着他们的名字,其中也许会出现我们法国的副领事夏尔·维纳的大名。外交官维纳出生在奥地利,由于喜欢探险,入了法国籍。他从瓜亚基尔出发探索亚马孙地区,希望能在那里开辟商路。他编写过一本《发展与进步地图》,寄给了外交部。1913年,他在里约热内卢去世。但陪伴我们最多的是城里的三大幽灵:省督奥雷利亚纳,以及在这里居住过的洪堡和玻利瓦尔。

---

① 莱宁·莫雷诺的名"莱宁"(Lenín)取自伟大的无产阶级革命导师列宁。

洪堡与玻利瓦尔

1804年夏，也许是由于思乡，在外漂泊五年之后，洪堡和邦普朗回到巴黎。回来后的前几个星期，他们就开始频繁造访首都的南美人圈子。其中有位二十一岁的年轻贵族公子，衣着讲究，一头长长的黑色鬈发。西蒙·玻利瓦尔年纪轻轻就成了鳏夫，他漂亮的妻子玛丽亚·特蕾莎·德尔·托罗一年前因热病死于加拉加斯。他旅居巴黎，聊以慰藉。洪堡和邦普朗与他谈论地理和政治。12月2日，这个一头黑色长发的小个子年轻人参加了拿破仑皇帝的加冕仪式。他喜欢那种奢华和排场，开始梦想荣耀和军事胜利，发誓要把美洲的殖民地从西班牙的枷锁中解放出来。

1805年3月，亚历山大·冯·洪堡和约瑟夫·路易·盖-吕萨克去了罗马。他们一起研究气体膨胀和磁学，打算去那不勒斯。爬了包括钦博拉索火山在内的厄瓜多尔火山之后，洪堡又准备爬维苏威火山，进行测绘。一个月后，西蒙·玻利瓦尔在一个朋友的陪伴下，坐邮车去里昂，然后步行一直走到意大利。他是来向洪堡寻求政治上的建议和意见的。洪堡的鼓励让他的劲头更大了。决心已下，但还不成熟。1805年12月2日，皇帝加冕一周年之际，法军取得奥斯特里茨战役的胜利。拿破仑的浪潮将带来西班牙王权的衰落，这有利于他实现自己的目标。

1807年，一回到委内瑞拉，玻利瓦尔就开始写作、演讲、酝酿、拿起武器。经过种种冲突与混乱，他不得不逃亡。他发起的第一场战役是在加勒比海岸的卡塔赫纳。1813年8月，他成功攻入加拉加斯，但很快就被迫边打边退。他的共和国可以说被压缩到了洛佩·德·阿基尔之前曾占领的玛格丽塔岛。他流亡到牙买加，然后又去海地，海地当时已从法国人的殖民统治中解放出来。他的第二次尝试迅如闪电。他成了将军，于1821年12月建立哥伦比亚，并自任总统。荣耀往往短暂而脆弱：半年前，被囚禁在一座小岛上的拿破仑去世。玻利瓦尔南下进入瓜亚基尔。1822年7月26日，他在那里遇到了另一位解放者——阿根廷将军何塞·德·圣马丁。后者半年前占领了利马。谁也没有想到，圣马丁这只刚刚促成两大革命军合并的双头鹰却选择了隐退。他放弃了斗争，把位置让给西蒙，自己去流亡了。

1822年，玻利瓦尔在他的革命达到顶峰时，写下一篇奇怪的文章，题为《我对钦博拉索山的谵妄》："我寻找拉孔达明和洪堡的足迹，追随着他们，浑身是胆，没有任何东西能制止我前进的步伐。我到达了严寒区域，冷得喘不过气来。"他在梦中，在对荣誉的绝对谵妄中，登上了顶峰，比洪堡和邦普朗还要高："这时，我的思想中产生了一种在这之前完全陌生的激情，它在我眼中显得格外神圣。于是我将洪堡的足迹甩在了后面，行走在钦博拉索山永恒的冰雪世界之上。"而洪堡则发表了《新西班牙王国政治随笔》和《古巴岛政治随笔》，这两篇文章都反对殖民主义，主张废奴主义。玻利瓦尔在1826年的宪法中禁止奴隶制。洪堡把这引作典范，认为全世界都应该效仿。

至于埃梅·邦普朗，他不仅仅满足于写作。他在伦敦遇到了玻利瓦尔的人，给他们提供支持，筹集资金，购买武器，还送给他们一台印刷机。玻利瓦尔邀请他赴南美。人们在等待他。大洋上也发生了战争。邦普朗选择在布宜诺斯艾利斯上岸。他继续进行他的植物学研究，溯巴拉那河往巴西方向走，驯化马黛茶，在巴拉圭边界附近开垦田地，种植这种茶。

巴拉圭独裁者何塞·加斯帕·罗德里格斯·德·弗朗西亚对这场由一位玻利瓦尔革命者发起的经济竞争抱敌视态度。邦普朗被捕了，被投进监狱。玻利瓦尔要求弗朗西亚放人，威胁说要派兵进攻亚松森[①]。弗朗西亚很清楚玻利瓦尔无法跨越整个大陆来攻打他。邦普朗继续被囚了很多年，直到1831年玻利瓦尔去世才被释放。他回到了阿根廷，继续与洪堡通信。两人在信中以为他们也许有一天能见面。周围的朋友们一个个都离开了人世。他们一人在布宜诺斯艾利斯，另一个在柏林。邦普朗于1858年在默默无闻中死去；次年，洪堡在光辉与荣耀中去世，享年九十岁。那一年，他们的弟子查尔斯·达尔文出版了《物种起源》。

他们那位成了解放者的巴黎朋友没能活得这么久。秘鲁于1824年在阿亚库乔取得最终胜利，西班牙人彻底投降。在此之后，他努力把从中美洲地峡到火地岛的整个西班牙语区版图整合成联邦。自1826年起，统一之梦构筑起的美丽大厦出现了裂缝，在内斗、野心、暴动和谋杀的打击下崩塌了。只有苦难和结核病在那里野蛮生长。这是我们这位主人公的浪漫结局，小说家曾千百次地描写过，尤其是哥伦比亚小说家。加夫列尔·加西亚·马尔克斯后来写了《迷宫中的将军》，阿尔瓦罗·穆蒂斯则想象玻利瓦尔临终时在他参谋部的一位波兰上校面前

[①] 亚松森（Asunción），巴拉圭首都。

说了这么一番话:"在这里,人类的一切事业都是徒劳的。杂乱得让人眩晕的景致、巨大的河流、嘈杂的万物、失控的森林、无情的气候让人意志消沉,这一切都磨损着与人类生存息息相关的深刻而重大的理由……"

解放者吐了血,离开波哥大,前往海边的港口城市圣玛尔塔。是他将拉美的历史一分为二;是他为新诞生的国家选择了哥伦比亚这个名字;正是为了纪念他,人们把上秘鲁改名为玻利维亚。他准备像之前的圣马丁一样,进行新的流亡,用书信进行最后的战斗。1830年11月9日,他坐在藤椅上,面对着滔滔波浪,给当时厄瓜多尔的领袖胡安·何塞·弗洛雷斯写信:"干革命就像是在海里耕地。"他于12月17日死于圣佩德罗·亚历杭德里诺,终年四十七岁。他来不及写回忆录。我们永远也无法知晓瓜亚基尔会晤的内容。圣马丁也永远没有揭开这场会晤的内幕,尽管他在玻利瓦尔死后还活了二十年。

我们站在河边防波堤上的半圆形建筑前,那里矗立着十根高高的大理石柱,纪念两位英雄于1822年7月26日在离这里不远的一栋屋子里的会晤。那栋屋子位于皮钦查路和十月九日路的交叉口,如今已不复存在。那天,西蒙·玻利瓦尔将军,委内瑞拉和哥伦比亚的解放者,三十九岁;何塞·德·圣马丁将军,智利和秘鲁的解放者，四十四岁。面对这些大理石柱和两位解放者紧紧握手的全身雕像，我们会想起1914年另外两位革命者在墨西哥城会晤时的那张黑白照片：南下的潘乔·比利亚①和北上的埃米利亚诺·萨帕塔②。但这两人身边带着部队，后来重新各自为战。而瓜亚基尔的那场会晤，四周没有证人，见面之后，那位失去妻子的阿根廷人便在名叫梅尔塞迪塔斯的独生女儿的陪伴下，坐着一艘前往勒阿弗尔的船，流亡去了。

我到处追寻玻利瓦尔的足迹，从我在加拉加斯小住时就开始了，那是一段很久远的日子。那时候，他仍然安息在加拉加斯的国家圣殿祠里。几年后，乌戈·查韦斯③把他的遗骸挖出，运到一个巨大的陵墓中安葬。同一时期，德尼·萨苏-恩格索④也在刚果河边为布拉柴建立了类似的陵墓。之后，我去了索雷兹皇家军事学校的遗址，那里的证据表明，后来成为将军的玻利瓦尔从未学习过军事，尽管大厅里放满了纪念他的半身像。凝视

---

① 潘乔·比利亚（Pancho Villa, 1878—1923），墨西哥革命时期北方农民运动领袖，1910年在奇瓦瓦州领导农民起义。
② 埃米利亚诺·萨帕塔（Emiliano Zapata, 1879—1919），墨西哥革命时期南方农民运动领袖，1910年发动莫雷洛斯州农民起义。
③ 乌戈·查韦斯（Hugo Chávez, 1954—2013），委内瑞拉政治家，1982年创建政治组织"玻利瓦尔革命运动"，1999年至2013年间担任委内瑞拉总统，1999年11月将国名改为"委内瑞拉玻利瓦尔共和国"。
④ 德尼·萨苏-恩格索（Denis Sassou-Nguesso, 1943—   ），刚果共和国现任总统，刚果劳动党中央委员会主席。

着他戴着肩章的半身像，我想起了那些失踪后又被找回的人头的故事。玻利瓦尔在陵墓中的遗体缺失头颅，潘乔·比利亚被谋杀后头颅被偷走了，皮萨罗的头颅在利马的一个盒子里被找到，圣马丁的头颅在布宜诺斯艾利斯的教堂里。

我沿着他的足迹，前往巴黎南部二十多公里处紧挨着格里尼的里索朗日。附近有一条圣马丁将军路，现在属于埃夫里市，那对父女曾隐居过的房子现在成了锡永圣母会孤独派的女修道院。陪同我参观的埃斯泰尔给修女们带去了礼物。她们大多是从近东来的，在这里隐居的时间都很短，不太了解她们所住的地方。参观了礼拜堂之后，她们带我们去看纪念碑，阿根廷驻法国大使每年都来这里献花。

我们继续在周边调查，穿过"埃夫里-2"商业中心，去金字塔街区的贫民居住区，法国第一大小型超市品牌刚刚在那里爆出丑闻：一家平价超市（Franprix）刚从货架上撤下红酒和猪肉，引起了国家媒体的注意。而在十五年后，也许只有猪肉店在此处开张才能获得国家媒体的关注。我们在不远处参观了全新的教堂，教皇曾来此祝圣。一条大马路对面，是新落成的库尔库罗纳清真寺，由沙特阿拉伯资助兴建。1848年革命动乱期间，圣马丁离开了这里，到滨海布洛涅安顿下来。在那里，万一发生冲突，比较容易脱身。他两年后去世，终年七十二岁，一直没有揭开瓜亚基尔之谜。

他死后三十年，阿根廷把他的骨灰运回了国，也许将来也会把豪尔赫·路易斯·博尔赫斯的骨灰运回国。博尔赫斯来到日内瓦，死在了他度过童年的地方。他的坟墓在普兰帕莱公墓里。只有他在小说《瓜亚基尔》里弄清了那个谜。

两位大学学者在布宜诺斯艾利斯不情愿地见面，进行了一场沉闷的谈话，因为人们可能找到了玻利瓦尔的一封信。在这封信中，好像谈到了那场谜一样的密谈。"他们的谈话也许很普通。两个男人在瓜亚基尔针锋相对。如果其中一人让对方不得不接受他的观点，那是因为他的意志更加强大，而不是出于什么辩证游戏。如您所见，我没有忘记我的叔本华。"博尔赫斯的这部小说证明，文学能抵达历史学无法抵达的真实。

父与子

还有一个人,他的名字也应该刻在防波堤上,那就是莫里茨·汤姆森。据说他因疟疾或霍乱死于瓜亚基尔,也完全有可能是因忧郁而死。

他祖父由于兴建从墨西哥城到太平洋的铁路以及从事橡胶生产而跟墨西哥总统波菲里奥·迪亚斯打过交道。桑德拉尔《金子》中的主人公苏特尔是来自瑞士的移民,是拥有整个加利福尼亚的大地主。莫里茨的祖父与苏特尔类似,是个丹麦移民,拥有整个阿卡普尔科湾。潘乔·比利亚的革命战争阻碍了他的计划。他随后前往北美,在西雅图附近重整旗鼓,创办面粉厂。他的巨额财富后来传给了儿子查尔斯,查尔斯通过投机,再度增添了财富。莫里茨恨死了查尔斯。莫里茨死后,人们在他遗留的文稿中找到了《我的两场战争》。该书在他死后出版。他在书中讲述了两场战争,一场是与纳粹作战,另一场是与父亲做斗争。

从1943年起,这个年轻的飞行员在德国共执行了二十七次飞行任务。那年，马尔科姆·劳瑞的朋友——挪威作家和海员诺达尔·格里格的轰炸机被击落，牺牲于柏林上空。很久以前，劳瑞为了让父亲——英国的一个大资本家不高兴，当了海员。奎因也是为了让父亲——一个美国商人不高兴而当了水手。还有米肖，他也是为了让自己的父亲——比利时的一位富商不高兴而当了水手。但做一个穷父亲也不足以让自己不被儿子讨厌。

汤姆森由于喜欢过简单的生活，战后办了一家农场，并拒绝父亲的支持，但后来破产了。他一气之下参加了美国和平队①。因为那些志愿者在他父亲看来就是一帮左派，第三世界分子。他被派到厄瓜多尔海岸的埃斯梅拉达斯市，给非洲奴隶的后裔讲解农业技术。他和他们一同过苦日子，并且记了不少笔记，1968年出版了《苦日子》。有趣且吊诡的是，这本梭罗风格、歌颂简朴生活的书竟然卖了十多万册，给他带来了丰厚回报。继军事胜利之后，他又获得了文学成就。

他在那条翠绿的河②边的丛林边缘买了一些土地，开

---

① 和平队（Peace Corps），根据美国肯尼迪总统于1961年3月1日签署的10924号行政命令而成立的一家志愿服务组织，旨在改变美国在第三世界国家中的不良形象。
② 即埃斯梅拉达斯河（río Esmeraldas），其西班牙语名称"Esmeraldas"意为"翡翠""绿宝石"。

垦出来之后独自生活在那儿，他的合伙人拉蒙不时地派独木舟来为他补充给养。他住在吊脚楼里，鸡和猪就养在下面，以躲避热带地区的骤雨。他继续写他的文章。

"要么是在黎明之前写，那时大地还沉浸在黑暗之中；要么是在寒冷季节阴雨连绵的日子里写，那时牲口也冷得受不了，默默地蜷缩在荆棘丛中。"梭罗喜欢在小屋四周的大自然中种几块地的豆角，隆志则在野外悄悄地做些几乎不被人察觉的事情。汤姆森与他们不同，他更像贝尔纳诺斯，希望自己身边有个热闹的农庄，鹅鸭成群，孩子欢叫，公鸡啼唱。他希望得到"农民"这个伟大的头衔，开垦农田，购买拖拉机和牲口，招聘农业工人，种植香蕉，机帆船前来把果实运出去。他逐渐失败的过程都被他写入《埃斯梅拉达斯河上的农庄》中。

在此地，一个老实的白人美国佬等同于一团待榨取的罕见油水。他被邻居偷盗、掠夺，最后被合伙人拉蒙赶走。汤姆森随后在基多租下一个房间。海拔太高，这个老烟民的肺受不了。他已经六十多岁了。他想念农场，想在那里终老。"我一直认为，在地里劳动是我唯一的爱好。"他去了巴西，写了《最悲伤的快乐》，这种最悲伤的快乐，就是一个老人虽背井离乡，却依然保持乐观心态，想为社会发展做出贡献，并见证其成果。

在亚马孙的某些村庄里,我和皮埃尔见过这种一字排开的吊脚楼,屋顶是用干棕榈叶盖的,下面生火做饭。里面的空气很闷,让人透不过气来。但炊烟也许有一个好处——可以驱赶蚊子和寄生虫。我常常一边咳嗽,一边想起米肖的那段话:"据说救世军想派一些虔诚的傻瓜去那里,教印第安人怎么挖壁炉。"其实,最聪明的办法就是别打搅他们。

无论是在新兴国家,还是在最贫穷的国家,总有一些年轻人厌恶或嫌弃自己国家的文明,仇恨父辈。他们中有的主动放弃自己的社会地位,固执而真诚,比如莫里茨·汤姆森。他们因此常受非政府组织的祸害与欺骗。有的非政府组织充当着外国势力代理人的角色,用"非政府"的头衔掩盖其受外国政府控制的实质,但这还不是最糟糕的,因为其他的非政府组织大多数是在搞欺诈,为其股东谋利。此外还有另一种大型诈骗组织,但更具地方特色,即福音教会,比如那些支持雅伊尔·博索纳罗竞选的福音教会。各种各样的教会组织形成了一个可怕的暴力竞争体系。它们不但在争夺信徒的信仰,也在争夺信徒的钱财,进行房地产投机,甚至搞谋杀。

2018年,尼加拉瓜人和委内瑞拉人正往南逃离他们衰败的国家,洪都拉斯人和危地马拉人则成群结队地往北，经墨西哥，试图越过美国边境。我想，莫里茨·汤姆森成功地做了一个反向的美国梦，生于富裕国度的富翁家中，七十多岁在瓜亚基尔死于贫困。

在拉米罗家

2008年的一个晚上，在基多的法兰西之家，人们给我介绍了一对年轻夫妇。他们坐在花园的扶手椅上，抽着烟。两人都很美，满脸笑容，热情洋溢。拉米罗·诺列加后悔那天晚上看不成某场足球赛的转播，觉得他的新生活不断地让他做违心和讨厌的事。他原先还天真地以为可以把他在文化部的工作与他在索邦大学的研究结合起来呢！他研究阿根廷小说家里卡多·皮格利亚的著作，后者写过《在圣纳泽尔的一次相遇》。我们谈论了一小会儿圣纳泽尔这座布列塔尼城市，他对这座城市还不太了解。

后来，我们在他家再次见面，那是一个由好多幢奇怪的小房子组成的建筑群，我们称之为"诺列加的村庄"，中间有个院子。院子里是一番波希米亚式的集体生活场景，经常有这个或那个访客，满是孩子、狗、音乐、朋友和来访的艺术家，其中就有他的哥哥阿尔弗雷多。阿尔弗雷多生活在欧洲，写的小说却以基多为背景。

拉米罗最初在基多圣弗朗西斯科大学教文学。拉斐尔·科雷亚是他的同事,教经济学。两人都讲法语,同在大学足球队踢球。经济危机毁了这个国家。2000年,厄瓜多尔不得不停用本国货币,改用美元。科雷亚就是在那个时候进入政坛的。他的革命纲领是促进社会公平,捍卫印第安人的权利。2007年2月,他在总统竞选中获胜。拉米罗当时在法国继续搞学术研究,科雷亚请他当文化部部长,他当了两年。在这之后,为了继续已经着手写作的论文,他选择了驻巴黎使馆文化参赞一职。我们在巴黎经常见面,他还曾经来圣纳泽尔看皮格利亚在书中写过的那个港口。

拉斐尔和拉米罗这两个人的不同之处在于,前者来自海拔为零的瓜亚基尔,后者来自安第斯山脉火山圈中的基多。在厄瓜多尔的历史上,这两座城市往往是对立的。高山上都是甘戈特纳家那样的地主大家庭,低地则是国际贸易商人的王朝。瓜亚基尔人有时声称赚了基多人挥霍掉的金钱。上世纪末金融崩溃之后,许多瓜亚基尔的破产银行被政府征购,它们的不动产从此也成了国有资产,科雷亚想改变其用途。

年轻的总统想在城里最漂亮的地方——一座豪华的玻璃顶大楼里建立一个面向大众的国际文化创作场

所。他把该任务交给了拉米罗。拉米罗已于2014年从巴黎回来，现在是博士。艺术大学于2015年2月落成，我当时在基多，他邀请我参加了落成典礼。我们介绍了费利佩·特洛亚的小说《松鼠》，费利佩是我们和埃德温·马德里一道组织的那个文学奖的获得者。三年后，尽管在政治和经济上受到莱宁·莫雷诺的威胁，拉米罗依然热情未减，给我们详细介绍了他正在实施的计划。他身边有最杰出的教授和客座艺术家，与许多法国机构建立了合作伙伴关系，电影方面是与法国国立电影学院合作，音乐方面是与法国声学与音乐研究中心合作。他的乐观主义似乎经得起一切考验，极具感染力。

我们三人参观了一个旧银行改造工地，那栋装饰艺术风格的高大建筑已经关闭了十多年，现正被改造成公共图书馆。拉米罗希望能把它改造成最美的木结构金色建筑，书架上很快就将放满数万册图书，供读者自由借阅。图书馆里还有视听间，用来放映资料片和历史片。从覆盖着圆穹的屋顶可以看见河流，玻璃圆穹照亮了一个多层天井。天井里，人们为孩子们在书中建了一堵攀爬墙。他利用业余时间把罗歇·多马尔的《类似的山峰》翻译成西班牙语。

皮埃尔又一个人去闲逛了。我们回到了拉米罗的校长办公室，墙上挂着他于2013年3月获得的文凭。他的博士论文名为《在历史与回忆之间——以二十一世纪初西班牙与美洲西班牙语国家小说（皮格利亚、波拉尼奥、塞尔加斯）为视角》。我们谈及公民革命及其影响。科雷亚曾想停止开采石油，因为石油开采破坏了丛林和当地文明。他曾想获取国际社会的支持，让石油留在森林底下，因为人类未来也许更需要清洁的空气而非化石能源。但他最终放弃了这种美好的想法，拉米罗为此感到遗憾。

当时，没人支持这种美好的想法。由于财政压力和石油公司施压，这一生态计划搁浅了。拉米罗也为科雷亚没能扭转美元化而感到遗憾。这位在两次选举中均以一轮投票胜选的总统，我尽管不是他忠实的信徒，但还是赞扬他的勇气。2010年9月军事政变时，他勇敢地直面叛乱者。国家元首因暴力事件而死，这是厄瓜多尔政坛的一大肮脏特色：1875年加西亚·莫雷诺被暗杀，1912年埃洛伊·阿尔法罗被私刑处死，1981年海梅·罗尔多斯·阿吉莱拉的座机遭到袭击，在空难中死亡。

现在，拉斐尔·科雷亚住在布鲁塞尔，他以前就是在那里上学和结婚的。他昔日的副总统莱宁·莫雷诺没能抓到他。于是，莫雷诺以在哥伦比亚绑架一名反对派成员、谋杀一位空军将军、以违宪的方式大规模举债等极其严重的罪名要求引渡他，遭到比利时的拒绝，理由是该引渡请求出于众所周知的政治动机。在拉米罗至今已生活了三年多的瓜亚基尔,我们坐在位于市中心的这间办公室里,继续下午的这场谈话。他在博士论文的结尾分析了那三位作家与他们儿子的关系,其主要论据来自皮格利亚的日记。

于是,我们从国家的历史谈到了我们的儿子的故事。拉米罗的儿子曾独自外出探险,一直旅行至马瑙斯,现在在昆卡的师范学校当老师。我给拉米罗讲述了我跟皮埃尔自大西洋开始的旅行,以及我的写作计划——想在不久的将来写一写我在厄瓜多尔生活的那十年。我们又谈回到他的论文题目——《在历史与回忆之间》。"超忆"和"失忆"这两个词出现在我们的谈话中。他告诉我,在他生命中的某个时期,他有过某种记忆黑洞,虽然只涉及一些小小的细节,却持续了十年之久。他根据这一经验写了《无法忘却的伤疤》。我想,我和皮埃尔因为记了笔记,也许可以避免这种风险。

在我们前往太平洋海岸之前,在我们终于看到了一只飞翔的哈比鹰之后,一天晚上,拉米罗请我们去他家。他的住处像是学生公寓。自行车放在房间中央,靠在沙发上。我们在阳台上喝酒,下面就是防波堤和河流,离华美达酒店不远。这座酒店在当年金融崩溃的时候也曾差不多被政府征购过。我以前曾在那里住过，那家小酒店很快就将被两栋正在兴建的瑞士人的大楼所遮挡。

远处那讨厌的摩天轮终于在午夜十二点熄灭了它闪烁的霓虹灯。拉米罗的几个朋友过来喝最后一杯酒。我们大家都挤在狭窄的阳台上。他们当中有个音乐教授主动跟皮埃尔聊了起来。皮埃尔发现我可能在背地里自作主张地向教授介绍过他的音乐，对我发了脾气。他腼腆地回答教授，说自己的唱片属于后朋克风格，并以他自己喜欢的尼克·凯夫为例，好让教授心中有个大致的概念。他还告诉教授，那些唱片现在还能在网上听到，作者名用的是托莫西干和蒂娜·拉辛格这两个假名，封面也是他自己设计的。皮埃尔似乎以优雅和超脱的态度对待一切，尤其是音乐和摄影，尽管他对什么都感兴趣。但他说，现在，他似乎对考古更感兴趣。当了十年的知了之后，他打算一回巴黎就加入大学的蚂蚁行列中去。[1]

---

[1] 此处的"知了"和"蚂蚁"源自拉封丹寓言诗《知了与蚂蚁》，前者代表放荡不羁、富有艺术家精神的贵族形象，后者代表物质至上、崇尚个人主义的市民形象。

致情人们

拉米罗很快就为他组织参观考古博物馆及其藏品，我也跟着去了。博物馆的女馆员们在矗立于河流边的大厦里等我们，她们给我们准备了一场展览，让我们了解土著乐器的传承性。其中的某些乐器，她们给我们展示了样品，几千年来确实没有怎么变。那是一些小物件，必须用嘴吹。只有专家的眼睛——或者耳朵——能分辨出古代的宝贝和窑子里烧出来的不值钱的东西。她们抱怨财政紧张。采购的物资不足，导致文物修复工作室的效率降低。她们拉开抽屉，里面躺着几百件小型女性雕像，出名的有"瓦尔迪维亚的维纳斯"，它们比我熟悉的莫奇卡人的作品还要早几千年。莫奇卡人生活在厄瓜多尔最南端与秘鲁接壤的边境地区。

我们租了一辆中国制造的厢式货车，主人同意收几美元就可以把我们一直送到海边。我们在一条笔直平坦、长长的道路上行驶了好几个小时，从瓜亚基尔直抵圣埃伦娜。一路上,我坐在后排椅子上观察着坐在前排的皮埃尔,他一直在看风景。离海岸越近,沙子就越多。但风景常常遭到破坏,到处耸立着巨大的广告牌,道路两边满是汽车司机所扔的垃圾。我们现今所处的文明时期也许可以被称作"不可降解垃圾文明"。塑料袋、易拉罐,未来的考古学家可能会研究它们。我们正前去参观的维加文明比瓦尔迪维亚文明还要古老,八千年前就在身后留下了双壳贝壳、陶器碎片、磨石粗砂岩、许愿石、人类和动物骨骼等漂亮的浅痕。

二十世纪七十年代,人们已经在圣埃伦娜附近发现了一些墓穴,其中一个墓穴里有一对相拥的男女,年龄介于二十五岁到三十岁之间。八千年前,这个年龄也许已是快要入土为安的年龄。站在这如此动人的情境面前——男性的右臂骨放在女伴已经消失的肚子上,两人的腿部互相缠绕着——我们也许在想各自的伴侣。我们当中有些人的爱情是白头偕老,比如茨威格和洛蒂。苏姆帕墓穴中的这对情人如此,在卢泰西亚酒店自杀的那对情人①亦是如此。

这两具遗骸的白骨比油画中两副青春靓丽、血肉饱

---

① 在卢泰西亚酒店自杀的那对情人,指贝尔纳·卡兹(Bernard Cazes,1927—2013)和若尔热特·卡兹(Georgette Cazes,1927—2013)夫妇。这两位八十六岁高龄的知识分子于2013年11月22日在巴黎卢泰西亚酒店的房间中殉情,轰动一时。

满的躯体更显温柔,简直就是一张万物虚空图。这两具八千年来一直躺在圣埃伦娜的遗骸是爱情与温柔存在的证明。各种文明都像海浪一样消失了,瓦尔迪维亚人早已忘记维加人的存在,依此类推。印加帝国盛极一时。好战的皮萨罗下船。后来,考古学诞生,它甚至知晓这两位情人的食谱,知道他们吃玉米和软体动物这类低档菜肴。

我们继续上路,走了几公里便到了太平洋岸边的拉利伯塔德渔港。我们在滨海大道散步。一个疯子坐在荒凉沙滩上方的矮墙上,有一句没一句地骂过往行人,手里拿着一瓶甘蔗烈酒。皮埃尔指着他身边的一顶红色鸭舌帽给我看。这顶红色鸭舌帽是一个奇怪的标志,是二十年前我在拉利伯塔德港遇到的患了失忆症的维克多的帽子。那时我在另一个拉利伯塔德港,也在太平洋边,但在更北的地方,在北半球——萨尔瓦多的拉利伯塔德港。那时,我在那里的渔人酒吧遇见了维克多。在他身上,我觉得我找回了童年时期在曼但检疫站见过的那个疯子塔巴-塔巴。

这顶鸭舌帽和海洋一同出现,拉近了我们父子俩的距离。这既是一条物理学定律,也是一项心理学原理。两个人肩并着肩出神地望着远处大海时的情形类似于以前人们用无线电三角测量法在海上进行定位，会形成一个锥形，下方狭窄——两具身体之间只有几十厘米——一触碰，一种兴奋和微醺感就会从此间穿过，就像一道电波。两天前，有一条鲸鱼在这里搁浅，人们把它埋在了沙子里。我们望着抛锚的轮船、机械化的拖网渔船和更远处用系船水鼓固定的油船，心中对我们从大西洋边的贝伦旅行至太平洋边的这片沙滩所跨越的距离与经度隐约有了点儿概念。当然，就纬度而言，我们始终游走在南半球的近赤道地区。

我们抵达了目的地，肚子也饿了，漫无目的地沿着海边和临近的街道闲逛。皮埃尔选了一栋玻璃幕墙建筑，里面有一家酒店，给客人吃的应该不会太差。我们坐电梯来到一个像是食堂的地方，餐食只能在鸡肉与鱼肉间选择，配水煮米饭。我们在一扇落地窗边坐下，窗上蒙着一层水雾，看不清后面的东西，不过可以猜到那是海洋。我们一一回忆着一路上邂逅的动物，有三指树懒，也有坏脾气的貘，但一头鲸鱼都没有。我们只在巴西圣塔伦的那座小博物馆里见过一副鲸鱼骨架。

在干船坞

时间来到2月21日，与以往每年的这一天一样，我不等天亮就起床了。在这阴阳之间的时刻，那些曾经存在、后来消逝的人仿佛依然平静地陪伴着我们。只要他们仍然留存在夜晚的梦中，他们就没有死。我现在所处的这个套间仿佛一个静止的船舱。我站在窗前，看着巴黎的屋顶及其烟囱。我们回国已有好几个月，我在此等待日出，就像二十二年前每天早晨在马那瓜的莫尔古特酒店等待日出一样。我就是从那时候开始写威廉·沃克的生平的。从1997年2月21日那天起，我决定用这本日历来记录阿布拉卡达布拉项目的进展及其环球进程。

随着天空逐渐泛白，我虽然身体仍在原地，思想却飘浮到时空中，飘到2011年2月21日越南北部海防市的一个旅馆房间，飘到2014年2月21日在坦皮科的另一个旅馆房间，飘到一年后与埃德温·马德里一道经公路离开基多前往安第斯山脉中的火山群的时候，飘到又一年后准备在马达加斯加完成《塔巴-塔巴》最后部分的时候，飘到去年在摩洛哥再次见到据说是曼金将军府邸的那座房子的时候。二十二年来，与这个日子的每一次偶然相遇都会让我激动得浑身颤抖。1541年2月21日，贡萨洛·皮萨罗的探险队离开基多，前去寻找黄金国。1924年2月21日，在巴西已经逗留了一个月的桑德拉尔在那里第一次开讲座，主题为"法国的现代诗歌"。1928年2月21日，旅居厄瓜多尔的米肖在日记中写道："抵达瓜达卢佩农场。"1934年2月21日，桑地诺在马那瓜被索摩查的走狗杀害。1942年2月21日，茨威格和洛蒂准备在晚上吞下那一小瓶毒药。现在，天亮了。1888年2月21日，三十四岁的凡·高来到普罗旺斯。那天，是阿尔勒女孩让娜·卡尔芒的十三岁生日。她将非常长寿。1997年2月21日，我着手启动阿布拉卡达布拉项目时，她在庆祝一百二十二岁生日。今年，2019年，俄罗斯的一些老年病学家在质疑这个世界上最长寿的人的真实性。

二十二年来，我试图在全世界追寻自1860年第二次工业革命这一决定人类命运的年头开始所发生的历史与政治风波。我在此间观察到，除了冲突、意外、技术进步，在过去的二十二年中，最重要的事件是正在发生的气候变化，与它比起来，其他问题都微不足道。在2019年的这个2月21日，从一大早开始，电台就宣布，巴黎的污染达到了峰值，空气中悬浮颗粒超标，建议病人、儿童以及老人不要长时间暴露于室外。

然而，我在这个日子出现在这个地方已足够罕见，况且我早就计划好了今天出门。要是感觉身体不适，我就对自己说，我就是狱中的死刑犯罗杰·凯斯门特，他们给了我天大的特权，允许我开门，乘电梯，在马路上散步，看看树木、动物，甚至穿过塞纳河。

我和格扎维埃·佩尔松在离人类博物馆不远的特罗卡德罗广场①见面，但这里的餐馆中很难找到空的露天座。天气就像以前的5月那么热，天空甚至都不是蓝色的，而是灰白色的，用产自阿尔及利亚的铁建造的横梁式结构的埃菲尔铁塔高耸入云，似乎迷失在雾中。格扎维埃很为他还是中学生的儿子骄傲，他儿子每个星期五都旷课，到生态转型与团结部门口去抗议。第二天，发起运动的那位年轻的瑞典女斗士会来支持巴黎的游行，尽管这场游行好像只有富人区的一小部分孩子参加。午餐后，我打电话给维罗妮克，告诉她晚上餐馆的露天座可能会爆满，最好还是预订一下。她虽然不是气候变化怀疑论者，但心态比我乐观，回答我说，晚餐前，气温肯定会下降。最后，我们如愿在第十一区埃卡耶餐馆的

---

① 特罗卡德罗广场（place du Trocadéro），巴黎夏乐宫前的广场，正对塞纳河对岸的埃菲尔铁塔。

露天座上兴致勃勃地聊天，一直聊到2019年2月21日这个星期四的最后一分钟。

几小时后，一个住院实习医生从医院里打电话给我，告诉我我母亲已处在弥留之际。不到一年前，她切除了乳房，但没能阻止癌症的发展。当这个消息成真时，我没原先预料的那么坚强，尽管母亲在九十岁的年龄离去是很正常的事，不会让人感到太突然。上火车之前，我打电话给皮埃尔，想知道他是否在家。我去了伊夫里。

我们回国之后已有两个星期没有一起喝过一次酒、吃过一次饭。我们在他的单身公寓那开得大大的窗前喝咖啡，窗外是个花园，四周有围墙，里面的植物茂盛。我翻阅着他书桌上的相册和考古书籍。桌上还有一本双语版的埃斯库罗斯①的《乞援女》。我们略微谈论了一下我母亲的事，然后说到生态破坏。他说他发现自己喜欢上了古希腊悲剧。货运列车在远处开过，声音沉闷，使人平静。我们的谈话恢复了平静，就像上一段旅程中那样。那时，我们已离开圣埃伦娜，正向拉利伯塔德港外海那片很远的群岛航行。

---

① 埃斯库罗斯（Eschyle，前525—前456），古希腊三大悲剧家之一，代表作有《被缚的普罗米修斯》《俄瑞斯忒亚》等。

在圣克鲁斯岛

对于像水手赫尔曼·麦尔维尔①那样曾在波利尼西亚群岛小住,熟悉其满是五彩缤纷的鱼儿的潟湖的人来说,加拉帕戈斯群岛显得有点儿不近人情,植物茂密得连布列塔尼或苏格兰的细雨都穿不透。1841年,也就是达尔文造访此处的六年后,麦尔维尔从秘鲁坐船抵达了这里。"最终,在赤道微风的推动下,我们向西航行,航线与赤道线完全重合。我们东张西望,但什么都看不见。"

在写下这些文字以前,他曾将利马称为"世界上最凄凉的城市"。他一路上继续做着笔记。他写了《魔法群岛》,却发现这些群岛并不魔幻:"我怀疑,世界上的任何地方都没有这片群岛这样荒凉。"只有巨型乌龟能吸引他。他把它们的执着与自己的顽强相比:"我看见它们在跋涉过程中勇敢地扑向岩石,长时间地待在那里,奋力地敲打、劳作,将身体靠在岩石上,以便把它

---

① 赫尔曼·麦尔维尔(Herman Melville, 1819—1891),美国作家,代表作有《白鲸》。

挪走，继续它们不可更改的行程。它们最大的不幸是在一个布满陷阱的世界里直来直去。"

人们常常在出租车停靠站看见鲨鱼。

以上这个句子不一定出自虚构作品。非虚构作家来阿约拉港就能写下这样的句子。坐在用有孔眼的板条搭的浮桥上，看着眼前黄色的水上出租车队列，然后喊一艘送你回酒店。银灰色的家禽在桥墩之间庄严地游来游去，拨开一群群小鱼。鱼群见它们过来会主动让路，等它们过去又重新聚拢。

在三年当中，圣克鲁斯岛最南端的这个村庄进行了扩建，通往巴尔特拉岛的公路边出现了新的建筑群。人类成了最具侵略性的物种，塑料袋在这里一直没有被禁止使用，尽管对进口的限制日渐严苛，外国人在群岛上每年最多也只能居留六十天，哪怕分好多次。每天早上去小鱼市看看能长很多见识，拉封丹和伊索应该能根据那些动物短剧写出寓言来提高我们的道德水准。渔船都是一些无甲板小船，但在同类型船只中可以算作大船，船身漆成蓝白相间的颜色，配备着舷外发动机。它们黎明返航，在黑色火山岩环抱的小港湾里两两排成一条直线，鱼市便开张了。

海堤上，每个鱼贩子的双腿之下都趴着一只皮毛呈红棕色的胖海狮。他们切割金枪鱼，挖空内脏，把皮和下水扔给身下张着大嘴等吃的家伙。这些海狮已被驯化，仰着脑袋，眼睛和满脸的唇髭跟雄猫一般。它们张着嘴，耐心等待，不偷不抢，否则会失去特权，被送回野生海狮当中。那些野生海狮有时会跳到船上，渔民用大头棒朝它们劈头盖脸地打过去。在水中，海狮要与收起翅膀、从空中俯冲下来的军舰鸟展开激烈的竞争。旁边还有鹈鹕。笨重的鹈鹕在地面上不太灵活，就像波德莱尔诗中的信天翁。它们一直在发抖，像是受了冻一样，也仿佛是得了帕金森病。鹈鹕们在岸边乞讨残羹冷炙，歪着身子，一瘸一瘸的。它们会让海鬣蜥先吃，尽管后者体型比它们小，但舌头一吐一吐，富有进攻性。其他的鱼都按份卖，整条鱼出售，不掏空内脏，所以不参与这一表演。在箱子里摇摆着触须的棘刺龙虾也同样不参与其中。一大群小鸟偷啄着残渣。在这生存竞争中，只有最强壮和最灵活的才能繁殖后代：军舰鸟在空中互相打斗，从对方嘴里争夺肉块，碎片掉在水里，使无数小鱼为之癫狂，水面因此银光闪闪。

　　一只吃饱了的海狮在一旁的岩石上给小海狮喂奶。更远处，一些青少年大笑着从防波堤跳进海中，几个年轻人像是拉斯塔法里教①的信徒，坐在长凳上吸大麻。1985年，其中的一个名叫米格尔·安达加纳·雅鸟查的渔民从这个港口出海，因船只故障，被洪堡寒流和厄尔尼诺暖流这两股相反的洋流冲来又冲去，与船员一道在海上漂流了三个月，最后在北半球遥远的哥斯达黎加靠岸。船长是个信徒，他在一本自费出版的书《无目的地的航海日志》中认为这是上帝创造的奇迹。三年前，我在此处的堤岸上买到了那本书。

我们沿着达尔文大街，从鱼市往高处走，来到达尔文研究中心。皮埃尔在这方面比我知道得更多，向我介绍了达尔文在此考察时的各种插曲。他还告诉我，查尔斯·达尔文在进行那场长途考察时甚至连博物学家都不是。

---

① 拉斯塔法里教（rastafarisme），基督教在牙买加与黑人文化相交融而产生的宗教。

在船上

达尔文上船时极为匆忙。他之所以受邀，主要是因为有些礼节性任务需要承担，而不是为了科学研究。"贝格尔"号的船长在出发前最后一刻征求一名与他一道用餐的宾客。1831年年底，"贝格尔"号正准备出海，进行其第二次环球之旅。船组成员都齐了，已经招聘了水手和学者，但前任船长由于找不到够格的人跟他说话，因孤独而患了抑郁症，最后在东太平洋海域自杀了。继任船长罗伯特·菲茨罗伊是个贵族，国王查理二世的第六代后裔。查尔斯·达尔文是个绅士，根据礼仪，完全有资格与他一道用餐。就这样，他们俩在船长餐厅里面对面用了五年的餐。

两人都很脆弱。尽管那时的男人成熟得早，但他们依然算是小伙子。上船时，查尔斯二十二岁，罗伯特二十六岁。两人都喜欢科学和地理，喜欢研究岩石，是查尔斯·莱尔《地质学原理》的忠实读者。根据那本书，地球并不总是现在这个样子，挪亚时代的洪水并不能解释一切。船上有三个火地岛的土著，早年被运到欧洲，就像三百年前的那三个图皮族印第安人一样。接受了良好的英式教育后，他们被带回家乡去当传教士。船离开了泰晤士河，前往佛得角群岛。厨师摇响了铃铛。这是查尔斯和罗伯特进餐的礼仪。

查尔斯的父亲也叫罗伯特，但他让父亲失望了：他放弃了医学，放弃了神学，尝试过植物学和动物学，从一科跳到另一科，但没有一科是出色的。父母不知道该拿这个儿子怎么办。当时他还没有成为博物学家，尽管他学过一点如何解剖老鼠，研究和收集过昆虫，尤其是鞘翅目昆虫。"你什么都不感兴趣，除了打猎，除了你的狗，除了杀老鼠。你这样会毁了自己的一生，让家族蒙羞。"天才的起步往往都不稳，什么都要试一试。他更像自己的祖父——诗人兼植物学家伊拉斯谟·达尔文。

船每次中途停靠，查尔斯都要去考察，探险队里的那位专聘博物学家却常常待在船上。查尔斯收集矿物和植物，画图，做统计，在实践中学习专业，资料装满了一个个箱子，然后编上号，搬到底舱。每天跟船长闭门吃饭时，他会把底舱关上。只有一次例外。那是在巴西巴伊亚州萨尔瓦多市停靠的时候。谈到奴隶制时，他脱口而出，说必须废除奴隶制，结果被船长赶出了餐厅。

但一个人进餐，船长感到很闷，所以又去向查尔斯道歉，请他继续摊开餐巾，拿起银餐具。后来，查尔斯在回忆录中写道："要和一个前军舰舰长保持良好的关系是一件极不容易的事，因为，用平时回答别人那样的方式回答他，几乎就等于反抗他。"

"贝格尔"号沿巴西海岸南下，在乌拉圭、阿根廷、马尔维纳斯群岛、火地岛停靠，绕过合恩角，沿智利和秘鲁海岸北上，然后从利马北部的卡亚俄港，往西北方驶向加拉帕戈斯群岛，1835年9月靠岸。这时，他们已经航行了四年。船上的那位专聘博物学家早就利用到岸上去逛酒吧的机会辞职走人了。

远在抵达加拉帕戈斯群岛之前，达尔文的头脑里就萌生了物种进化的思想，他没有告诉罗伯特，现在也不打算告诉。他对燕雀的各个变种进行了研究。不同岛屿上的燕雀，为了更好地适应当地的食物，喙的形状是不一样的。它们以前似乎是同一种鸟，但由于海平面上升，被分隔为多个种群，很快发生种化①。几百年甚至几千年在地质年代中简直就是弹指一挥间。这一切都丰富了他的思考，但这些还只是假设，如果他在进餐的时候说出来，肯定会被赶到食品贮藏室，跟水手们一起吃饭。

---

① 种化（spéciation），生物学术语，指生物从旧种分化出新种的过程，又称"物种形成"。

他在所有的领域都长期保持沉默。后来，在波利尼西亚，他和罗伯特一道撰写了《塔希提岛的道德状况》①，号召人们来此地传教。但他旅途归来以后又背弃了基督教。他进行着沉默的交谈——与洪堡那部多卷本著作交谈。"贝格尔"号不大。查尔斯住在船尾一个九平方米的船舱里，一根后桅从中穿过。里面有一张吊床和洪堡的那部鸿篇巨制，以及写满了字的一本本黄色笔记本。不过船经常中途停靠，使他免去很多礼节性的进餐。那时，他渴望步行或骑马到乡村逛逛，或爬爬山。在那五年当中，他有一半时间在陆地上。

回到英国之后，他写下了自己的旅行故事，获得了成功。他寄了一本给洪堡。现在，他已经是博物学家了，在多门学科中有文章发表，并加入了科学院。但在很长的一段时间里，关于进化论，他仍然三缄其口，尤其是关于自然选择的假设。这个定时炸弹可能会毁掉他的一生，让他遭到放逐。他的健康状况开始走下坡路。抵达加拉帕戈斯群岛的二十四年后，他突然害怕被人超越，因为他阅读了一些科研通讯，发现别人也正接近这一思想。于是他在1859年出版了《物种起源》。那年洪

---

① 《塔希提岛的道德状况》（*The Moral State of Tahiti*），全名为《关于塔希提岛和新西兰等岛居民道德状况的意见》（*A Letter Containing Remarks on the Moral State of Tahiti, New Zealand, etc.*）。

堡去世了。他再也没有机会向自己的名誉父亲证明自己的才能。

查尔斯写那部巨著时，查阅了自己在"贝格尔"号上记录于黄色笔记本中的东西。他对燕雀的记录不是很清晰，于是重新联系罗伯特。关于每种燕雀的来源岛屿和该岛屿的名字，船长保存得比他好。于是两个人的关系开始变得融洽。在新西兰当了两年总督后，罗伯特创建了英国气象局。1860年，在他的倡议下，历史上第一份每日天气预报在《泰晤士报》上发布。他还发明了菲茨罗伊晴雨表，安装在所有渔港里，帮助水手躲避暴风雨。但同样是在1860年，一场激烈的争论爆发了。达尔文的理论犹如一颗炸弹，引起了剧烈爆炸。6月30日，牛津召开了一场科学会议。罗伯特已经失去理智，他闯进会场，像莎士比亚剧中的主人公那样来回踱步，滔滔不绝地发表演讲，挥动《圣经》，乞求上帝原谅他违心地合著了那本卑鄙的渎圣之书。也是在1860年，法国兼并了萨伏瓦。路易·巴斯德立即赶往夏蒙尼，登上冰河冰川。查尔斯和路易彻底改变了生命科学的面貌。海军少将罗伯特·菲茨罗伊于1865年自杀。

至于查尔斯·达尔文，由于他革命性的假设，多年来一直处于恐惧之中，最后悲惨死去，但他的命运比乔尔丹诺·布鲁诺①和康帕内拉②要好，甚至比伽利略③更好，他既没有受到宗教裁判所的审判，也没有被迫放弃信仰。他长眠于威斯敏斯特教堂，身旁安葬着牛顿。这两人今天更遭人恨，一个受地平说④的支持者憎恨，另一个受神创论⑤的支持者痛恨。

---

① 乔尔丹诺·布鲁诺（Giordano Bruno, 1548—1600），文艺复兴时期意大利哲学家，由于反对地心说、信奉日心说而被宗教裁判所判为"异端"，被烧死在罗马鲜花广场。
② 托马斯·康帕内拉（Tommas Campanella, 1568—1639），文艺复兴时期意大利空想共产主义者，哲学家、作家，因发表反宗教作品多次被捕，后又因参与领导反西班牙哈布斯堡王朝的斗争，被监禁二十多年。
③ 伽利略·伽利雷（Galileo Galilei, 1564—1642），意大利天文学家、物理学家，因反对地心说被宗教裁判所判处终生软禁。
④ 地平说（platisme），伪科学理论，认为地球是个平面。
⑤ 神创论（créationnisme），伪科学理论，认为宇宙万物都是由超自然力量创造的。

让娜与乔治

我们在细雨中走遍了达尔文研究中心的小路。这次,那位可敬的乔治在场。"孤独的乔治"。

上世纪七十年代,人们在大自然中找到了它,欢呼雀跃。它是这一种类的乌龟中最后的幸存者。人们把它带到这里,让研究中心负责照顾它。研究中心想给它找一只能配种的雌龟,找了几十年,一直没有找到。也许是因为它吹毛求疵,也许是因为习俗不同。老龟于2012年死了,无子嗣,终年估计在一百一十岁到一百二十岁之间,差不多跟让娜·卡尔芒一样年长。一般认为,让娜终年一百二十二岁,除非有人能拿出不同的证据。要是有人能在她年幼时将一只雌龟作为礼物送给她,那该有多好。小动物是常见的送给孩童的礼物。如果彼时有人能送给她一只雌龟,那必定会成为一份有用的礼物。不过,要是她真的收到了这么一份礼物,那么那小动物一定早已在她位于阿尔勒的公寓里长成了庞然大物。

乔治沉重的遗体被运到了美国,运到了几位爬行动物标本剥制专家那里，他们想提取它的一些细胞，也许以后可以用来克隆。2015年我去美国时它的遗体还在那边。去年，它回来了，人们给它设立了一个专馆，恒温恒湿。那个巨大的家伙矗立在黑暗中。历经岁月的龟甲凹凸不平，伸出一根很长的脖子。脖子的尽头，老龟目光阴沉，似乎在沉思，就像一个暴君端坐在自己的陵墓中。

造成它的同类灭绝的原因，是水手们在岛上放了山羊。后来那些羊被清除了。在达尔文和麦尔维尔时代，群岛上有十五种乌龟，其中有十一种在此处的保护区中被保护了下来。人们悉心照看龟卵的孵化，喂养这些显然属于非人动物的动物好多年，接着把它们送到圣克鲁斯岛中央的草地中，最后把它们引回各自的栖息地。我们经由泥泞的土路去阿约拉港以北几十公里的埃尔查托牧场看它们。它们在浓密而潮湿的植被当中吃草，像是一只只背负着铠甲的肥胖奶牛，不慌不忙，优哉游哉。

也许，将来有一天，在与厄瓜多尔的莱宁·莫雷诺发生冲突时，出于地缘政治的考量，俄罗斯人也会对老乔治的寿命发起质疑。

回到村里，我们在一家小餐馆铺满碎石的院子里，坐在红色的簕杜鹃的阴影下喝咖啡，抽烟。三年前，我独自来过这家餐馆。餐馆旁边有座丑陋的彩色达尔文雕像，雕像中的达尔文长着白色的大胡子，容易与基韦斯特岛上满街都是的海明威雕像混淆。要知道，达尔文来到这片群岛时才二十六岁。我们享受着以下的巨大便利：能够大声地说出自己的想法，在谈话中丰富我们的思想，互相信任，对阅读有着共同的喜好。皮埃尔告诉我，查尔斯并不是船上的专聘博物学家，我也告诉他，达尔文的理论与拉马克①的理论相比有什么进步，以及在他之前的英国人所写的自然诗对他写作《物种起源》所起的作用。那些诗与我们偶尔抽出来阅读的《静观集》不一样，英国诗的哲理性和科学性更强。

伊拉斯谟·达尔文把林奈的植物分类系统写成诗歌《植物之爱》，影响了洪堡。洪堡则影响了塞缪尔·泰勒·柯勒律治②及其朋友威廉·华兹华斯③。劳瑞去世之前曾去格拉斯米尔村参观过华兹华斯的故居。那些英国诗歌越过大洋，丰富了新英格兰的诗歌，比如爱默生和惠特曼的诗。它还影响了我们在隆志家时曾追忆起的梭罗的散文。梭罗坚信："对客观存在的真实描写是世界上

---

① 让-巴蒂斯特·拉马克（Jean-Baptiste Lamarck, 1744—1829），法国博物学家，最先提出生物进化的学说，是进化论的倡导者和先驱。
② 塞缪尔·泰勒·柯勒律治（Samuel Taylor Coleridge, 1772—1834），英国浪漫主义诗歌代表人物之一。
③ 威廉·华兹华斯（William Wordsworth, 1770—1850），英国浪漫主义诗歌代表人物之一。

最罕见的诗歌。"他还有一句有趣的名言:"最杰出的人也会入土变成肥料。"不过,梭罗说话有时咄咄逼人,暴躁而愤世嫉俗,远没有隆志那么优雅。我们选对了人。

达尔文雀知道自己是保护动物,到处调皮捣蛋,不理睬我们关于诗歌遗传学的密谈。它们滥用特权,以为自己可以无所不为,在我们四周飞来飞去,落在桌子上,啄着糖粒和烟屑,甚至在烟灰缸里踩来踩去。我们不得不用手背把它们拨开,以防它们得肺癌或糖尿病,不想为此担责。

下午,我们从芬奇湾酒店出发,踏上一条很窄的小路。三年前,我并不知道有这条小路,它是皮埃尔刚刚发现的,在黑色的玄武岩和高大的树形仙人掌之间。岛上有块粉红色盐碱沼泽,独一无二,我们沿着它的边缘往前走,然后拐进一条私家小路。意大利领事漂亮的蓝白色屋子就在前面,筑有自己的木头防波堤,海狮在那里睡觉。我们跳进拉斯格里耶塔斯峡谷里的冷水中游泳,水里有许多大鱼。一天晚上,我们回酒店后,一头迷路的小海狮越过沙滩,爬过小墙或者是哪个泳客忘了关的木门,潜到了泳池里,出现在我们面前。我们正在酒吧喝卡琵莉亚①,那是一个出色的酒吧侍应生用卡沙夏和别的饮料调制而成的。那个侍应生是瓜亚基尔人,娶了一个女岛民,所以成了此处的永久居民。他向我们询问巴黎的生活费用,他想将来有一天去那座城市看看。

他通知了工作人员,于是大家忙着捉海狮。这时,他一边操作调酒器,一边告诉我们,两年前,厄尔尼诺现象特别严重,托尔图加湾禁止游客入内,因为凶猛的鼬鲨和双髻鲨闯进了海湾,见到什么就攻击什么。一天晚上,他在酒吧里听到外面有哭声和哀号声,好像是个孩子发出来的。他提着灯朝沙滩走去,发现有只老海狮血肉模糊,被吃掉了一半。它应该是搏斗了一番。

2018年年中,气候异常加剧,造成北半球奇热,到处发生火灾,甚至斯堪的纳维亚半岛和格陵兰岛也不能幸免。资源枯竭,海洋在塑料的重压下窒息,这一切都有可能引起地球上的生命灭绝,并已造成许多鸟类和哺乳动物的消失。消失的还有法国生态转型与团结部部长尼古拉·于洛。我们彼时得知他辞职了,因为他在食品工业和石化工业公司游说团体的压力面前感到无能为力。

在大众的想象当中,达尔文属于于洛那样的坚定的环境保护主义者。但我们始终要注意人物所处的时代

---

① 卡琵莉亚(caïpirinha),一种以卡沙夏为基酒调制而成的鸡尾酒,是巴西的国宝级鸡尾酒。

背景。达尔文是他自己那个时代的人。如果他知道乌龟保护中心以他的名字命名,他一定会深感惊讶。因为,在此处停靠了五个星期的"贝格尔"号,当它准备启航前往塔希提岛时,船舱里装满了乌龟,准备在航行途中吃。乌龟们四脚朝天,被整齐地放置在底舱里,每只都起码有一百多公斤的肉。

达尔文与洪堡

五个星期后,达尔文重回船尾小舱,过那种单调的生活。他痛恨常年不变的用餐仪式,在乌龟汤前默不作声。他知道,从他所作的关于燕雀的记录(他已通读多遍)中,将逐渐产生理论结晶,但这过程可能会很长。回英国后,他把《"贝格尔"号之旅》寄给洪堡,洪堡很喜欢,感谢他寄来这本"了不起的好书"。达尔文跟自己心目中的英雄建立起了联系,洪堡在回信当中流露出激动之情:"您前途无量。"

达尔文一边投身于各种相关研究,一边继续研读洪堡的书,书一出版他就去找来看。六十岁时,洪堡到俄国和中国进行长途探险,最远去到了西伯利亚。这次,邦普朗没有跟着他走。邦普朗还在巴拉圭坐牢呢!洪堡已经写了一本涵盖面极广的巨著,在接下来的几年还准备撰写一本规模更加宏大的著作——《宇宙:对世界的简要物理描述》。那将是一本百科全书式的著作,涉及与世界相关的各种知识:工艺美术、农业、政治学、植物学、地质学、历史、诗歌、绘画……

特别要注意的是,在这本关于宇宙的书中,"上帝"这个词只出现过一次。

达尔文想跟洪堡谈的就是这一点,他还在犹豫是否要发表自己的理论。终于,1842年,他们两人在伦敦见面了。这一年,达尔文三十二岁,是个杰出的博物学家,但离发起生物学革命还早得很。接待他的是一个七十三岁的白发老人,说话滔滔不绝。达尔文一句话都插不上,而他是那么殷切地想要开口。关于这场面对面的谈话,人们知道的并不比瓜亚基尔会晤多。

让达尔文感到害怕与不安的是,他的理论将进一步动摇人类中心论。在他之前,哥白尼和伽利略的理论推翻了地心说,业已撼动人类中心论的根基。哥白尼和伽利略以前的人们认为,人类居住在宇宙中心,居住在一颗平稳、静止的星球上。再后来,在第谷·布拉赫[1]测量的天文数据面前,约翰尼斯·开普勒[2]的内心一阵狂喜。他成了第一个参透行星运动规律的人,并由此提出了行

---

[1] 第谷·布拉赫(Tycho Brahe, 1546—1601),丹麦天文学家,进行了大量的天体位置测量,其精确度达到肉眼观测所能获得的精度极限。
[2] 约翰尼斯·开普勒(Johannes Kepler, 1571—1630),德国天文学家、物理学家、数学家,在第谷·布拉赫逝世后总结他的观测资料,发现行星沿椭圆轨道运动,提出行星运动三定律,为牛顿发现万有引力定律打下基础。

星运动三定律。他发现,地球的公转并非如人们想象中的那么简单——地球公转的轨道呈椭圆形,且其公转速度并不是恒定的。我们人类所居住的这个球体,其运动速度在近日点附近较快,在远日点附近较慢。但无论如何,那个时代还诞生了笛卡儿,人类还能完全区别于动物。笛卡儿认为,动物不过是一堆没有灵魂的机械结构。

后来,达尔文向我们宣布,人类并没有被仁慈的上帝放在万物中心,我们是偶然进化而来的。后来,巴斯德向我们宣布,我们四周充斥着一类看不见的生命,它们有时会杀死我们。后来,古生物学向我们宣布,三十亿年来,许多物种出现后又消失了,将来有一天人类也会消失。后来,热力学向我们宣布,太阳终将在把它所含的氢全部转化成氦后消亡。后来,爱因斯坦向我们宣布,无论是钟表显示的时间,还是地图展示的空间,都不是绝对的。后来,弗洛伊德向我们宣布,人类并不完全受理智的左右,它的意识并非完全清醒,我们身上沉睡着陌生的怪物。后来,微观物理学和天体物理学向我们宣布,150亿年以来,宇宙一直在膨胀,我们现在居住的星球只是一个小星系边缘的一颗极小的行星,而这个小星系只是宇宙数百万个星系中的一个。后来,构造地质学向我们宣布,我们所居住的这颗小星球的表面也在不断发生塌陷,大陆每年漂移若干厘米,我们像是平稳地行走在一堆木筏上。后来，纳米技术向我们宣布，它能改变人类的大脑，改变情感与知觉，人类下棋再也下不过机器了。由于担心人工智能技术会奴役人类，担心人类也将变成低级物种，许多人的观念发生了奇特的翻转，反物种歧视运动出现了，支持者们认为人类也属于动物。他们乞求野兽的宽恕，并保证，我们当中除了狂热的日本人以外，再也不会有人去杀害莫比·狄克①。说话算话。

达尔文想告诉我们的是，生物一直在进化，但没有方向，也不显著。与拉马克的观点恰恰相反，生物进化没有阶梯可攀，这是一种没有计划的进化，其结果纯属偶然。然而，达尔文至死都不曾蒙受羞辱，这是因为，不管是出于有意还是无意，人们起初没能完全理解他的理论。彼时盛行的意识形态脱胎于第二次工业革命及其引发的殖民主义浪潮，把进化与进步混为一谈。在伦敦，人们想当然地认为，英国人处于进化链条的最顶层，猴子先进化成印第安人、中国人，再进化成法国人、阿拉伯人，最后变成了英国人。那时的统治者企图让广大的劳动人民相信，他们的生活比狩猎-采集者的生活更加高级；让工人们相信，每天十二个小时关在工厂

---

① 莫比·狄克（Moby Dick），麦尔维尔的小说《白鲸》中的角色，是一条白色抹香鲸，遭到船长亚哈追杀，最终两者同归于尽。

或矿井底下有助于推动人类进步。

然而，根据达尔文的理论，物种的进化没有终点，人类并不是其最终成果，物种间并不存在等级区分，我们并不是物种的巅峰，灭绝是所有物种的命运。在大多数情况下，灭绝是由气候变化引起的，适应性更差的物种因竞争不过适应性更强的物种而被淘汰。在他从加拉帕戈斯群岛回来之后的那么多年里，使他惶恐不安的是唯物论而非进化论。如今的我们知道：精神是大脑物质机能的产物，大脑无需所谓不朽的灵魂就能产生情感与精神冲动；我们那些崇高的思想，比如说爱情，只是器官中的化学变化和无数相互连接的神经元的产物。可这些思想在当时犹如一颗炸弹。

他终于下定决心撰写那本书。在这之前的两千多年里，唯心论一直处于上风，压过古代朴素唯物论一头。尽管斯宾诺莎想要用"直觉"这一天才般的概念超越物质与精神之间的二元对立，但唯心论依然占据着主流。尽管达尔文坚持不可知论，但他心里清楚地知道，他的理论与一神教的圣言背道而驰，会使无神论更具说服力。根据一神教的圣言，世界是在耶稣诞生的四千年前被创造的；从亚当到耶稣的四千年里，世界共经历了七十五代父子传承。也许罗伯特·菲茨罗伊完全领会了达尔文的理论，发现了其中渎神的一面。也许正是为了尽早从渎神与笃信的纠缠中解脱，这位狂热的教徒选择了自我了结。

我们在那只迷路的海狮面前激荡思想。那只海狮在灯光明亮的游泳池里进行着夜场杂技表演，似乎很是享受。那是一只小海狮，也许是公，也许是母，不超过一米长，又黑又亮，身体柔软，像是用橡胶做的。皮埃尔不时指责我坚定的无神论立场，也怪我没有在他小的时候送他去听基督教理课，或是去上伊斯兰学校。皮埃尔不曾经历我在青少年时期曾经历的精神危机。精神危机曾促使我去阅读早期神甫所写的教义书，去中东研究伊斯兰教。有朝一日，待他完全步入成人世界，他也一定会去研究了解这些东西。我提醒他，现在是2018年8月底，正值古尔邦节，差不多全世界的穆斯林都会宰羊来纪念伊卜拉欣[①]，后者遵照安拉的旨意，准备掐死自己的儿子。

至于宗教教育，他小的时候我曾带他去西班牙坎塔布里亚省的滨海桑蒂利亚纳参观过宗教裁判所。那里陈

[①] 伊卜拉欣（Ibrahim），伊斯兰教先知，传说曾夜梦安拉命他将自己的儿子伊斯玛仪献祭，以考验他对安拉的忠诚，当他遵命执行时，安拉又命以羊代替，穆斯林据此每年宰牲献祭，是为古尔邦节的由来。

列着肉钳、酷刑架和汤镬,用来惩罚不信教者,直到他们承认善良而仁慈的上帝之存在。天主教不承认其神甫作为人类也具有动物性,会屈服于性冲动,但他们最近面临着众多的恋童癖丑闻。甚至教皇都有一桩丑闻——他声称,从小就被发现的同性恋是可以通过心理治疗康复的。阿根廷议会则拒绝堕胎合法化:所有的男性都必须成为父亲,而女性必须忍受。博索纳罗在福音教会的支持下参与竞选,并采纳后者的建议,强制推行神创论教育。阿莱西奥·里贝罗将军预感自己将成为博索纳罗政府的教育部部长,宣称教授神创论"不是一个错误"。巴西国家博物馆发生火灾,众多文物在大火中永远消失,带来不祥征兆——博索纳罗随后宣布,文化部也即将消失,印第安人领地则将向森林工业开放。我觉得,出现了这种事情,加上蒙昧主义最严重的地区人口爆炸,是时候为正在消失的达尔文主义者在加拉帕戈斯群岛建立几个保护区了。

今年已是2018年,无神论在埃及却仍是非法的。在许多国家,无神论者是要坐牢甚至被处死的。土耳其禁止教授达尔文的理论,斯宾诺莎和加缪公开支持库尔德人的著作也都已从图书馆下架。各种宗教信仰在世界各地到处制造战争和惨案。虽然对唯物主义者来说,人类的生存并不比宇宙的生存更重要,但是他们倡导人道主义、利他主义和宽容,赞同康德的道德准则,即我们永远必须"按照被认为是普遍规律的准则去行动"。

美是善的预备教育,是普鲁斯特笔下那块黄色小墙面精彩的谜,是维米尔在绘画上努力接近完美的不懈追求:"在此岸世界的生活条件下,没有任何理性缘由让我们相信自己必须行善,做人要得体,甚至要有礼貌;同样,这位不信神的艺术家也没有任何理性缘由去相信,自己必须每幅画都画二十遍,毕竟,别人的赞赏对他那具被虫豸啃噬的躯体而言终将变得无足轻重。"

自然的秩序是一种偶然,我们的秩序也如此,但它毕竟是一种秩序,我们的躯体也同样。秩序由一系列和谐的形式组成。美学的享受就是在共鸣中享受这种震颤,直至步入极度欣喜的状态;就是享受两类形式,即完美的形式和短暂的形式。美学的享受意味着承认在人脑之外也存在着我们所拥有的形式,例如一些极其简单的数学形式:树枝、树根、树叶的分杈,一如我们的脊柱、静脉、支气管系统中的分叉;蜂巢和龟壳上的一百二十度角,这是联结空间中三个孤立的点的最短路线;水涡、旋涡星系、蜗牛壳、花蕊当中的斐波那契数列;美景与鸟鸣中复杂多变的色彩与声学形式,它们由绘画与音乐当中的无限组合创造而成。当两个男人颇有风度地送那只海狮回沙滩时，我想，它的脑海里会否留下这样的记忆：一天晚上，它曾在微微含氯的淡水中嬉戏；水依然亮堂堂的，水底下好像有个太阳。

父与子

我们的记忆也许比海狮好,尽管我们还不完全了解加拉帕戈斯群岛的赤道毛皮海狮。记忆是我们唯一永恒的东西,因为我们的身体跟海狮的身体是一样的,是一种耗散结构,它会新陈代谢,我们喝的饮料、消化的食物和呼吸的空气分子穿行于其间。我们永远不会保持不变,但有些东西留下了——我们再次下榻了三年前暂住的那一家酒店,恢复了过去的习惯,即每天早上坐水上出租车穿过海湾,前往港口。我觉得自己并没有离开过,仿佛自那以后我并没有周游过世界,没有去中国、美国、埃及、日本、马里和马达加斯加,仿佛我不曾担心自己在走遍全球之前就年纪轻轻地死去。自从上了六十岁以后,我觉得这种担心完全说得过去。

这三年来,我跟皮埃尔很少在一起,所以现在独自跟他在这里,觉得有点不安。我们常常一起大笑。但我仅在只有我们两个人的场合大笑,至于皮埃尔,我不知道。我们看着同样的景色,然而,无论我们多么用心,我们的感觉还是不一样。我没有看他写的东西，但他会给我看他自己画的树形仙人掌和燕雀，然后寄给恋人。我们有着相同的语言和文化，我们有一半的基因是相同的，但我们在时间长河中相差了三十二年。人是一种时间性动物，这与海狮不同。皮埃尔出生于密特朗总统的任期内，我出生在勒内·科蒂总统的任期内。在我出生三十二年前，是我父亲的出生，他出生在加斯东·杜梅格总统的任期内，比他出生在萨迪·卡诺总统任期内的父亲小三十五岁。代际交替也是度量政治生活的好工具。

我曾阅读这两位先辈的档案和往来书信，我想知道他们在六十岁的时候会有怎样的乐观心态：一个于1950年迈入六十岁，在索雷兹学院担任体育教师，另一个于1985年迈入六十岁，在曼但精神病院工作。我也想知道，他们在二十九岁的时候又有怎样的乐观心态：前者于1919年被从巴伐利亚战俘营中释放，后者于1954年在精神病院的剧场里演小丑。我知道，他们之间的融洽关系建立于1942年夏天。那时，这两个战争难民同在佩里戈尔，被雇佣为农业工人。后来，战争结束，二十岁的儿子从游击队复员，给五十五岁的父亲回寄了一封信，当时父亲刚到索雷兹任职，推荐儿子去那里当校长助理。儿子在信中回复道："这样我就可以跟你住同一个房间，一起在学校里吃饭了。由于我们差不多同一时间下班，我们可以一起散步。"

这就是几个月来我们所做的事——一起散步。几年了。

和从小就认识你的人在一起,这总让人厌烦。随着时间的推移和这些人的消失,这种厌烦会变得模糊。但我们做不到假装我不是从小就认识皮埃尔。皮埃尔出生于1989年3月。他出生不久,就发生了一系列他不可能有直接记忆的大事:7月,巴黎举办法国二百周年国庆庆祝活动;11月,柏林墙倒塌,冷战结束。在这之后的几年,我开始到处旅行,原先的东方阵营国家我跑了个遍。1993年,我曾想定居哈瓦那,那里挺立着东方阵营中的幸存者。那时,"特殊时期"①刚刚开始。我在古巴居住了半年,中途去了次欧洲。那是在年底,我带皮埃尔去了柏林,去那里见小说家赫苏斯·迪亚斯。

在机场,我们买了两个一模一样的玩具熊,一个给皮埃尔,另一个给让·图森。他们那时候四岁,生日差三个星期。这么说来,那一年我们和让的父亲为让举行的生日聚会迟到了三个星期。我们住在蒂尔加滕公园附近的汉斯·克里斯托夫·布赫家。人行道上结了冰。我们前往选帝侯大街的时候,我左手抱着我们准备送给

---

① "特殊时期"(El Período especial),古巴因苏联解体、美国制裁而经历的经济困难时期,始于1991年,终于2000年。

让的玩具熊,右手拿着皮埃尔的玩具熊。他在薄冰上滑倒了,我把他扶起来,他用另一只手抓住其中一只熊的爪子。二十五年之后,我不再是那个能让他不跌倒的巨人,而成了一个上坡都拖着脚步的累赘。

在托尔图加湾

在远离阿约拉港的地方,一条两米宽的铺石路延伸进浓密的荆棘丛、树形仙人掌和其他有刺植物中。灰色和浅绿色的植物挡道,无法进入。在麦尔维尔的那个年代,这想必会让水手们望而却步。他们被刺破手臂和大腿之后,也许不得不用火开道。皮埃尔本可以借口说把什么东西忘在房间里了,或者说自己仅仅是想活动活动腿脚,折返港口,然后坐水上出租车来回走一趟,最后到他把我抛下的地方附近和气喘吁吁的我再次碰头。但他没有这么做,对我表现出极大的耐心。

这条小路沿着山坡上上下下,蜿蜒曲折好几公里,路面由火山岩板材铺就,两侧都有矮墙,看起来就像是一堵波浪起伏的缩小版中国长城。走到半道,又碰到一个高高的山坡,但坡前有个亭子,里面有长凳供人休息,以便恢复些许体力后继续前进,深入不时有鸟飞起的丛林。下了最后一个坡,便看到了布拉瓦海滩,即

"险恶海滩"或"危险海滩"①，高高的卷浪泛着乳白色的光芒，在细雨下汹涌着，拍打着海滩。我们沿着这个沙滩又往前走了一公里多，沙丘边上出现了一个个小沙堆，里面布满了海龟新下的蛋。为了不打扰它们，一到傍晚，那缩小版的中国长城就禁止外人进入，人们也就无法走入这片海滩。每个散步者都是潜在的龟蛋窃贼，所以入口处设有一个岗亭，用来统计进出海滩的人数，以确保傍晚封闭后没有人滞留于此。

成千上万的小海龟一破壳就惊慌地往水里跑，其中有很多还没跑到水里就被俯冲下来的军舰鸟所啄食，而更多的将在未来几天成为海狮和鲨鱼的美食。海龟将赌注押在数量上，将所谓的"捕食者饱和效应"作为延续种群的唯一办法。幸存下来的海龟长大后又锲而不舍地回到这里来下蛋。当它们艰难地在沙滩上行走时，我保持沉默，屏住呼吸。皮埃尔说，芬奇湾酒店的酒吧旁边钉着一块小木牌，我们这几天都从那边经过，不可能没有看见。木牌上的文字用西班牙文和英文写就，标题为 *Olas del Mundo-Worldwide Waves*②，下面的正文则是一段纪念2011年3月11日的文字。那天是星期五，东京时间

---

① 布拉瓦海滩（playa Brava）的名称"布拉瓦"（Brava）在西班牙语中有险恶、危险的意思。
② 西班牙语和英语，意为"世界之浪"。

14时46分，日本宫城县海岸因地震引发海啸。海啸横跨一万五千公里，于厄瓜多尔当地时间15时38分抵达加拉帕戈斯群岛。

为了计算时差和海啸的传播速度，我把西班牙文和英文版本的文字都抄了下来。我没有向皮埃尔提起，那天上午，我正好从亚洲回来，回到了他身边。我们什么都没说。他仓促地结束了这个话题，告诉我说，那一天，我们虽应铭记，但与此同时，也应把它埋到地里，封起来，永远都不再提它。

他躲开汹涌的浪涛，去小岛尽头的一个海湾游泳。在岩石堆和一片稀疏的红树群落的另一边，成群的海鬣蜥在筑窝。它们喜爱群居，一个叠着一个地躺卧着，也许是在交配，也许是想保持体温。靠近的时候，我们可以听见它们用鼻子擤着又咸又臭的液体。要喜欢上黑色的海鬣蜥可不容易，它们丑陋不堪，看起来又蠢又富有进攻性，像非洲的彩虹飞蜥一样，会咬人。我想，要是物种进化向着有利于它们的方向发展，让它们长得像人类这么大，而让人类长得像它们那么小，说不定它们会把人类列为保护动物。

不过，人们会对它们产生同情，并抱有一种集体责任感。几个星期后，2018年12月19日《纽约时报》上的一篇文章列数了全球气候危机给加拉帕戈斯群岛带来的动荡，其中包括海鬣蜥。在食物短缺的时期，它们的体型会缩小，因为在那时，它们会消耗自己的骨骼。这篇文章还提到，加拉帕戈斯群岛遭到了火蚁入侵。那种火蚁可以吃掉陆龟的蛋，还会攻击成年陆龟的眼睛和脚爪，把它们咬下来当食物。笨重而温和的动物既无法抵御攻击，也逃不走，只能变成瞎子或独眼龙，被活活地吃掉——这种场景真是太可怕了。

我们在海边肩并着肩，一动不动，看着世界尽头的辽阔景象。海浪像苍白的玉石，泛着泡沫，空中的军舰鸟被强风吹得上下颠簸，左右晃荡。我们看着白色的沙子和黑色的火山岩。在托尔图加湾，皮埃尔本可以像当初在法国南部山峰的冰雪中那样，拍几张贾木许《天堂陌影》风格的黑白照片，一片荒凉，一艘船也没有，雾气茫茫，面对着洪堡寒流。洪堡寒流于圣克鲁斯岛和伊莎贝拉岛之间沉入深渊。

我们遥望着西南方和波利尼西亚，仿佛"贝格尔"号会扬着风帆从我们面前驶过，去到这些太平洋群岛的尽头，它们离最近的大陆也有一千五百公里。赤道从那儿穿过，与印度洋上的桑给巴尔群岛和奔巴岛、大西洋上的圣多美和普林西比类似。赤道到了这里便不再有陆地阻碍，往西只有水，直至印度尼西亚的巴图群岛，除非像支持地平说的那些傻瓜所言，往那儿走会去到圆盘状大地的背面，或落入虚空。

我退后一步，凝视着他的侧影。他神情严肃，脸上流淌着下海游泳沾上的咸水和雨滴化成的淡水，头发卷卷的，像他母亲，一双黑眼睛，脸庞的线条分明，略似古希腊雕塑。两人共处了那么多天，其间时有不和，但我们彼此都在努力克服之。我觉得我们都愿意走得再远一些，去智利外海的胡安·费尔南德斯群岛，然后继续踏着达尔文和麦尔维尔的足迹，去复活节岛、塔希提岛和其他岛屿。我默默无语，一阵激动，仿佛要飞离地面。上次拥有这种感觉还是在三年前，那时我在的的喀喀湖心的阿曼塔尼岛。我腾空而起，飞越了无数个世纪和大陆，在道路的尽头与一路上交流、阅读过的内容重逢，与在船舱和酒店房间里讲述和讨论过的故事相遇，目睹了众多名流的人生旋涡，发现我们俩也身处这大旋涡中。我相信，起码此刻我信，活着是个正确的选择，仿佛二十九年来，我一直在等待这番如此脆弱的顿悟。

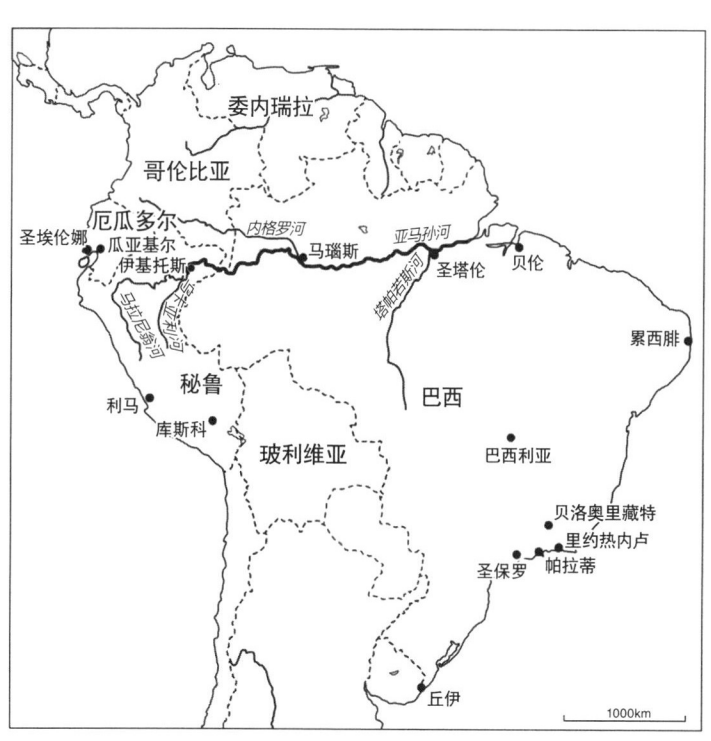